Cuentos para viajar en metro

Lea con una mano en el libro
y la otra manteniendo el equilibrio

GRAFITO

AGRADECIMIENTOS

A veces uno escribe para sí mismo, para exorcizar pensamientos, para ordenar el caos... pero en el fondo, siempre hay alguien más al otro lado del papel.

Agradezco profundamente a mi esposa, **Angélica**, que al principio miró este proyecto con un poco de sospecha (como quien ve a alguien leyendo con lentes de sol), pero que, tras leer algunos cuentos, reconoció que había ahí algo más que palabras. Su mirada —crítica, tierna y sincera— fue un punto de inflexión.

A mis colegas y amigas, **Regina Jara** y **Lisette Lastra**, por sus lecturas rigurosas, sus observaciones certeras y su valentía para decirme cuando algo no funcionaba. Más de un cuento sobrevivió gracias a ellas, y otros —por suerte no fueron muchos— no pasaron la prueba.

También agradezco a quienes se prestaron para esta especie de *focus group* informal, donde puse a prueba algunos relatos: personas generosas que no solo leyeron, sino que reaccionaron, cuestionaron o simplemente se quedaron pensando. Ese fue el mejor indicador de que tal vez este libro merecía salir del cajón.

Este libro no es solo mío. Es colectivo, como todo lo que se escribe desde el metro y hacia la vida.

La vida de las personas que nunca serán famosas está llena de historias. De detalles sabrosos y accidentes. De pequeños mundos que pasan desapercibidos, pero que son parte esencial de la cotidianidad en la que todos estamos inmersos. Y porque a veces, al narrarlos, algo se ilumina.

ÍNDICE

¿QUÉ PASÓ CUANDO ME R

GRAFITO escribe en los tiempos disponibles de los días laborales, los fines de semana con lluvia y los trayectos en transporte público. Observador incansable de lo cotidiano, convierte gestos simples, silencios incómodos y diálogos truncos en cuentos que oscilan entre lo íntimo, lo absurdo y lo social.

Cree que una buena historia puede durar una estación de Metro... o quedarse a vivir en el vagón de la memoria.

Este es su primer libro publicado, aunque —según él— ya lleva más de 35 cuentos contados en la fila del pan, en una sala de espera o en la cabeza mientras lava los platos.

SALA DE ESPERA

Todo en su cuerpo —cada gesto, cada mínimo movimiento— delataba la incomodidad de estar atrapada en ese consultorio de barrio marginal. La silla de plástico duro le marcaba la piel; el olor a desinfectante barato le llenaba los pulmones con su promesa falsa de higiene; y el murmullo de los otros pacientes se mezclaba en un zumbido monótono, como un enjambre sin rumbo. El médico, por supuesto, ni siquiera había llegado, aunque el reloj ya bordeara las diez de la mañana. Ella estaba allí desde las ocho, y la sala ya estaba repleta mucho antes de su llegada, como si la ciudad entera hubiese despertado enferma al mismo tiempo.

Por suerte, el sistema de atención funcionaba por número, evitando el espectáculo primitivo de una fila interminable de cuerpos cansados y resignados. Suspiró y decidió salir a comprar un café. En ese momento, aquel líquido tibio y amargo no era solo una bebida: era un elixir de supervivencia, un ancla contra el tedio y el desgaste de la espera.

Al regresar, notó de reojo a la señora mayor sentada a su lado. No quiso mirarla directamente, pero la percibía en cada detalle: un abrigo anticuado, el cabello recogido en un moño que temblaba con ella, y las manos entrelazadas sobre el bolso, como si sujetaran algo más que sus pertenencias... tal vez un temor, un diagnóstico lapidario. Su postura hablaba de resignación, de esa paciencia que solo nace con la costumbre o con la falta de alternativas.

Ella suspiró y dio otro sorbo a su café, ya tibio. El elixir de supervivencia tenía límites.

Se hizo un silencio cuando, en la puerta de entrada, apareció un hombre bajo, de tez morena, cabello liso con algunas canas nacientes y un maletín de cuero gastado que parecía haber sobrevivido demasiadas batallas. Ingresó con pasos cortos y mecánicos, vistiéndose una cotona blanca a medio abotonar. No hacía falta preguntar: era evidente que él era el médico que todos esperaban.

Los rostros se iluminaron de inmediato, como si su sola presencia tuviera un efecto curativo. Era curioso cómo, después de horas de espera, la simple certeza de que alguien finalmente se haría cargo bastaba para aliviar los síntomas, al menos por un momento.

Nicasia —había heredado el nombre de su abuelo— se encontraba, por primera vez, enfrentando el indigno trato de la atención médica pública. Acostumbrada a los mejores profesionales en clínicas privadas, dentro y fuera del país, encontraba inconcebible la precariedad de aquel lugar: paredes descascaradas que parecían desmoronarse con el tiempo, un aire denso de impaciencia y resignación, y una espera interminable que reducía a todos a simples números, despojándolos de identidad, de urgencia, de dignidad.

Pero ya no había dinero. Todo lo había devorado su hijo con esa maldita enfermedad de las apuestas. Vendió casa, autos, recuerdos... hasta la manera de hablar, porque cuando se pierde todo, hasta las palabras se vuelven huecas. Solo quedaban cuentas por pagar y memorias que dolían más que la miseria misma.

La humillación la golpeó de lleno el día en que cruzó, con lo puesto, la puerta de su inmensa casona por última vez. No hubo despedidas, solo el eco de una vida que se desmoronaba a sus espaldas. Sin más remedio, terminó en una vivienda de emergencia, en un campamento junto a la playa, hacinada en un espacio estrecho, húmedo y ajeno. Lo compartía con su hijo y su nuera, una mujer ordinaria y terriblemente sucia, cuya presencia le resultaba insoportable.

No era solo su higiene —lo que ya era bastante difícil de soportar— sino, sobre todo, su manera de hablar. Cada frase que salía de su boca era un atentado contra el lenguaje: palabras cortadas, sílabas atropelladas y, como mínimo, dos garabatos incrustados en medio, como si fueran signos de puntuación. Pero lo peor de todo no era eso. Lo peor era que, dentro de aquel desorden lingüístico, los insultos eran lo único que realmente se entendía.

Ahora, después de tres horas de espera, el médico asomó la cabeza por la puerta y, con un tono casi despreocupado, anunció:

—Tengo una operación, así que a los que quieran los puedo atender desde las cuatro de la tarde, o pueden volver mañana, respetando su turno de hoy.

El murmullo de la sala se transformó en un lamento colectivo, una mezcla agria de indignación y resignación. Algunos bufaron con frustración, otros bajaron la cabeza, sopesando en silencio si podían darse el lujo de esperar aún más. Nicasia cerró los ojos un instante. No era solo una espera interminable; era una humillación contra reloj, un recordatorio cruel de que ahí, en ese lugar, la dignidad también se ponía en pausa.

Para su sorpresa, casi todos los pacientes decidieron quedarse. Nicasia los observó con incredulidad.

"Claro, están acostumbrados a estos malos tratos", pensó. "Prefieren esperar porque, al final, nadie sabe qué pasará mañana... incluso puede que el médico ni siquiera venga."

Suspiró, miró su ticket arrugado en la mano y, sin más opciones, se sumó a la larga fila. Ahí estaban todos, con sus números improvisados, no dispensados por una máquina, sino por la señora del aseo: la primera en llegar cada mañana y, por lo visto, la única que ponía un poco de orden en ese caos.

Registró su cartera con dedos inquietos, tanteando los billetes arrugados y las pocas monedas sueltas que le quedaban. Le alcanzaba para un sándwich y un café de los que vendía ese señor gordo con cotona blanca a la entrada del recinto, el mismo que siempre tenía la cara brillosa y las uñas sospechosamente negras.

Pero, después de pensarlo un momento, prefirió guardarlo. Mejor un paquete de cabritas para su nieta. Esa niña era la única luz en su vida. El último vestigio de un linaje que ahora solo existía en su memoria. Quizás, con el tiempo, con esfuerzo, con algo de suerte, ella podría devolverle a su apellido el esplendor perdido, rescatarlo de ese lodazal de miserias en el que ahora estaba hundido.

Claro que primero tendría que convencerla de que lo cambiara en el Registro Civil cuando cumpliera la mayoría de edad. Un pequeño detalle.

Después de todo, pensaba: "La decencia se hereda... aunque los malos hábitos se impregnan en los primeros años de vida".

Ese pensamiento le pesaba en el pecho como una piedra. Sabía que la niña no tenía la culpa de haber nacido en ese entorno, entre vulgaridades y carencias, pero también sabía que el barro, cuando se seca, es difícil de sacudir.

Ese pensamiento la inquietó. Miró sus manos, las mismas que antes sostenían delicadas tazas de porcelana en elegantes reuniones, y que ahora, con torpe resignación, volvían a contar las mismas monedas opacas.

Hizo un cálculo rápido. Le alcanzaba para el café más pequeño del puesto ambulante. No era mucho, pero al menos le calentaría el cuerpo por un rato. Y quizá, con suerte, también el alma, aunque fuera lo que duran los sorbos.

Así lo hizo. Se acercó al puesto ambulante y pidió el café más pequeño.

El hombre hundió la cuchara metálica en el tarro de polvo, y Nicasia tuvo que contener una arcada. La cuchara estaba pegajosa, con restos de azúcar cristalizada y un tono ambarino, teñido por el té, las hierbas, y vaya a saber qué otros ingredientes de dudosa procedencia y peor destino.

Por un segundo pensó en desistir, pero ya no tenía el vaso en la mano. Lo sostenía con cautela, como si contuviera algo más que solo café: quizás un reto, quizás una advertencia disfrazada de líquido humeante. Lo acercó a sus labios, pero la sospecha pesaba más que el aroma.

Dudó. Tal vez ese café no era solo una bebida; tal vez era un recordatorio de lo mucho que había caído... o una prueba de cuán bajo aún podía llegar.

Encaminó sus pasos con resignación hacia la sala de espera, sintiendo el peso del cansancio acumulado y el vacío en el estómago, un vacío que no solo era el resultado de las horas perdidas y la escasa alimentación de ese día, sino algo más hondo, algo más difícil de saciar.

Cada paso se volvía más lento, más pesado, como si la paciencia también tuviera un límite físico.

Aun así, se aferró a la débil esperanza de que el facultativo la atendiera al menos en las siguientes dos horas. Dos horas más... ya qué importaba. Había esperado tanto, que un poco más no haría la diferencia.

¿O sí?

Cuando el médico finalmente apareció, con media hora de retraso sobre lo prometido, solo quedaba la mitad de los pacientes que habían decidido esperar.

Esa deserción, aunque reflejaba el hastío de muchos, le daba a Nicasia una relativa esperanza: tal vez, solo tal vez, hoy sí la atenderían.

Comenzó el llamado por número. Su corazón latía más rápido cada vez que un número anterior al suyo quedaba en el olvido.

"¡Se fue al agua!", vitoreaban algunos con entusiasmo, celebrando cada ausencia como si fuera un golpe de suerte colectiva.

A su lado, la señora distraída con el teléfono suplicó que repitieran los números, con la ansiedad de quien teme haber perdido su turno en un descuido imperdonable.

Entonces, para su felicidad, la señora escuchó el suyo.

Se puso de pie como si hubiera ganado un premio y, sin perder un segundo, se apresuró a ingresar a la oficina de consulta médica, temiendo que, si tardaba demasiado, hasta su propia suerte pudiera evaporarse.

No supo explicarse por qué sintió alegría por su vecina de asiento. Tal vez porque, después de tantas horas compartiendo aquel incómodo espacio, con los brazos pegados por el roce involuntario, ya no era del todo ajena.

Entre suspiros y comentarios al aire, se había enterado de su vida: su familia, su esposo fallecido, la flojera de su hijo menor... incluso del almuerzo que había dejado preparado la noche anterior para poder asistir a la consulta sin descuidar sus deberes de dueña de casa.

Quizás en ese lugar donde todos eran tan solo un número, aquella mujer había conseguido algo que ella misma ya no tenía: una historia que contarle a alguien.

Cuando la señora salió de la consulta, Nicasia no quiso preguntar cómo le había ido. No hacía falta.

Sus ojos húmedos, conteniendo las lágrimas a duras penas, lo dijeron todo sin pronunciar una sola palabra.

Por un instante, ambas se miraron. Luego, la mujer bajó la vista y se miraron en silencio, con la misma resignación con la que había llegado.

Acto seguido, tras tres números más que "se fueron al agua", finalmente llegó su turno.

Se levantó con esa mezcla de alivio y cansancio de quien ha esperado demasiado por algo que ya no sabe si vale la pena. Ajustó el bolso al hombro, se alisó la falda con un gesto automático y cruzó la puerta con paso firme, como si aún pudiera conservar un poco de dignidad en medio de tanta espera.

Minutos después, sentada frente a ese hombre de cotona blanca y mirada opaca, comenzó a relatar —en frases cortas y medidas— el inventario de dolencias que traía consigo desde hace años. Un resumen de enfermedades de veterana, enumeradas con la resignación de quien ha aprendido a vivir con ellas.

Pero esta vez había algo más.

Explicó su insomnio, ese enemigo silencioso que la mantenía despierta cuando el mundo dormía, y el punzante dolor de espalda que la despertaba en mitad de la noche, obligándola a levantarse, porque descansar en ese colchón lleno de cototos y olor a azumagado era, paradójicamente, imposible.

Mientras hablaba, el médico asentía mecánicamente, con la mirada perdida en un punto indefinido más allá de su figura, como si ya hubiera escuchado esa misma historia mil veces antes.

Nicasia sintió que sus palabras se deslizaban sobre él sin dejar rastro, como gotas de lluvia resbalando por un vidrio empañado. Apretó los labios, incómoda con la sensación de estar desperdiciando oxígeno, pero continuó. No porque creyera que le importara, sino porque, después de tantas horas de espera, al menos quería asegurarse de que su tiempo no hubiera sido en vano.

Sin mayores comentarios, el médico —con su acento extranjero y una indiferencia mal disimulada— le extendió una receta con un gesto automático.

—Aquí tiene, para que duerma toda la noche... —dijo, como si con eso resolviera todos los males del mundo.

Nicasia tomó el papel sin mirarlo y frunció el ceño.

—¿Y respecto de las otras cosas que le conté? —insistió—. ¿Mis enfermedades, mi artritis, los bochornos? ¿Qué hago?

El médico levantó la vista un instante, como si hubiera olvidado que ella había mencionado algo más.

—Señora, usted va a tener que acostumbrarse a esas cosas, porque son parte del envejecimiento. Y contra eso no hay remedio que la haga rejuvenecer —dijo el médico, con la misma naturalidad con la que alguien comenta el clima.

Nicasia parpadeó, incrédula. No esperaba milagros, pero tampoco esa brutal falta de tacto. Apretó la receta en su mano, arrugando el papel, que parecía pesar más de lo que debería.

Respiró hondo. No tenía sentido discutir. Solo le quedaba salir de ahí, con su insomnio, su artritis, sus bochornos... y la certeza de que, en ese lugar, la paciencia se agotó mucho antes que la enfermedad.

Ahora, en la calle, caminó sin rumbo. Necesitaba distraerse, sacudirse la sensación de hastío que le había dejado la consulta.

El aire helado del invierno le devolvió algo de serenidad, despejando su mente con cada bocanada. Cerró los ojos un instante y exhaló lento, como si pudiera expulsar, con el aliento, el cansancio de la espera, la indiferencia del médico, la resignación de la sala.

Entonces, su estómago gruñó, recordándole lo esencial: su cuerpo también necesitaba atención. Alimentación. Energía. Algo más tangible que una receta arrugada para poder seguir adelante.

Pero lo primero es lo primero.

Entró a una farmacia sin nombre de cadena, de esas que parecían resistir la modernidad con sus estantes desordenados y el aroma inconfundible a remedios vencidos, mezclado con eucaliptus. Sabía que ahí el precio debía ser menor, incluso sin el descuento de cliente preferencial.

Entregó la receta y esperó.

Cuando el farmacéutico le dijo el monto, apenas pudo exhalar:

—¿Cuánto dijo que costaba?

No hubo discusión. Solo un silencio resignado... y la decisión inmediata de que no había medicina que valiera tanto como un paquete de cabritas.

Esa noche, antes de irse a la cama, dejó el pequeño tesoro en la mochila de su nieta, junto al envoltorio de la colación. Cerró el paquete e imaginó su expresión de sorpresa, el brillo vivaz en sus ojos, la forma en que apretaría la bolsa entre sus manitas antes de abrirla con entusiasmo.

Eso bastaba.

Al día siguiente, cuando su nuera notó que la veterana no se levantaba, le gritó desde la cocina:

—¡Suegra! ¿Se está haciendo la manflinfla que no se levanta?

No hubo respuesta.

Ni siquiera cuando la tironeó, y el cuerpo cayó de la cama con un golpe sordo.

LA PROFESORA

Una mañana de invierno, fría y gris, igual que todas en aquel colegio. La maestra avanza por el patio de tierra, esquivando las piedras que demarcan una cancha de fútbol improvisada, seguro obra de los estudiantes que se identifican con los equipos locales. Apura el paso y por fin entra al aula. Cierra la puerta pensando en el desayuno que su cuerpo pide con urgencia a esa hora. Saca de su mochila un termo con agua caliente, y la vierte lentamente sobre la bolsa de té que comienza a humear dentro del tazón, cuyos bordes desgastados le recuerdan el tiempo transcurrido desde que ingresó a trabajar. Sin azúcar, piensa, porque se acerca el verano y debo bajar tres kilos o tendré que comprar ropa más holgada; la que tengo ya comenzó a apretar mi cintura. Aunque sabía que era una de esas promesas que todo el mundo hace sin ninguna intención de cumplir.

Acercó la silla, que alguna vez fue ergonómica, a su escritorio dejando caer libremente su humanidad sobre ella. Le respondió con un crujido y un estremecimiento que dejó la impresión de no aguantar su aturdido cuerpo. Con los años, olvidó la promesa de un mobiliario moderno, conformándose a la precariedad y a las condiciones inhóspitas del entorno. Un intento de mueca de resignación se dibujó en su rostro al observar las marcas del escritorio, vestigios de generaciones pasadas, que ahora parecía ser más bien como una pieza de museo para la enseñanza.

Sosteniendo una hallulla con mortadela en la mano izquierda, masticando con avidez, y hojeando con el índice de la mano disponible, el libro de clases abierto sobre el escritorio, revisa el temario del día percatándose que no contaba con el material que había solicitado. Comentó en voz alta, resignada: "Otro día más... y otra vez improvisando. Me pregunto cuántos días más voy a resistir sin los recursos adecuados". Pero aquí estoy con mis niños, y ellos no tienen la culpa de nada de esto. Buscando una solución, pensó que a veces la clase se desarrolla mejor con motivación que con los afiches descoloridos que almacenan en la bodega, algunos se rompen solo por tocarlos. Si los pido ahora, la secretaria – que por cierto llega tarde – va a poner el grito en el cielo y enfadará a la directora.

Sin otra opción, comenzó a buscar en su celular alguna idea motivadora del "día del padre" que pudiera aplicar a este curso de tercero básico de niños con capacidades intelectuales diferentes. Revisó páginas web del Ministerio, memes, hasta que descubrió un artículo que explicaba que el mayor orgullo de los niños era trabajar en lo mismo que su papá.

Se apresuró a escribir esta idea en la pizarra, pero cuando tomó el plumón se percató que lo habían dejado destapado y, la tinta estaba seca. Abrió el candado del mueble de los materiales, sacó alcohol gel, lo vertió dentro del tubo con algodón, lo tapó y lo agitó con fuerza.

La escritura era tenue, pero se alcanzaba a distinguir, sobre todo si la letra era grande y en imprenta. En la pizarra decía:

- ¿QUÉ ES TU PAPÁ?
- ¿TE GUSTARÍA SER CÓMO ÉL CUANDO SEAS ADULTO?

Mientras escribía, imaginó sus inocentes respuestas que, en su sencillez, relatarían historias de hogares que ella apenas alcanzaba a imaginar. Y en esos relatos ingenuos, atisbaría sus pequeñas grandes esperanzas, tan frágiles como ellos mismos.

Los niños llegaron poco a poco acompañados casi siempre por sus mamás que repetían las mismas recomendaciones de siempre, sobre qué hacer si su hijo o hija se descontrolaba o no quería participar en clases. Una se acercó alegando con voz destemplada, que el día anterior había quedado ropa de su hija en la sala y que por favor le pidiera a la señora del aseo que la entregue en secretaría.

Al final llegó un niño que no aparentaba problemas cognitivos, más bien se veía como un pollito asustado, sin levantar la vista y con cara de pedir disculpas por respirar. Le recordó sus propios inicios en el colegio, aquella sensación de no querer hacer ruido, de pasar desapercibida...

Sin darse cuenta, le dedicó una sonrisa, como si quisiera decirle que, en ese salón, todos tenían un lugar. Su papá lo dejó en la puerta, se despidió de la profesora y se fue sin hacer comentarios. El rostro le resultó desconocido, pero no le dio mayor importancia; sabía que no conocía a todos los padres de sus alumnos.

– Niños, dijo en voz alta la maestra, anoten en sus cuadernos lo que está escrito en la pizarra. Vamos a celebrar el día del padre con una reflexión que cada uno de ustedes hará sobre su papá.

Mientras ellos anotaban con dificultad mirando cada tanto la pizarra, la profesora se ubicó de espaldas al curso, sacando el último trozo de hallulla de su mochila. Se disponía a engullirlo de una mascada, cuando notó un niño a su izquierda. Él la miraba con sus ojos grandes y hambrientos, sosteniendo un lápiz entre sus dedos, como una excusa para acercarse. Casi podía saborear la mortadela mientras sus ojos la observaban, incapaces de pedir.

– ¿Tomaste desayuno? – Preguntó sintiendo de repente que su hambre era nada comparada con la avidez en la mirada del niño.

Él movió su cabeza negando y fija su mirada en el manjar que ella sostenía. Un nudo en la garganta le robó el apetito y sin pensarlo, le entregó ese último trozo de su modesto sándwich. Los ojos del niño brillaron con gratitud, iluminando la sala de una forma que nunca había sentido.

Sintió que aquel pequeño gesto le llenaba más el alma que cualquier desayuno. Sabía que, para algunos de ellos, un simple trozo de pan era un lujo, y en ese instante entendió por qué, pese a todo, volvía día a día a esa aula.

Estos niños, pensó, venían al colegio no solo en busca de conocimientos, sino de algo tan básico como una comida. En ese momento, su mortadela le pareció tan insignificante, y aun así tan necesaria.

¡Ya niños! Los que ya escribieron lo tienen que leer en voz alta. Porque es importante y entretenido que todos sepamos qué son sus padres y si a ustedes les gustaría ser igual a ellos.

Las respuestas no se dejaron esperar, pero no todos querían parecerse a sus padres, como ella había supuesto, había muchos niños que añoraban ser futbolistas, niñas convirtiéndose en cantantes, otros youtuber y unos pocos nombraban oficios o profesiones tradicionales. Sonreía al escucharlos. Aquellos sueños ingenuos llenaban la sala de colores, alejando por un momento la sombra de la precariedad reflejada en sus vestimentas.

Finalmente, Miguel, el "niño pollito" dijo

– Profesora, cuando sea grande yo quiero ser padrastro.

Padrastro. La palabra le resonó en la mente.

¿Qué había detrás de ese deseo en un niño tan pequeño? Algo en ella se quebró y, con una voz apenas firme, le preguntó:

— ¿Por qué dices eso, Miguel?

— Bueno, mi papá desapareció hace tiempo, y nos quedamos mi hermana y yo con mi mamá. Pero ella un día conoció a un hombre, que se fue a vivir con nosotros. Él cuida de mi mamá, siempre está ahí cuando lo necesitamos. Incluso me ayuda con las tareas. Nunca me dice que está cansado ni se va sin decirme buenas noches. Es mi amigo, y yo quiero ser igual que él algún día.

De repente, la clase dejó de ser solo una actividad. Era una ventana a las historias que cargaban esos pequeños, sus héroes y sus anhelos. Miguel había compartido con ella algo tan puro que sintió una especie de privilegio doloroso al recibirlo.

La profesora no pudo contener sus lágrimas, se sentó en la silla que ahora no rezongó, sumándose a la emoción de todos en la sala.

Miguel la miraba con esa mezcla de timidez y orgullo, como si supiera que su historia había dejado una marca.

La profesora respiró hondo, tratando de calmar su pulso acelerado. Miró a Miguel, aún de pie, con esa mezcla de timidez y orgullo, y pensó: Ellos vienen aquí a aprender, pero hoy fui yo quien recibió una lección sobre la fuerza del amor y el poder de la presencia. Sonrió apenas, mientras los niños retomaban su escritura o jugueteaban con sus lápices. El aula volvió al bullicio, pero algo en ella había cambiado.

Sacó un pañuelo de su bolsillo, secó las últimas huellas de sus lágrimas y retomó la clase. La voz de Miguel seguía resonando en su mente mientras escribía en la pizarra: "¿Qué tipo de personas queremos ser?" Era una pregunta que valía la pena reflexionar, para ellos y para ella.

A la hora de salida, mientras los apoderados llegaban a recoger a sus hijos, la profesora buscó con la mirada al padrastro de Miguel, queriendo grabar en su memoria el rostro de aquel héroe cotidiano. Pero fue su mamá quien apareció primero. Miguel corrió hacia ella con una sonrisa amplia, abrazándola como si no la hubiera visto en años. Antes de irse, Miguel se giró hacia la profesora y le hizo un pequeño gesto con la mano, como un adiós especial. Gracias, Miguel, pensó ella, y se quedó mirando hasta que sus siluetas se perdieron en la calle.

Al término de su jornada, se despidió de sus colegas, pero no salió de inmediato. Necesitaba reflexionar sobre lo que había ocurrido ese día. Sin prisa, cruzó nuevamente el patio, donde resonaban los ecos de una "pichanga" improvisada. Caminando hacia la salida, se detuvo un momento, observando a los niños de los cursos finales que perseguían el balón como un enjambre de abejas, ajenos al mundo, concentrados solo en anotar un gol.

Ahora en la calle, el aire de la tarde le enfrió las mejillas, arrancándole un suspiro que se confundió con el bullicio del ambiente y el eco lejano de los niños jugando en el patio. Caminó sin prisa, dejando que los pensamientos de la jornada se disolvieran poco a poco.

Al llegar a su casa, no se dio cuenta del saludo de su vecina, que la esperaba con ansias para contarle las novedades del día.

Dentro, se preparó un té rápido en el mismo tazón de bordes desgastados. Lo tomó sin azúcar, como había prometido, aunque sabía que el verano llegaría sin cumplir su promesa.

Mañana volvería al aula, con los mismos desafíos y las mismas improvisaciones que despertarían nuevamente su vocación que, aunque muchas veces creyó perdida, hoy por primera vez en mucho tiempo, se permitió creer que, pese a todo, seguía siendo capaz de marcar una diferencia.

Escrito en memoria de Miguel, el padrastro que conocí y admiré.

TUS ZAPATOS

Amigo, perdóname, pero voy a usar tus zapatos. Los míos están rotos y mojados. Aquí bajo el puente, hace un frío del demonio y tú ya no los necesitas.

La noche es joven, pero no dormiré. Te acompañaré antes que subas a tu última morada. Sé que ahora no puedes hablar, pero no es necesario. Nos conocemos desde hace años, desde aquel día en que te acercaste con una botella de vino sin descorchar y me preguntaste si la podíamos compartir. Mi risa fue la aceptación de ese inicio de amistad que nos ha mantenido juntos en las buenas y en las malas, a veces soportándonos y otras venerando el silencio.

Hemos pasado momentos felices y otros amargos, como aquella vez que unos rapaces se metieron a a nuestro refugio gritando como locos, buscando dinero, y, al no encontrarlo, se llevaron tu álbum con las fotos de tu familia. Imbéciles. Para nadie más que para ti era valioso, aunque estaba manchado y roto en las esquinas. Por suerte encontramos algunas fotos tiradas unos metros más allá, aunque todas embarradas. La que más apreciabas estaba destrozada, como si la hubiera pisado un elefante; ya no se distinguía la cara de tu novia, que era realmente hermosa. Intenté limpiarlas con mi camisa regalona, esa que guardo para ocasiones especiales, pero el agua solo empeoró todo. Dejaste de hablarme por días, hasta que, en mi silencio entendiste, que no había tenido mala intención.

Una noche alguien nos dejó bolsas con comida y ropa, justo cuando estábamos a punto de asar ratones. Si no hubiera estado tan borracho, lo habría invitado a beber conmigo para agradecerle. Parecía que te conocía; se quedó un buen rato mirándote dormir y, antes de irse, te besó en la frente.

No me quejo; este rincón bajo el puente, aunque húmedo, nos protege de la lluvia y el frío. Solo espero que no nos expulsen en verano, para no tener que cargar nuestras pocas pertenencias a otro lugar, donde siempre se pierde algo... nunca faltan los delincuentes que se aprovechan de nuestra vulnerabilidad.

Se está apagando el fuego; voy a usar esas tablas del cajón que nos dejaron unos chicos que creyeron que esto es un basural. Cuando me vieron, corrieron, pensando que los iba a insultar, pero yo solo quería agradecerles el "regalo", que ahora es bastante útil.

¿Recuerdas a ese grupo de jóvenes, con aires de misioneros, que nos visitaron? Las mujeres nos regalaron cremas que olían a jazmín y calcetines nuevos, y los hombres unos libros, una máquina de afeitar y unas poleras de un equipo de fútbol, que, al parecer, había descendido a la segunda división. Para ellos, esos regalos representaban un acto de altruismo, casi como si estuvieran cumpliendo una misión salvadora. Pero para nosotros, sabíamos que eran cosas insignificantes, útiles solo para cambiar por algo mejor. En cuanto se marcharon, llevamos todo eso al almacén de la señora Eulogia, que nos canjeó todo por una botella de pisco, una coca cola y dos cajas de vino. Tú, además pediste un pan con queso, que al final fueron dos, uno para cada uno. El hijo de la señora Eulogia estaba feliz con las camisetas; dijo que le servirían para el equipo de futbol de barrio. Nos quedamos con las medias deportivas, perfectas para noches frías de invierno.

Los jóvenes se marcharon satisfechos, convencidos de haber salvado el mundo y santificado su espíritu. Cuando les dijimos que podían volver la próxima semana, se sintieron incómodos y prefirieron hacerse los desentendidos. No aceptaron nuestra invitación a compartir la fogata que preparamos para ambientar una buena y regada conversación.

Aquella juventud bien intencionada y perdida en su propia nobleza me hizo recordar los últimos años de docencia que tuve en un colegio católico, cuando yo aún tenía una carrera y sueños a los que aferrarme. No puedo negar que me aburrían terriblemente los rituales de las misas, por eso, más de alguna vez bostecé bajando la cabeza, tratando de ocultar mi desidia, que no pasó desapercibida por el director. Esa situación confabuló en mi contra cuando un muchacho, que un día me declaró su amor, se sintió terriblemente humillado, creo, por la vehemencia de mi rechazo, al punto de denunciarme a la dirección del establecimiento.

El despido fue prácticamente inmediato, aduciendo en mi contra el título de hereje, pervertido y pedófilo. Con esos antecedentes se truncó mi profesión de docencia, ocasionándome una profunda e inmanejable tristeza. Ahora, con el tiempo, comprendo, fue una depresión que me hizo buscar refugio en el alcohol y luego vivir en la calle, como un acto de desafío al mundo. Es curioso, ¿no? Pasar de enseñar lecciones a jóvenes llenos de expectativas a observarlos desde un rincón de la calle, con sus intentos de redimir el mundo... sin darse cuenta de que, como en la Edad Media, solo están comprando indulgencias.

Así, entre recuerdos y la indiferencia de la vida, he aprendido que hay muchas maneras de caer y pocos caminos para levantarse.

¿Escuchas esa ambulancia a lo lejos? Esa sirena lejana siempre trae consigo la sombra de un desastre anunciado, una señal de que alguien más ha caído en esa trampa que se repite cada tanto. Esa curva es casi un cementerio de promesas rotas, de perros abandonados a su suerte por personas que no los quieren, como si la carretera fuera una línea final y fría en la que es permitido dejar atrás lo que ya no importa o se quiere olvidar.

Los pobres animales, confundidos y asustados, ni siquiera entienden dónde están. Solo saben que su hogar, su comida y su mundo seguro ya no están, y empiezan a vagar sin rumbo, apareciendo de repente entre los autos que pasan a toda velocidad. Esa curva parece reunir todas las decisiones egoístas y los finales trágicos en un solo punto. Los autos que intentan esquivarlos salen de la pista, chocando brutalmente contra el peñasco, que espera paciente, acumulando historias de vida que jamás continuarán.

A veces pienso en esos perros, en cómo debieron sentir esa traición, en cómo cada accidente es más que un golpe y un estruendo. Es un recordatorio de las consecuencias que dejamos en otros seres, visibles o no. Y así, en esa curva, queda todo: el miedo de los animales, el llanto de las sirenas, el metal retorcido y la indiferencia que se lleva vidas enteras al borde del camino.

Recuerdo cuando te encariñaste con uno de esos cachorros. Era hermoso, un Cocker Spaniel. Apareció de la nada en nuestras vidas y, en poco tiempo, se convirtió en el centro de nuestra rutina. Nos cambió por completo, especialmente en esas primeras semanas de caos donde todo giraba en torno a sus demandas y a sus ojos tiernos que parecían comprender nuestras flaquezas.

Cada mañana nos despertaba antes del amanecer, con ese pequeño aullido que se colaba en nuestros sueños. El desayuno tenía que estar listo a tiempo, exigiendo su banquete con prisa. Y, por cierto, se tuvo que acostumbrar a raciones que apenas calmaban su apetito, porque entre tres, las cosas no siempre alcanzaban como quisiéramos. A veces, él nos miraba con esa carita de incomprensión, como si no entendiera por qué su plato no estaba lleno, y a nosotros nos dolía no poder darle más. Aún así, nos agradecía cada día con pequeñas mordidas demostrando su cariño incondicional.

Amigo, esta botella ha esperado mucho tiempo bajo la tierra, aguardando nuestros secretos y promesas. No pensé que este sería el momento de sacarla, sin ti a mi lado, sin tu risa áspera ni tus bromas sarcásticas. Pero aquí estamos, o, mejor dicho, aquí estoy, levantando este trago en tu nombre, y, si no es a tu salud, porque ya no la necesitas, al menos a la mía, que aún aguanta, aunque a veces no sé por qué ni para qué.

Este primer sorbo, amigo, va por todos esos momentos que compartimos en silencio, por los ratos buenos y por los desastrosos. Y este segundo... este segundo lo tomo para llenar esta soledad que dejas, aunque que será mi compañera de ahora en adelante.

Poco a poco, sorbo a sorbo, el mundo alrededor empieza a tambalear, a desdibujarse, mientras el licor me arrastra a un sueño pesado y profundo, uno de esos sueños que parecen querer anclar el alma.

Al amanecer, el frío, que en la noche caló los huesos, se desvanece con los primeros rayos de sol, que se convierten en una manta cálida. La última visión que recuerdo es la botella vacía a mi lado, como un testigo silencioso de nuestra despedida.

Siento un empujón, insistente, sacándome del sueño. Abro los ojos con dificultad, y la luz me hiere. Apenas puedo ver quién me empuja, pero logro distinguir una figura que me observa en silencio. Pestañeo varias veces hasta que, poco a poco, todo comienza a enfocarse.

Es mi amigo, de pie frente a mí, con su manta oscura, mirándome sin decir nada, observándome como solía hacerlo cuando algo grave ocurría. Confundido, intento levantarme, pero mis piernas, entumecidas, apenas responden.

Se agacha, me toma del brazo y me ayuda a poner de pie. Un aire frío me recorre la espalda cuando lo veo alzar una botella, aquella botella que creí vacía, y me la extiende con una media sonrisa. Sin pensarlo, la tomo y bebo un sorbo; el licor es fuerte, y me calienta la garganta como si fuera la primera vez.

Mientras el calor me recorre, él se gira y camina lentamente hacia la salida del puente. Lo sigo, tambaleándome, hasta que alcanzamos la calle. Al mirar a mi alrededor, noto algo extraño: las calles están desiertas, no hay autos ni personas, solo una calma inquietante.

De pronto, un recuerdo borroso me golpea. Ayer no solo brindé por él; brindé por ambos, por la vida que dejamos atrás, por esa despedida que ninguno de los dos quiso afrontar. Me giro hacia mi amigo para pedirle explicaciones, pero él ya no está.

Un escalofrío me recorre mientras comienzo a comprender: anoche, mi amigo partió. Todo se hace visible de forma cruda y repentina... y ahora entiendo que el que yace en esa ambulancia, soy yo.

En el refugio, un nuevo habitante escudriña nuestros recuerdos. A lo lejos, escucha el frenazo brusco, el aullido de un quiltro, el impacto contra la roca y el ulular de la ambulancia: ecos de vidas que se pierden y abandonan...

HAMBRE

Vi el letrero de vacante en la puerta del restaurante y, sin pensarlo, acepté el empleo. No era algo formal; más bien un intercambio tácito. Lavaba platos y recogía lo que quedaba en las mesas; a cambio, me convertía en un "reductor de desechos," como lo llamaba el dueño con una sonrisa sardónica, mientras mi estómago rugía con la fuerza de quien ya no tiene opciones.

Antes de esto, trabajaba como aseador en una panadería. Era un empleo humilde, pero suficiente para vivir y, de vez en cuando, permitirme el lujo de una cena fuera. Todo cambió cuando el recorte de personal también recortó mi sustento. Lo que empezó como un par de días sin comer se convirtió en semanas de puertas cerradas y silencios incómodos en entrevistas. Mi dignidad, junto con mi cintura, se fue desmoronando. Así que, cuando vi el cartel de "vacante" en el restaurante del señor Epidemia, lo tomé como un salvavidas, aunque intuyera que el precio sería hundirme aún más.

¿Qué más podía hacer después de días sin probar algo contundente? Desde ese día, sacié mi apetito con las sobras frías y grasientas que los comensales dejaban en sus platos, en el restaurante del señor Epidemia. Así llamaban al dueño de ese tugurio de mala muerte, un hombre de aspecto famélico y voz rasposa que parecía tan insalubre como los platos que servía. Su mirada, siempre entrecerrada, me seguía mientras limpiaba, como si esperara verme fallar.

El olor a grasa rancia y desinfectante barato impregnaba mis manos y mi ropa, recordándome a cada segundo que estaba atrapado en el fondo de un pozo sin luz. Pero eso era mejor que nada. Al menos aquí, entre pilas de platos sucios y restos de comida, tenía algo que llevarme a la boca.

Hasta aquel fatídico día. Me asomé al comedor para averiguar por qué tardaba tanto la entrega de loza para la limpieza. Lo que vi congeló mi mano sosteniendo la cortina que separaba los ambientes. El señor Epidemia, con sus manos huesudas y movimientos casi mecánicos, recogía los mejores bocados que quedaban en los platos. Sus uñas sucias se hundían en los trozos de carne, provocándome náuseas. Juntaba los más grandes en una bolsa negra, aparentemente destinada a los perros de su casa. Pero lo peor fue verlo masticar con lentitud algunos pedazos antes de escupirlos de nuevo en la bandeja, como si el acto de saborear fuera un derecho exclusivo que él se concedía, dejando el resto como una ofensa para mí, el reductor de desechos, encargado de su labor ecológica.

Un espasmo de asco me recorrió el cuerpo. Sentí el hambre apagarse como una vela en medio de una tormenta. Era como si el aire del restaurante se hubiera vuelto irrespirable, saturado de una suciedad que no estaba en los platos, sino en el alma oscura de ese desgraciado.

Sin pensarlo, dejé caer el trapo grasiento que llevaba en la mano. No podía seguir ahí. No podía seguir tragándome no solo las sobras, sino también la humillación que impregnaba cada rincón de ese lugar. Salí por la puerta trasera, sin despedirme, sin mirar atrás, dejando que el olor de la cocina se quedara atrapado en esas paredes, lejos de mí.

Me prometí nunca volver a ese lugar, ni siquiera si me pagaran un sueldo.

Al cabo de unos días, comencé a dudar de mi decisión. Me quedé frente al espejo, observando las ojeras hundidas y el rostro que apenas reconocía. Podía volver, pero sentía que cruzar esa puerta significaría borrar lo poco que quedaba de mí. Aun así, el hambre golpeaba fuerte, empujándome hacia un abismo donde la dignidad era un lujo impracticable.

Las sombras de mi orgullo chocaban contra la realidad: sin dinero, sin comida, ¿cuánto tiempo podría resistir? Pero incluso entonces, el recuerdo del señor Epidemia masticando y escupiendo carne me cerraba la garganta y me devolvía el asco.

Después de la humillación que sentí al saborear una comida impregnada no solo de las sobras de los comensales, sino también de la saliva rancia del señor Epidemia, algo en mí se quebró. No era rabia; era algo más frío, más calculado.

Mientras el mundo dormía, decidí que todo lo que me había roto debía arder conmigo. No era solo hambre; era la humillación y un asco que se había convertido en sombra.

Esperé hasta que todo estuviera en silencio. Caminé hasta la calle donde había prometido no volver y me colé por la puerta trasera. Conocía bien el lugar, podía moverme en la oscuridad. Las sombras de la cocina eran familiares, pero ahora tenían un aire diferente, casi cómplice. Encendí una vela que encontré entre las pilas de cacharros oxidados y la coloqué con cuidado en la hornilla de la cocina.

Abrí todas las llaves de gas, sintiendo cómo el aire se llenaba de un silbido apenas audible. El olor a gas era pesado, casi sofocante, pero no me importaba. Antes de salir, me detuve un segundo, mirando ese lugar con la misma indiferencia con la que Epidemia había tratado a quienes trabajaban para él. Cerré la puerta trasera con calma y me alejé, pero no demasiado. Quería verlo. Quería asegurarme de que todo se consumiera.

El fuego comenzó tímido, lamiendo las paredes, hasta rugir y consumirlo todo. Desde la distancia, el resplandor bailaba en mis ojos, como si el restaurante en rebeldía hiciera un último intento de sobrevivir.

La explosión fue un espectáculo digno de una película de narcotraficantes: una llamarada que iluminó el cielo nocturno y convirtió el tugurio en un infierno de fuego y escombros. Pero lo que vino después fue aún más impactante. Salieron ratones obesos arrancando hacia las alcantarillas, como si escaparan del juicio final. Las cucarachas, miles de ellas, formaron un manto negro que corría desesperado por las calles, chocando entre sí en su huida.

Los vecinos, alarmados por el estruendo y el brillo de las llamas, comenzaron a salir de sus casas, con rostros incrédulos. No podían entender la inmundicia que emanaba de un lugar que muchos de ellos frecuentaban regularmente. Algunos murmuraban sobre cómo nunca sospecharon lo que se escondía detrás de esas paredes grasientas. Otros simplemente miraban en silencio, como si estuvieran frente al cadáver de un monstruo que habían alimentado sin saberlo. Una mujer mayor se persignó, diciendo que el restaurante siempre olía a muerte. Sus palabras se mezclaban con los gritos de las ratas y las cucarachas, como si el restaurante hubiese devorado sus almas también.

Un niño pequeño, sentado en las piernas de su madre, preguntó si los ratones volverían. La mujer no respondió, solo lo abrazó fuerte, como intentando protegerlo de la inmundicia que con el fuego parecía provenir desde el infierno.

Observé las llamas hasta que el cielo se tiñó de negro. Pero el silencio después de la explosión fue más ensordecedor que cualquier estruendo. En ese vacío, mi mente se llenó de ecos: risas sardónicas, platos golpeando, el sonido de mi estómago vacío.

Pensé que el fuego consumiría lo peor de aquel lugar, pero al final, las llamas solo iluminaron lo que ya estaba roto dentro de mí.

TRANSGÉNICOS

Siempre que Ignacio quería conversar algo importante con Andrea, prefería hacerlo en un parque, para evitar las interrupciones de la casa que impedían la concentración.

— Andrea, voy a ponerle el collar a Cachupín y lo llevaré a la plaza

— dijo Ignacio, alzando la voz mientras ajustaba la correa en el cuello del perro.

— Si decides acompañarnos — añadió, mirando a su esposa con una mezcla de "es importante" y "tenemos que hablar" —, estaremos en el sector de recreación para perros.

Cachupín movió la cola emocionado, ajeno a las tensiones humanas. Para él, cualquier paseo era una fiesta, un soplo de libertad en su pequeño mundo de ladridos y diversión. Ignacio, en cambio, veía en ese paseo una pausa en el tedio que lo envolvía. El aire, aunque caliente y cargado del inconfundible aroma de la ciudad, prometía un respiro de la monotonía asfixiante.

Comer, leer o ver una película y luego acostarse sin sueño para despertar al día siguiente atrapado en la misma rueda, se había convertido en su rutina. Una práctica que, aunque cómoda, le robaba el aliento. En esos momentos, salir con Cachupín era una forma de buscar vida entre los ladridos y el calor del cemento.

En su trabajo, todo giraba en torno a las ventas. Su tarea, hacer cálculos de comisiones y proyectar negocios futuros, lo había convertido en el blanco del descontento de los vendedores de productos transgénicos. Era odiado en silencio, como quien dispara al mensajero sin decir una palabra. A fin de año, la gerencia exigiría un incremento del 5% en las ventas. Su ingrata misión era repartir esa sobrecarga entre los diferentes equipos, cada cual más exhausto de intentar escalar una montaña sin cúspide.

Sabía perfectamente que las metas causarían molestias en algunos e indignación en la mayoría, especialmente en los equipos que ya estaban "reventados." Y, aun así, no tenía intención de contradecir el mandato. Mientras su sueldo llegara intacto y las pequeñas regalías por obediencia le siguieran cayendo, no había mucho más que discutir.

El problema era ese círculo inquebrantable. Parecía que su vida también se había convertido en una proyección de esas comisiones: previsibles, calculadas, con un margen justo para sobrevivir, pero sin espacio para soñar.

Encerrado —o quizá escondido— en su oficina, Ignacio leyó un artículo que lo sacudió como hacía tiempo no lo hacía nada relacionado con su trabajo. Provenía del laboratorio de la compañía, donde se desarrollaba una droga revolucionaria en el mundo de la genética. Prometía alterar genes a nivel celular, rejueveneciendo animales y prolongando sus vidas. El artículo sugería que sería un hito en el universo de las mascotas, aliviando el sufrimiento de sus dueños, quienes con frecuencia enfrentaban la partida de sus compañeros de vida, incluso por causas naturales.

El laboratorio había presentado la solicitud al Instituto de Salud Pública, iniciando el Proceso de Registro Sanitario de Medicamentos. No obstante, decidió por cuenta propia, iniciar una etapa experimental.

Para ello la compañía buscaba voluntarios que estuvieran dispuestos a someter a sus mascotas a este tratamiento. Ignacio, al recordar a Cachupín, sintió un nudo en el estómago. El perro había empezado a mostrar señales de envejecimiento; el brillo en sus ojos no era el mismo, y sus movimientos carecían de la energía de antes. Ni él ni su esposa se sentían preparados para enfrentar su partida, menos aun cuando sus hijos vivían en España y sus visitas eran cada vez más esporádicas.

Más tarde, en la plaza, llegó Andrea sofocada con el aire caliente, cargado con el olor de tierra seca y hojas que apenas aliviaba la monotonía asfixiante de su día.

Cachupín los observaba con ojos inquietos, moviendo la cabeza cada vez que escuchaba su nombre repetido. Ignacio y su esposa discutían las implicancias del experimento, sus pros y contras, mientras el perro se tensaba, como si intuyera que era el centro de un debate que no podía entender. Los años junto a sus amos le habían dado una vida tranquila, pero jamás había vivido algo tan extraño. Mientras los observaba, parecía querer preguntar qué estaba pasando, como si las palabras flotaran en el aire entre ladridos y silencios.

El sol comenzaba a ocultarse, tiñendo el cielo de tonos cálidos, mientras la incertidumbre crecía. ¿Era correcto jugar con la vida de un ser que confiaba ciegamente en ellos? ¿Podrían enfrentar las consecuencias si algo salía mal? El debate seguía abierto, pero la mirada de Cachupín, cansada y leal, parecía gritar una respuesta que aún no podían escuchar.

—¿Qué pasa si algo sale mal? —preguntó Andrea, mientras Cachupín, ajeno al debate, se acurrucaba en su rincón favorito.

Ignacio no respondió de inmediato. Observó al perro, recordando sus primeros días como cachorro. Luego dijo en voz baja:

—No sé si puedo despedirme de él —respondió en voz baja, como si admitirlo le doliera más que pensarlo.

El silencio que siguió fue la respuesta de ambos.

El medicamento llegaría el mes siguiente. Hasta entonces, solo quedaba esperar con "calma."

Pero la calma fue lo último que reinó en casa. Las noches se llenaron de silencios incómodos y pensamientos inconclusos, mientras Cachupín, ajeno a todo, seguía con sus rutinas, moviendo la cola y buscando caricias, sin imaginar el cambio que se avecinaba.

¡Por fin llegó el día! Los empleados, entre ellos Ignacio, fueron los primeros en recibir el medicamento, un privilegio disfrazado de interés corporativo. Sin embargo, las miradas de sus colegas no brillaban por amor a sus mascotas, sino por el potencial aumento de ventas, la promesa de cumplir metas imposibles y la proyección de mayores ingresos.

Ignacio llegó a casa con el paquete que prometía "vida eterna." Sus manos temblaron ligeramente al sacarlo de la mochila y llevarlo a la cocina. Mientras Cachupín lo seguía con curiosidad, Ignacio mezcló cuidadosamente el contenido en la comida de su querido compañero. Al colocar el plato en el suelo, su corazón latía como si estuviera entregando algo más que alimento: una promesa, un experimento, una apuesta que cambiaría sus vidas para siempre.

Andrea observaba con atención cada maniobra de Ignacio mientras mezclaba la medicina con la comida de Cachupín. La ansiedad de su esposo era evidente en el temblor de sus manos al vaciar el contenido en el plato reluciente, recién comprado para la ocasión, como si ese detalle hiciera más solemne el momento.

Cachupín, ajeno a la importancia de aquella cena, olisqueó el plato y comió con calma. Sus movimientos reflejaban los años acumulados, y tras saborear parte de su comida, se acomodó en su rincón favorito para tomar su siesta habitual. Sin embargo, esta vez su descanso se prolongó durante toda la noche, algo que Andrea notó con un nudo en el estómago, aunque no quiso mencionarlo a Ignacio.

A la mañana siguiente, Andrea escuchó un ladrido inusual desde el balcón. Corrió con la taza de café en mano, y vio a Cachupín correteando tras el gato de la vecina, un rival que hasta ayer parecía ignorar. Su energía era desbordante, como si los años se hubieran evaporado durante la noche.

—Ignacio, ven a ver esto —gritó, tratando de contener su asombro.

Ignacio llegó corriendo, con la camisa sobrepuesta. Observó a su compañero de años saltar como un cachorro, y por un instante, el peso de la decisión pareció desvanecerse.

—Está funcionando... —murmuró, casi incrédulo.

Pero mientras Cachupín ladraba, algo en su tono lo inquietó. No era el ladrido amigable que siempre había conocido. Era más agudo, más intenso, como si algo en su interior también hubiera cambiado.

Aunque era temprano para sacar conclusiones, la vitalidad de Cachupín iluminó la cocina con un atisbo de esperanza. Andrea y Ignacio se miraron, compartiendo una mezcla de asombro y cautela. ¿Podría realmente estar funcionando?

Esa mañana, mientras conducía hacia la oficina, Ignacio no podía apartar de su mente una pregunta insistente: ¿El éxito de las ventas futuras podría, al fin, aumentar mi exiguo salario congelado desde hace más de tres años? La perspectiva de una mejora económica lo hacía sentirse parte de algo importante, aunque no del todo correcto.

En la empresa, el entusiasmo era palpable. Los días pasaron rápidamente entre reuniones y especulaciones, mientras el equipo de marketing ultimaba los detalles del video promocional. Cuando estuvo listo, los empleados no tardaron en compartirlo con familiares y amigos, convencidos de que se volvería viral. Las imágenes de mascotas rejuvenecidas, saltando como si el tiempo no existiera, despertaron emociones, pero también sembraron dudas.

Las autoridades no tardaron en reaccionar. Desde áreas clave del gobierno, surgieron voces de alarma. Argumentaron que la población no estaba preparada, ni física ni emocionalmente, para que algo tan disruptivo se masificara. Exigieron pruebas concluyentes sobre la seguridad de la droga, no solo para los animales, sino también para los humanos, planteando un temor inesperado: ¿Qué pasaría si las mascotas, transformadas por la droga, desarrollaran comportamientos impredecibles, incluso agresivos?

Como medida de control, los voluntarios recibieron formularios detallados donde debían anotar cualquier cambio, por mínimo que fuera, en el comportamiento de sus animales. Además, se estableció un riguroso protocolo: cada semana, un veterinario especialista en experimentos biológicos visitaría los hogares para evaluar los resultados.

Mientras tanto, Ignacio observaba a Cachupín cada día con una mezcla de orgullo y aprensión. ¿Podría este experimento realmente cambiarlo todo, o estaban jugando con algo que no comprendían del todo?

Los ánimos estaban caldeados. *¿Por qué tanta burocracia?* se preguntaban, indignados, los vendedores, ignorando que la resolución sanitaria favorable solo se otorgaría si los medicamentos eran seguros y eficaces para la población. La incertidumbre se convertía en rabia, y los rumores de una protesta en la calle cobraban fuerza. En las conversaciones de pasillo, las críticas no faltaban: *"Ahora que por fin proyectábamos un desahogo económico, nos frenan con trabas gubernamentales. El gobierno debería enfocarse en erradicar* *la cesantía, que pronto podría afectarnos si esto no se resuelve."*

Entre los más combativos, algunos iniciaron una colecta para fabricar pancartas y carteles. Estaban seguros de que la prensa amplificaría su lucha, mostrándola como un símbolo de la opresión contra el libre comercio. La tensión en la empresa crecía a medida que las negociaciones con el gobierno se prolongaban.

Después de un mes, el sindicato de vendedores logró un avance. Se autorizó la venta del producto en calidad experimental, pero bajo condiciones controladas: solo se permitiría distribuir una cantidad limitada, los dueños de las mascotas debían empadronarse, y la empresa debía habilitar una línea telefónica de emergencia para reportar cualquier incidente relacionado con el alimento transgénico.

En un acto inicial, comenzaron registrando a los propios empleados que habían usado el producto en modalidad de prueba. Ignacio, impresionado por el evidente rejuvenecimiento de Cachupín, no perdió tiempo. Apartó una caja con 30 bolsas del alimento transgénico, decidido a garantizar que su querido compañero continuara disfrutando de su renovada juventud.

Mientras cerraba la puerta del armario donde guardó la caja, una pregunta fugaz cruzó su mente: *¿Estamos realmente listos para esto?*

Al regresar a casa, Ignacio comentó apresuradamente las novedades a Andrea. Su voz, desgastada por la ansiedad, apenas podía ocultar el torbellino de pensamientos que lo asaltaban. Andrea lo escuchaba con inquietud, como quien retiene un secreto demasiado grande para guardar por mucho tiempo.

Finalmente, en un tono casi inaudible, dijo:

– ¿Te parece muy loca la idea de rejuvenecer y que volvamos a las travesuras de antaño?

Ignacio se quedó inmóvil, como si las palabras flotaran en el aire más tiempo del necesario. Reflexionó unos instantes, recordando algo que había notado recientemente: uno de sus colegas, el más veterano, solía llevar una mueca constante de dolor por la artritis. Sin embargo, el día anterior lo había visto caminar sonriente, casi ligero, y algo aún más curioso: juraría haber visto unas "pelusas" incipientes en su calva brillante.

Al terminar de relatarlo, sintió un hormigueo en la espalda y preguntó con voz tensa:

—¿Estás segura de que no te hará daño? —preguntó Ignacio con un tono que mezclaba incredulidad y temor.

Andrea lo miró, como evaluando cada palabra antes de responder.

—No lo sé. Pero... —dudó, como si buscara el término correcto—
... es mejor que sentir que me estoy desmoronando cada día.

Esto que pasaba en su hogar, remarcó los rumores que algunos empleados ya estaban experimentando con dosis adaptadas para humanos, fuera del protocolo aprobado.

Esa noche, la conversación entre sábanas se prolongó hasta altas horas de la madrugada.

Andrea se acurrucó junto a Ignacio buscando la mejor manera de confesar su secreto:

—Ignacio, tengo que decirte algo —bajando su entonación.

—¿Qué pasó? —preguntó, entreabriendo sus ojos.

Andrea se mordió el labio antes de continuar.

—Empecé a tomar el transgénico hace dos semanas.

Las palabras cayeron como un martillo. Ignacio dejó de sentir su cuerpo.

—¿Por qué no me lo dijiste antes? —su tono era una mezcla de incredulidad y enfado.

—Porque no estaba segura de lo que iba a pasar. Y porque... —su voz se quebró—, porque no quería que me vieras envejecer mientras todo a nuestro alrededor rejuvenece.

Ignacio sintió una punzada en el pecho. Quiso decir algo, pero no encontró las palabras. En su lugar, puso su mano en la frente de Andrea.

—¿Y has notado algo extraño?

Ella asintió, con los ojos llenos de lágrimas.

—Me siento más joven, pero también más... inquieta. Como si algo estuviera cambiando dentro de mí.

El silencio llenó la habitación mientras Ignacio intentaba procesar la magnitud de lo que acababa de escuchar. La idea de Andrea experimentando con algo tan incierto lo aterraba y lo fascinaba a partes iguales. ¿Habían cruzado un límite del que no podrían regresar?

Todo era distinto ahora. Los últimos meses habían traído cambios tan radicales que la mente de Ignacio apenas podía asimilarlos. Esa noche, entre susurros y miradas cómplices, él y Andrea llegaron a un acuerdo: ella se encargaría de llenar en secreto la bitácora de las mascotas, incluyendo sus pensamientos y emociones como si fueran anotaciones científicas. Sería un registro doble: el de Cachupín y el suyo propio. Si algo salía mal, buscarían juntos una "vuelta atrás," un retorno a la estabilidad de sus 60 años, aunque ambos sospechaban que quizá eso no sería posible.

A la mañana siguiente, Ignacio llegó al trabajo con los sentidos agudizados, observando a cada compañero que pasaba frente a él. En la cafetería, se encontró con Arturo, el hombre de la cabeza calva y la mirada cansada. Pero el Arturo de hoy no era el mismo. Una champa desordenada y rala de cabello cubría su cuero cabelludo como si el tiempo hubiera girado en reversa. Las profundas ojeras que solían marcar su rostro habían disminuido considerablemente, casi borradas por un brillo inusual en sus ojos.

Ignacio no tuvo dudas: Arturo estaba haciendo trampa. *¿Pero no estaba él haciendo lo mismo?* La línea entre lo ético y lo tentador se volvía cada vez más borrosa. Era como si todos hubieran encontrado una manera de desafiar a la vida, pero nadie sabía cuánto tiempo podían sostener el engaño.

Ese pensamiento lo acompañó durante todo el día, mezclándose con la curiosidad y un temor creciente: *¿Hasta dónde llegaremos antes de que todo esto se salga de control?*

"¿Qué va a pasar ahora?", pensó Ignacio mientras observaba el ritmo monótono del semáforo en rojo. La humanidad se lanzará como moscas a la miel hacia esta miserable alquimia transgénica, comprando por kilos lo que creen ser la fuente de la juventud. Estaba seguro de algo: esto no tendría un desenlace feliz.

Un profundo disgusto empezó a apoderarse de él. *¿Por qué no fui tajante con Andrea?* Se recriminó en silencio por no haberle impedido continuar con ese tratamiento, o más bien *"transtamiento"*, como él prefería llamarlo. Las consecuencias podrían ser desastrosas. Si ella rejuvenecía mientras él permanecía envejeciendo, ¿en quién se convertiría? ¿Sería una persona mayor atrapada en un cuerpo de adolescente, o peor aún, una joven ansiosa por redescubrir la vida? La sola idea lo paralizó.

Al llegar a casa, con la mente agotada de tanto darle vueltas al asunto, Cachupín lo recibió con un salto descomunal que lo tomó completamente por sorpresa. Como en sus años de cachorro, el perro se lanzó directo a sus hombros. Pero esta vez, con todo el peso de un adulto revitalizado, el golpe lo tumbó de bruces al suelo. Por suerte, la alfombra amortiguó la caída.

Antes de que pudiera reaccionar, Cachupín le dio un par de lengüetazos, uno directo sobre los lentes y otro en la ceja. Ignacio intentó limpiarse rápidamente con la manga de su camisa, pero no pudo evitar reír, aunque fuera por un instante.

Quizá sea el único aquí que realmente está disfrutando de este desastre, pensó mientras intentaba ponerse de pie.

Cachupín, antes tranquilo, ahora correteaba sin pausa. Sus ladridos, antes un eco familiar, se habían vuelto agudos y ansiosos. Por primera vez, Ignacio se preguntó si el brillo en sus ojos era vitalidad o algo más oscuro.

Mientras veía a Andrea moverse con una energía que ya no reconocía, Ignacio sintió una mezcla de orgullo y temor. ¿Era esta nueva versión de su esposa una bendición o un recordatorio de lo que estaba perdiendo él mismo?

La vida continuaba, pero los cambios eran cada vez más evidentes, tanto en Andrea como en la empresa. Muchos empleados, sin ningún escrúpulo, comenzaron a vestir como lo hacían en sus años de juventud. Camisas ajustadas, pantalones llamativos y peinados estrafalarios llenaron las oficinas, junto con nuevas dinámicas que antes habrían sido impensables. Las parejas clandestinas florecieron, y a la hora de almuerzo no era raro que desaparecieran algunos rostros, solo para regresar después, sonrientes y recién bañados, como si el tiempo y las reglas ya no tuvieran peso.

Ignacio, por su parte, se mantenía firme en su rol de hombre maduro y serio, cada vez más fuera de sintonía con sus "antiguos" compañeros, que ahora parecían adolescentes atrapados en cuerpos renovados. Aunque observaba con incredulidad la decadencia a su alrededor, decidió mantenerse al margen, cerrando la puerta de su oficina para evitar ser testigo de lo que ocurría en los pasillos.

Sin embargo, no todo era miel sobre hojuelas. Las disputas y peleas empezaron a multiplicarse, alimentadas por amoríos furtivos y relaciones conflictivas. No solo los vendedores estaban involucrados, sino también las áreas administrativas, gerenciales, e incluso el director, quien intentó sobrepasarse con su secretaria, que efectivamente era una joven de 20 años con cuerpo exuberante.

Ignacio observaba todo esto desde la distancia, sintiendo un desprecio creciente. Se encerró en su oficina, evitando al grupo de "jóvenes" que, según comenzó a sospechar, no solo habían rejuvenecido físicamente, sino que parecían haber perdido neuronas en el proceso. Sus conductas no eran más que las de quinceañeros con dinero, capaces de satisfacer caprichos que jamás pudieron permitirse en su verdadera juventud.

Desde la ventana, veía a Cachupín corretear con la misma energía que en sus días de cachorro. Su lealtad seguía intacta, pero ahora, por primera vez, Ignacio sintió que el mundo que lo rodeaba se volvía completamente irreconocible.

En casa, la transformación de Andrea era innegable. Había tomado el medicamento con moderación, pero los efectos eran sorprendentes: ahora lucía como una mujer de 40 años, siempre sonriente y rescatando vestidos cortos que habían pasado años olvidados al rincón de ropa en desuso de la buhardilla. Su energía y vitalidad llenaban la casa, mientras Ignacio, atrapado en sus pensamientos, se debatía entre dos mundos: unirse a la bandada rejuvenecida o permanecer orgulloso en la tercera edad, con sus achaques e ideas que él mismo calificaba de retrógradas, pero dignas de un "señor respetablemente mayor."

Mientras tanto, los rumores se confirmaban. A los tres meses, se anunciaba que el gobierno estaba a punto de liberar la comercialización del transgénico "vida eterna" para consumo humano, bajo la condición de tener más de 50 años. Lo más impactante no fue el decreto en sí, sino la velocidad con la que se aprobó, sin cumplir el protocolo completo de la entidad sanitaria responsable de otorgarlo. Al observar los noticiarios, Ignacio pudo intuir lo que nadie decía en voz alta: los propios gobernantes habían sucumbido a la tentación de rejuvenecer. Sus rostros más lozanos y gestos enérgicos delataban el cambio de opinión.

Un par de meses después, a fin de año, sus hijos regresaron a visitarlos. Desde Europa, habían seguido las noticias del rejuvenecimiento con escepticismo, mirándolo como un fenómeno polémico y peligroso. Pero la cena del reencuentro dejó atrás cualquier duda. Al ver a su madre, ambos quedaron estupefactos. Andrea ya no parecía la mujer que habían dejado atrás, sino alguien de su misma edad: fresca, vivaz, incluso más lozana que las parejas de sus hijos.

La cena transcurrió en un ambiente extraño. Andrea hablaba con entusiasmo, como si fuera parte de una nueva generación, mientras Ignacio se refugiaba en su papel de espectador silencioso. Sus hijos, aún incrédulos, no podían apartar los ojos de su madre. El mito que habían descartado en Europa se materializaba frente a ellos, una realidad que ahora tenían que aceptar.

Ignacio observaba todo en silencio. Por primera vez, sintió el peso de su decisión: ¿debería continuar resistiéndose o aceptar que, tal vez, estaba quedándose atrás en un mundo que ya no era suyo?

Tras ponerse al día con las novedades familiares, Ignacio sintió cómo un rayo de luz atravesaba la niebla de sus pensamientos cuando su hijo mayor anunció que estaba a punto de convertirse en abuelo. Por un momento, ese futuro tan distante pareció tomar forma, ofreciéndole un destello de esperanza en medio del caos.

Sin embargo, la ilusión se desmoronó cuando, casi al unísono, sus hijos le preguntaron si tenía el famoso medicamento. La tristeza se instaló en su interior como un fantasma indeseado, pesado e ineludible. Entendió que el verdadero motivo de la visita no era el reencuentro, ni siquiera la noticia del nieto en camino, sino la búsqueda del preciado transgénico. La certeza de que su familia, también, había sucumbido a esta nueva fiebre lo dejó vacío.

Aun así, se conformó diciéndose que, a pesar de todo, habían compartido como familia, aunque fuera de forma superficial. Los abrazos, las risas y las conversaciones ligeras lograron instalar una apariencia de normalidad, y cuando partieron, sus hijos lo hicieron tan felices como niños en una mañana de Navidad.

No hacía falta imaginar el resto: su stock de medicamentos desapareció, repartido en dos voluminosos paquetes que, apenas unas horas después, ya habían tomado rumbo al extranjero. Ignacio cerró la puerta tras ellos, preguntándose si aquello era lo que significaba ser parte de este "nuevo mundo" que ya no reconocía.

La vida continuaba, y Ignacio seguía preguntándose qué rumbo tomar. Los últimos meses habían sido un torbellino emocional, y el cansancio comenzaba a hacer mella en su firmeza. La cruzada por mantener su integridad, su "dignidad de señor respetable," flaqueaba bajo el peso de una realidad que ya no parecía tener lugar para él.

Poco después, empezaron a publicarse estudios que detallaban los efectos secundarios del transgénico en la población. Las enfermedades asociadas a la vejez disminuían drásticamente, pero a un costo inquietante. Emergían patologías extrañas, aún sin clasificar, y un notable aumento de contagios relacionados con "imprudentes actividades sexuales." La sociedad rejuvenecida parecía tan vulnerable como temeraria, con consecuencias que nadie había anticipado.

Aunque los más confundidos eran los jóvenes y adolescentes, que ya no tenían padres, más bien eran hermanos mayores haciendo las locuras que muchas veces les habían prohibido con estricta severidad. El mundo estaba literalmente al revés. Los únicos que lo notaban eran los que no tomaban el medicamento, porque no lo necesitaban o algunos, muy pocos, por convicción.

Un fin de semana, de esos en los que Ignacio solía disfrutar durmiendo hasta tarde, se enfrentó al golpe que derrumbó una parte de sus convicciones. Andrea, con su renovado aspecto cercano a los treinta, le exigía una atención sexual que él, con su cuerpo adolorido y desgastado, no podía entregar. La energía de su esposa, antes una alegría compartida, se había transformado en un recordatorio implacable de su propia fragilidad.

Por primera vez, Ignacio sintió que su cruzada no era solo inútil, sino también cruel. El mundo a su alrededor había cambiado, pero él se aferraba a algo que quizás ya no existía. Mientras Andrea lo miraba, con una mezcla de deseo y frustración, comprendió que resistirse podría costarle no solo su lugar en este nuevo mundo, sino también su relación con la persona que más amaba.

No quería perderla. Durante años, Ignacio había soñado con un final de cuento: ambos llegando juntos al ocaso de la vida, tomados de la mano, caminando como una pareja de adorables ancianos hacia el destino final. Pero ahora, ese sueño parecía desmoronarse frente a sus ojos. Andrea, llena de energía y vitalidad, se alejaba cada día más de aquel futuro que él había imaginado.

Sentía orgullo por su dignidad como adulto mayor, por resistir la tentación del rejuvenecimiento. Pero había una parte de él, una parte pequeña pero creciente, que anhelaba esa vitalidad que veía en su esposa. ¿No sería un acto de amor acompañarla en este camino? Se preguntaba con frecuencia. ¿O sería simplemente una traición a mis principios? Mientras la observaba rejuvenecer, cada vez le costaba más decidir si resistir era un acto de valor o de simple estupidez.

La decisión no tardó en llegar. Desde ese momento, la dosis destinada a rejuvenecer a Cachupín pasó a sus manos. El transgénico había alcanzado precios exorbitantes, y, además, la necesidad de fortalecer su cuerpo y recuperar terreno perdido se volvió urgente. No podía permitirse un proceso lento y pausado. Optó por un enfoque agresivo, doblando la dosis recomendada, ignorando las advertencias de los folletos.

La primera semana fue mágica. Las dolencias que habían acompañado a Ignacio durante años parecieron desaparecer, como si emprendieran un vuelo sin retorno. Su apetito renació, y con él, un ímpetu carnal que creía olvidado. Miraba a Andrea con nuevos ojos, ya no con la distancia del espectador, sino con el deseo de ser su compañero en este nuevo capítulo, aunque en el fondo presentía que había cruzado un límite del que no habría retorno.

La vida comenzó a cobrar sentido para Ignacio. Ya no se sentía como un extraño encerrado en su oficina. Unido a la bandada, ahora formaba parte de los vitales, los renovados, los que parecían triunfar en la vida. La energía y el optimismo lo impulsaban, pero también lo rodeaban de una nueva atención: sus añosas compañeras de trabajo, rejuvenecidas, comenzaron a buscar al joven que había sustituido al caballero testarudo que solía mirarlas con distancia.

Su relación con Andrea también retomó el camino perdido. Compartían risas y complicidades como hacía tiempo no lo hacían, aunque para Ignacio todo tenía un extraño sabor a plástico, brillante en la superficie, pero artificial en su esencia. Aunque su cuerpo se sentía lleno de vigor, su mente seguía siendo un refugio de pensamientos distintos.

Por su parte, cada vez que Andrea veía a Ignacio, sentía una punzada de nostalgia. Recordaba al hombre que había envejecido con ella, su rostro surcado por el tiempo, testimonio de una vida compartida. Ahora, en su reflejo rejuvenecido, se sentía extraña, como si se hubiera convertido en una versión de sí misma que él ya no reconocía del todo.

En el trabajo, el cambio era evidente. Los sueldos en la sección de ventas se dispararon, y con ellos, los signos exteriores de éxito. Autos nuevos, trajes costosos y peinados ridículamente modernos adornaban a personas que, hasta hace poco, solo soñaban con lujos extravagantes. Ahora, gracias a un golpe de suerte biotecnológica, disfrutaban ingresos que antes solo correspondían a empresarios acaudalados.

Pero mientras observaba ese desfile de apariencias, Ignacio no podía evitar preguntarse: *¿Es esto realmente vivir, o solo estamos jugando a ser alguien más?*

El jefe de ventas, que antes lucía una elegancia peculiar —más cercana a la de un empresario narcotraficante que a la de un gentleman—, ahora desfilaba por los pasillos en patines y camiseta ajustada, empeñado en mostrar sus bíceps. En la sección de administración, Teresa, quien ya había celebrado sus sesenta, reapareció con el cabello teñido en colores vibrantes, pantalones ajustados y una cazadora de cuero que gritaba su juventud ochentera. Parecía que el tiempo no solo les había devuelto los años, sino también una adolescencia desenfrenada que amenazaba con desbordarse.

Todo parecía seguir el curso trazado por este extraño fenómeno, hasta que un día, en la cafetería, Ignacio se cruzó con don Arturo. Aquel señor calvo y encorvado que antes evitaba caminatas por el dolor de su artritis, ahora era irreconocible. Pero no por las razones que Ignacio esperaba. Ya no era el joven atractivo y vigoroso que había emergido tras el tratamiento. En su rostro se asomaban rasgos que lo alejaban de cualquier estándar humano conocido. Su quijada prominente, los pómulos hundidos y una capa de vello que parecía ganar terreno en su cuello lo hacían parecer más un neandertal que un ejecutivo. Por un instante, Ignacio lo imaginó con un garrote en la mano y pieles cubriendo su cuerpo musculoso y peludo.

Ese encuentro encendió una alarma en su interior. Recordó un rumor que había circulado en la empresa sobre el despido repentino de uno de los científicos del laboratorio. En su momento, no le dio importancia, pero ahora, ese dato adquiría un nuevo peso. También regresaron a su memoria comentarios dispersos entre sus compañeros: uno hablaba de un vecino que había dejado el tratamiento después de tres meses y que parecía "raro," aunque no podían precisar qué tenía. Otros mencionaban que el científico despedido había sido acusado de "alarmismo innecesario," un término que la empresa había utilizado para justificar su salida tras lo que calificaron como un intento de soborno.

Las piezas comenzaban a encajar en la mente de Ignacio, pero el cuadro que formaban era inquietante. Era como si el transgénico, tan milagroso en apariencia, escondiera un precio que nadie había previsto o, peor aún, que la empresa prefería ocultar.

Tras una breve conversación con Arturo, Ignacio sintió cómo una inquietud creciente se apoderaba de él. Regresó a su oficina con la mente agitada, intentando dar sentido a lo que acababa de ver y escuchar. Encendió su computadora y accedió al portal interno del laboratorio de la empresa, esperando encontrar algo que arrojara luz sobre las extrañas transformaciones de las que había sido testigo. Tras unos minutos de búsqueda, encontró un documento etiquetado como procedente del científico despedido, enterrado en la carpeta de correos no deseados.

Por un momento, dudó. *¿Es correcto leer esto?* El hombre había sido expulsado por razones que la empresa calificaba como alarmismo, y revisar su informe podría ser visto como una traición. Pero la curiosidad y el temor fueron más fuertes que su prudencia. Sin pensar mucho más, lo imprimió. El archivo era extenso, demasiado como para leerlo en ese momento, y el reloj ya marcaba la hora de salida. Guardó las hojas en su maletín con la firme intención de analizarlas con calma en casa.

Esa noche, mientras Andrea reía con Cachupín, quien ahora corría atolondrado por el living como un cachorro hiperactivo, Ignacio se sintió desconectado. Participó en las risas, pero su mente estaba en otra parte, atrapada en el peso del informe que aún no había leído. Finalmente, se retiró al dormitorio con el pretexto de descansar.

Sentado en la cama, sacó el informe del maletín, lo extendió frente a él y comenzó a leer. Las primeras líneas no hicieron más que aumentar su ansiedad:

"INFORME PRELIMINAR SOBRE LAS ANOMALÍAS GENÉTICAS DERIVADAS DEL USO PROLONGADO DEL TRANSGÉNICO EXPERIMENTAL..."

Las palabras lo absorbieron, una tras otra, mientras su mente comenzaba a dibujar un panorama que no quería aceptar.

Ignacio se recostó en la cama y comenzó a leer el informe. Las primeras líneas ya lo dejaron sin aliento: *"Observaciones y advertencias sobre el tratamiento 'Vida Eterna'."* Cada párrafo parecía una daga que cortaba la fina capa de comodidad en la que se había refugiado los últimos meses.

Mientras leía sobre los efectos de la interrupción del tratamiento, un frío recorrió su espalda. La "regresión evolutiva" no era solo un término científico; era una condena. Imaginó los rostros de sus compañeros, de Teresa con su cabello teñido de colores vivos y del jefe de ventas en patines. ¿Qué pasaría si ellos también decidían dejar el transgénico? El rostro de Arturo se clavó en su mente, transformado y casi irreconocible, una advertencia viva de lo que estaba por venir.

Llegó a la sección de riesgos: *"Riesgo de deshumanización," "Posible transmisión genética," "Impacto en el equilibrio genético."* Cada palabra era más aterradora que la anterior. No se trataba solo de ellos; estaba en juego el futuro de la humanidad. ¿Qué significaba para Andrea, para él, para sus hijos que ahora estarían disfrutando de los primeros efectos del transgénico en Europa?

Cuando terminó de leer, se quedó inmóvil, el papel temblando en sus manos. El informe no solo era una advertencia, sino una acusación: ellos, todos los que habían participado, se habían convertido en peones en un experimento que jugaba con las bases mismas de la existencia humana.

Por primera vez, Ignacio sintió que la decisión de continuar o detener el tratamiento no era solo una cuestión personal, sino una responsabilidad ineludible. Con el corazón pesado, dobló el documento y lo guardó en el maletín. Apareció una pregunta que no podía ignorar: *¿Qué hemos hecho, y cómo podremos detenerlo antes de que sea demasiado tarde?*

El pánico se apoderó de Ignacio. Sentía su cuerpo tenso, su espíritu atrapado, y su mente inundada por pensamientos caóticos. La imagen de Arturo, con sus rasgos neandertales, y las palabras del informe resonaban en su interior como un eco implacable. Recordó entonces lo que Andrea le había dicho días atrás: ya no deseaba seguir rejuveneciendo. La transición de mujer madura a joven le parecía suficiente, y no estaba dispuesta a lidiar con los caprichos adolescentes que comenzaba a notar en sí misma. Había decidido dejar el transgénico, esperando retroceder lentamente hasta alcanzar la edad de Ignacio. "Quiero que seamos una pareja compatible, al menos en apariencia," había dicho con una sonrisa.

Pero ahora, con el informe en sus manos, Ignacio entendió que esa decisión era mucho más peligrosa de lo que ambos habían imaginado. La verdad se revelaba con una claridad aterradora: *Vamos a involucionar, inevitablemente, hacia los primeros homínidos, tal vez no como australopitecos como decía el reporte científico, pero ciertamente podemos recrear la etapa evolutiva del homo erectus,* pensó horrorizado. *Será como una película de terror.*

Reflexionó sobre su vida reciente. Quizá el transgénico le había permitido satisfacer, hasta la saciedad, deseos reprimidos en su juventud, deseos que ahora, con recursos económicos, había podido realizar sin reservas. Sin embargo, en ese momento de lucidez, comprendió lo que realmente anhelaba: paz y una vida compartida con Andrea, en su esencia más pura, más allá del tiempo, las apariencias y las transformaciones grotescas que lo amenazaban.

Ignacio se preguntaba si, en su intento de escapar del envejecimiento, la humanidad estaba pagando el precio de renunciar a lo que los hacía verdaderamente humanos: la aceptación de su temporalidad finita.

Con una extraña calma en su corazón, como si finalmente hubiera soltado las cadenas de su absurda búsqueda de juventud, caminó hacia la cocina con el informe en la mano. Allí, se lo entregó a Andrea diciéndole —Necesitas leer esto.

—Su tono era seco, casi tembloroso.

Andrea levantó la vista, sorprendida por la seriedad en su rostro. Tomó las hojas y comenzó a leer.

A medida que avanzaba, su expresión cambiaba de incredulidad a horror. Cuando terminó, dejó caer las páginas y miró a Ignacio con los ojos llenos de lágrimas.

—Esto no puede ser verdad... —murmuró, casi en un susurro.

—Lo es. Y lo hemos ignorado, Andrea.

—Ignacio apretó los puños, tratando de controlar la rabia y el miedo que lo consumían.

—¿Qué hacemos ahora? —preguntó ella, su voz rota.

—Decidir. Juntos. —Respondió Ignacio, señalando la pequeña caja donde guardaban las pastillas.

Con una calma solemne, Ignacio dispuso sobre la mesa el escenario de su decisión final. Colocó una botella de su mejor vino, una que había reservado durante años para una ocasión especial, aunque jamás imaginó que sería esta.

A un lado, las pastillas verdes del transgénico, brillando bajo la luz tenue. Al otro, dos pequeñas cápsulas negras de cianuro que había comprado en secreto días atrás.

—Si seguimos con esto, no hay vuelta atrás. Pero si tomamos estas... —señaló las cápsulas negras—... es el final. Sin más riesgos, sin más monstruos.

Andrea lo observó en silencio. Sus ojos estaban llenos de lágrimas, pero también de determinación.

—No quiero ser un monstruo, Ignacio. Pero tampoco quiero dejar de ser yo.

—¿Y si seguimos y confiamos en que encontrarán una solución? —preguntó él, su voz cargada de duda.

Andrea negó lentamente con la cabeza.

—¿Y si no la encuentran? ¿Y si lo que somos ahora desaparece para siempre?

Ignacio tomó su copa y brindó en silencio.

—Sea lo que sea, lo enfrentaremos juntos.

—¿Y si no somos nosotros los que cruzamos la línea? —preguntó Andrea, observando las pastillas verdes.

Ignacio tomó su copa de vino y suspiró.

—Quizá ya la cruzamos hace tiempo, el día que elegimos no dejar ir a Cachupín.

Andrea lo miró, con lágrimas en los ojos.

—No quiero ser un monstruo, Ignacio. Pero tampoco quiero perderte.

Andrea, sin apartar la vista de las pastillas, respiró profundamente. Sabía que no había una respuesta fácil, pero también que enfrentarlo juntos era la única manera de preservar algo de lo que habían sido.

El silencio llenó la habitación, roto solo por el sonido del vino al ser vertido en las copas. La decisión pendía como una sombra sobre ellos, pero, por primera vez en mucho tiempo, Ignacio y Andrea sintieron que estaban en sintonía, unidos frente al abismo que se abría ante ellos.

Dos meses después, los hijos de Ignacio y Andrea observaban incrédulos en sus teléfonos conectados a la cámara de seguridad de la cocina. Dos figuras grotescas devoraban junto a Cachupín carne fresca, aún cubierta de pelos y cuero de gato. Sus mandíbulas prominentes y el vello que cubría sus cuerpos eran una evidencia aterradora de la transformación: no eran simplemente grotescos, sino un eco viviente de una era pasada.

Ambos se sumieron en un silencio tan devastador como las imágenes.

—¿Podemos hacer algo? Preguntó el hijo menor

—Nada. Tampoco podremos salvarnos. Solo estamos viendo el futuro que nos espera... y es peor de lo que imaginábamos.

El sonido de mandíbulas desgarrando carne llenaba el silencio de la cocina. Un olor metálico y denso se filtraba a través de la pantalla, como si incluso la tecnología se rindiera ante la monstruosidad de lo que transmitía. En los ojos de las figuras, alguna vez humanas, brillaba algo primitivo, una chispa que hablaba de instinto más que de razón.

Era irónico que la humanidad, en su afán por controlar la naturaleza, hubiera terminado liberando el caos que siempre había temido. Los depredadores que se escondían en su ADN finalmente habían despertado.

Afuera, en la ciudad, los edificios modernos quedaban cada vez más vacíos mientras los ecos de gruñidos y rugidos se extendían como el preludio de una nueva era. Los rascacielos, antes llenos de actividad, ahora eran testigos silenciosos de una humanidad que, paso a paso, retrocedía hacia su propia prehistoria.

En la cocina del departamento, un reloj seguía marcando el tiempo, indiferente al desastre que lo rodeaba: El tic-tac resonaba como una burla al futuro. En un mundo donde la humanidad retrocedía hacia su origen más oscuro, el tiempo había perdido su propósito.

UN DESLIZ

Cansado de la extenuante y calurosa jornada se dejó caer en esa cama de dudosa higiene, dispuesta en aquel cuarto para pasajeros de corta estadía. Se sentía ajeno a todo, como en el restaurante de barrio donde había cenado casi por compromiso, con una incomodidad que lo acompañaba desde su llegada.

Con el cuerpo relajado y la mente apagándose, intentaba descifrar los diálogos de una película ridícula, que el televisor proyectaba sin pudor, buscando entusiasmar el erotismo fugaz de los arrendatarios de amores por horas... o minutos... o tal vez segundos. Al fin el sueño se impuso, sumergiéndolo en un mar de dudas sobre si realmente debía estar ahí. Se preguntó por qué, después de tantos años, ese impulso había brotado con tanta fuerza. ¿Qué le quedaba de aquel ímpetu que lo había consumido de joven? Tal vez, pensaba, era su última oportunidad para sentir algo diferente, para recordar lo que era estar vivo.

Días antes en su oficina, mientras masticaba un sándwich, revisaba las ofertas de habitaciones, había sentido una mezcla de euforia y pánico. ¿Qué estaba buscando en aquel rincón desconocido de la ciudad? ¿Acaso su último intento de revivir aquello que había dejado atrás?

De pronto, flotó en el ambiente ese perfume, cargado de una calidez familiar, que lo envolvía de una forma que no lograba definir, como si fuese un eco del pasado. Era una fragancia que le resultaba conocida, pero en su mente dormida, no alcanzaba a identificarlo. Tal vez era la mezcla del aire de la noche que intentaba jugar con su memoria. Se mantuvo sin moverse, para no dar señales de desesperación, aunque habría saltado sobre ella abrazándola con hambre, con la lujuria de un adolescente descubriendo su sexualidad. Sin embargo, aunque hubiera querido no podía hacerlo. Su cuerpo no reaccionaba. Intentó levantar un brazo, pero solo logró mover con mucha dificultad sus dedos que querían tomar sus manos. No fue necesario porque ella tocó sus yemas y luego su antebrazo y luego su pecho canoso, que ahora respiraba agitado, encendiendo todo su ser y despertando su alicaída líbido que reaccionó con emoción desbordada y sin limitaciones.

Un grito ahogado que exhaló desde lo más profundo, penetró en las otras habitaciones encendiendo la llama de aquellos que a esa altura dormían o se aprestaban a descansar. Luego renació la calma y el silencio que poco a poco oscureció las mentes fraguando un sueño profundo y el descanso.

Antes de cerrar sus ojos susurró: "El paraíso es nada comparado con estar contigo; seguro Dios nos reprenderá por desentrañar los misterios del amor que ya dejaron de ser ocultos para nosotros". Y pensó que podía irse complacido a su descanso final, sabiendo que nada borraría lo que vivió esa noche, aunque fuera en esa humilde habitación sobre ese catre rezongón preparado para miles de embates.

Al día siguiente, mientras la dueña del lugar desalojaba a los remolones todavía enredados en las sábanas percudidas, le daba la excusa perfecta para irse. Con la camisa sobresaliendo del pantalón y el rostro marcado por el sueño, sintió la urgencia de un desayuno que le ayudara a recomponer el cuerpo después de la noche agitada. En el restaurante, aún con la luz de la mañana suavizando el aspecto desaliñado del lugar, el aroma a café le devolvió una calma relativa. Quizás no había sido la mejor idea, pero, al fin y al cabo, era un desliz del que nadie se enteraría, una aventura discreta en su memoria.

Ahora debía reunir fuerzas para lo que venía. Sus pasos lo llevaron a contrapelo, primero a comprar flores, un manojo de colores envuelto en papel de diario que, al apretarlo, le manchó los puños de la camisa con tinta negra, seguro difícil de quitar.

Finalmente recorrió el sendero que conocía de memoria hasta llegar a la tumba de su esposa. Se inclinó a limpiar el viejo florero con un paño que guardaba en un tarro oculto entre ramas secas, y dispuso las flores frescas que ahora parecían relucir con orgullo entre los demás nichos. Al inclinarse, notó un pedazo de papel atrapado en una grieta al lado de la cruz. Lo tomó con disimulo, pero sin sorpresa. Era la nota que había dejado cuidadosamente oculta el día anterior. La recogió, la leyó una vez más, conociendo cada palabra: "Te espero mañana en el motel donde hicimos el amor por primera vez".

ROSARIO DEL MAR

Todo comenzó una noche en un restaurante de la zona costera. Transitaba por la autopista a velocidad moderada, escuchando música a alto volumen para mantenerme despierto. Después de varias horas de viaje, me atacó el hambre y la sed, así que decidí entrar al primer local que vislumbré a lo lejos. Disminuí la velocidad hasta detenerme un poco antes de la puerta de entrada.

Un crujido lejano llegó a mis oídos, como si el mar respirara bajo las tablas del suelo. El letrero de madera en la puerta parecía un pergamino envejecido y casi ilegible por la humedad del clima costero.

Un fuerte olor a algas marinas impregnaba el ambiente, denso y penetrante, como si hubiera entrado a un terminal pesquero. Sin embargo, los clientes seguían conversando y bebiendo con naturalidad, ajenos a ese aroma y a la bruma densa que flotaba en el aire, sin reparar en mi presencia.

Me acerqué a la barra y pedí un "sándwich de carne con todo", la oferta destacada en una pizarra escrita con tiza blanca. Era una letra redonda, con trazos cortos e inclinación hacia la derecha, que denotaba un optimismo a toda prueba.

Cuando el plato llegó a mi puesto, pedí también una cerveza negra de barril, que apareció casi al minuto. Antes de dar el primer bocado, le pregunté a la garzona si ella había escrito en la pizarra.

—¿Por qué? —preguntó, frunciendo el ceño con curiosidad.

—Porque esa letra dice mucho de quien la escribió.

Su mirada brilló, como si hubiera descubierto un secreto que no sabía que guardaba.

—¿Ah, sí? ¿Y qué dice? —preguntó, inclinándose levemente sobre la barra.

—Que es optimista. Alguien que encuentra algo bueno incluso en los días más nublados.

Sonrió, y la inclinación de su letra pareció trasladarse a la comisura de sus labios.

—¿Y si le digo que solo imité la forma en que escribió mi compañera?

—Entonces ella es optimista... y a usted le encanta la forma de ser de ella —respondí, y di el primer mordisco al sándwich mientras su risa clara prometía que, al envejecer, su rostro llevaría esa misma marca de sonrisa persistente.

—¿Y si le escribo algo en un papel? —preguntó, apoyando un codo en la barra—. ¿Podría decirme algo más de mi personalidad... y de mi futuro?

Levanté una ceja, saboreando el pan crujiente y la carne jugosa antes de responder:

—Puedo intentarlo. Pero le advierto que no soy adivino... solo un curioso que estudia las pistas que deja la escritura, como un ADN del temperamento.

Su mirada se avivó con una mezcla de escepticismo y juego. Se giró hacia la caja, arrancó una hoja del block de comandas y comenzó a escribir.

La letra, redonda y optimista, apareció en el papel: "La vida es hoy. Lo demás es incertidumbre".

Lo deslizó hacia mí y esperó.

—¿Y bien? —preguntó, mordiéndose el labio.

—Bueno... —dije, limpiándome las migas de la comisura—. Su letra sigue diciendo que es optimista. Pero esta frase... esta frase dice que alguna vez perdió algo importante.

La risa se apagó de sus labios. Por un instante, su mirada buscó el fondo del vaso vacío.

—No siempre es fácil trabajar en una zona costera —susurró—. A veces, el mar arrebata más que peces.

Me quedé en silencio. Afuera, las olas rompían contra el muelle, ajenas a nuestra conversación.

—Bueno —dijo tras una pausa, girando el vaso vacío entre sus dedos—, perdí a mi gran amor. Y no lo recuperaré jamás. Pero ¿cómo deduce que esa frase habla de una pérdida?

—Porque uno solo declara la vida incierta cuando alguna vez tuvo algo que atesoró... y luego lo perdió. Y no me refiero a cosas materiales. —Hice una pausa y vi cómo su expresión se endurecía levemente—. Además, puedo decirle que el tiempo y la reflexión le han permitido seguir adelante, aunque las cicatrices aún susurren.

Rosario bajó la mirada al vaso, mientras su dedo trazaba círculos invisibles en el vidrio.

—¿Y qué más puede ver? —preguntó en voz baja.

—Que, aunque la vida tenga un final, el alma se libera y vuela ligera, como si ese pasado no fuera más que un breve sueño. A veces brutal, otras veces lleno de amor.

Ella cerró los ojos un instante, como si intentara atrapar esa idea. Luego sonrió, pero fue una expresión triste.

—Entonces, tal vez, todavía esté soñando —susurró.

Su mano se detuvo sobre el vaso. Los ojos, antes chispeantes, ahora eran dos espejos agitados que parecían reflejar la misma marea que golpeaba allá afuera.

—¿Así de fácil lo adivinó por una frase escrita al apuro? —preguntó en voz baja.

—No es adivinación —respondí, encogiéndome de hombros—. Es solo que las letras son como huellas... y a veces, dejan escapar más de lo que queremos.

Asintió, pensativa. Luego tomó el lápiz y escribió algo más en el papel antes de deslizarlo hacia mí.

"¿Y qué dice esto de mí?"

Miré las palabras, escritas con más firmeza, pero aún con esa inclinación optimista.

—Dice que, pese a todo, no ha cerrado la puerta. —Levanté la vista y le sonreí—. Tal vez, solo tal vez... aún cree en las segundas mareas.

Rosario pasó un dedo por el borde del vaso, como si jugara a contener una emoción que se filtraba a pesar suyo. Su risa volvió, esta vez con una nota diferente, menos ligera, más profunda. Afuera, el mar seguía su eterno juego de pérdidas y hallazgos.

En ese momento entró un cliente, un hombre de rostro curtido por el sol, con dientes afilados como los de un tiburón, que se acercó a la barra y pidió un trago. Ella lo atendió rápidamente, deslizando el vaso por el mostrador con la misma facilidad con la que había dejado caer su historia minutos antes. Antes de alejarse, el hombre miró de reojo a Rosario, como advirtiéndole lo que podría suceder. Pero ella regresó frente a mí, ignorando esa advertencia. Apoyó las manos en la barra, con esa mirada expectante que no necesitaba palabras. Era evidente: no quería que hablara del pasado, sino que le revelara algo sobre su futuro.

—¿Quiere saber qué veo? —pregunté, jugueteando con la servilleta que había doblado en triángulo sin darme cuenta.

—Sí —respondió, y su voz se quebró apenas, como si temiera la respuesta. Entrelazó las manos y bajó la mirada, como si temiera escuchar lo que seguía

—Veo alguien que, aunque ha perdido, sigue escribiendo frases optimistas en pizarras ajenas. Alguien que, sin proponérselo, le deja señales al futuro de que no se ha rendido.

Ladeó la cabeza, con una sonrisa que no alcanzó a sus ojos.

—¿Y el futuro? ¿Qué dice de mí?

—Que, si sigue escribiendo con esa letra, algún día encontrará a alguien que se detenga... y la invite a salir para conocerse mutuamente.

Por primera vez, no respondió. Solo se quedó ahí, con la mirada fija en mis labios, como si esperara que el tiempo no se detuviera, que esa frase cobrara vida en ese preciso instante.

Afuera, el mar seguía rugiendo, indiferente al futuro que se escribía dentro del local.

De pronto, una señora mayor se acercó a la barra, intrigada por la larga conversación que la muchacha sostenía, algo poco habitual en ella.

—¿Todo bien, Rosario? —preguntó, ajustándose el chal raído sobre los hombros. Sus ojos, pequeños y agudos, alternaron entre ella y yo con una curiosidad apenas disimulada.

—Sí, tía, todo bien —respondió la joven, esbozando una sonrisa que intentó ser casual. Pero la inclinación de su cabeza la delató.

—¿Y este quién es? —insistió la mujer, inclinándose sobre la barra.

—Un... lector —dijo Rosario, mirando de reojo el papel con su frase.

—¿Un lector? —La anciana soltó una risa corta, áspera—. Aquí no vienen lectores, niña. Aquí vienen los mismos de siempre: pescadores con historias repetidas y turistas que no miran más allá de la carta. Y de vez en cuando charlatanes o personas solitarias que buscan aventuras por una noche y que nunca volverán...

—Supongo que rompí la norma —intervine, encogiéndome de hombros.

La mujer me examinó un instante y luego dirigió su atención a Rosario.

—Ten cuidado, niña. Quien lee letras... también lee corazones —dijo la anciana. Luego, bajó la voz con una mueca de desconfianza—. Y parece muy viejo como para insinuar una propuesta inocente. Ten cuidado... que un buey viejo siempre busca pasto tierno.

Y se alejó sin más, arrastrando los pies sobre las baldosas gastadas.

Rosario la siguió con la mirada, visiblemente incómoda.

—¿Su tía? —pregunté.

—Sí. Siempre cree ver cosas que no existen —respondió, intentando una sonrisa que no llegó a sus ojos—. No es la primera vez que lanza esas advertencias.

—¿Y siempre acierta?

—A veces. Pero la mayoría del tiempo solo asusta a los clientes.

Me incliné sobre la barra y señalé la libreta de comandas.

—Cuidado —susurró Rosario, con el rostro pálido y la voz apenas un hilo de aire—. La señora mandó al tiburón del local para sacarlo a empujones. No ponga resistencia o le va a ir muy mal.

Sentí un escalofrío que nada tenía que ver con la brisa marina. La miré a los ojos, buscando alguna señal de broma, pero su expresión no dejaba dudas.

—¿Está hablando en serio? —pregunté, sin mover apenas los labios.

—Demasiado —dijo, y su mirada se deslizó hacia la puerta. Seguí su gesto y lo vi: un hombre corpulento, con una chaqueta de cuero y bototos gastados, había entrado al local. Su rostro parecía tallado en piedra y sus ojos recorrieron el salón hasta fijarse en mí.

—¿Hice algo indebido? —murmuré, tragando saliva.

—No es lo que hizo... es lo que puede descubrir —respondió ella, mientras deslizaba disimuladamente la libreta de comandas hacia mí—. La tía no tolera a los que "intentan enamorar a las garzonas".

Me quedé inmóvil, procesando esa frase.

—¿Enamorar? ¿Yo? Pero si solo le leí su letra... —musité.

—Para ella, eso es peor —dijo Rosario, nerviosa—. Los que vienen aquí piden cerveza, sándwiches y cuentan anécdotas de pesca. Usted... usted vaticinó mi futuro. Y eso, en este lugar, equivale a cruzar una línea peligrosa.

El crujido de los bototos acercándose nos sacó del trance. El matón ya estaba a pocos metros.

—Muy bonito el jueguito —dijo la voz grave tras mi espalda—. Pero a la jefa no le gusta que lean el diario de vida de las muchachas.

Giré lentamente. El hombre me observaba con una mueca de satisfacción mientras hacía crujir los nudillos, uno a uno, como si fueran señales de advertencia.

—¿De qué diario habla? —pregunté, intentando mantener la calma.

—Del diario del destino —intervino Rosario, con la voz tensa—. Para mi tía, las palabras escritas revelan más de lo que parecen. Por eso no quiere que nadie las descifre.

—¿Y si prometo no volver a leer letras ajenas? —intenté negociar, sintiendo cómo el sudor frío me recorría la espalda.

—Demasiado tarde, amigo —dijo el matón, dando un paso más—. Ya leyó lo suficiente. Ahora viene con nosotros.

Miré a Rosario. Sus labios temblaban, sus ojos buscaban una salida que no existía.

—¡Corra! —gritó de repente, con una fuerza que rompió el hechizo del miedo.

Y corrí.

Por un instante, sentí que mis pies flotaban en el aire, pero no me detuve hasta llegar al auto. Abrí la puerta de un tirón, me senté al volante y encendí el motor con manos temblorosas.

Aceleré a fondo. Las ruedas patinaron un par de segundos antes de agarrar firme el asfalto y, finalmente, el vehículo salió disparado hacia la carretera.

No me entendía a mí mismo. Había sentido miedo muchas veces, claro, pero esto era distinto. El espanto seguía adherido a mi pecho, como si un peso invisible apretara mis costillas.

Tomé rumbo a Santiago, pero el cansancio comenzó a apoderarse de mi mente y mi cuerpo. Las luces de los autos se transformaban en líneas líquidas y el zumbido del motor parecía un arrullo hipnótico. No quería quedarme dormido al volante, así que decidí detenerme en un estacionamiento de emergencia. Activé las luces intermitentes, apagué el motor y cerré los ojos, esperando que el miedo se disolviera con el descanso.

Un sopor pesado se apoderó de mi mente, arrastrándome a un sueño del que parecía imposible despertar. De pronto apareció en él el rostro de Rosario, sus ojos abiertos, urgentes, diciéndome que no debía haberme detenido.

—Ese cansancio... —murmuró su voz—. Es el efecto tardío del sándwich con todo. ¡Despierte ahora! ¡Y continúe su marcha!

Intenté reaccionar, pero mi cuerpo seguía frío, tan helado como cuando sentí la sombra de la muerte en el restaurante.

Al entreabrir los ojos, mi mano temblorosa soltó el volante. Algo crujió al caer: una hoja arrugada de la comanda que no recordaba haber guardado. Tenía algo escrito en letras temblorosas, con esa inclinación optimista que ya conocía.

"Salve su alma... o regrese al mar conmigo para siempre."

De pronto, un camión inmenso surgió de la bruma, silencioso, sin luces. En la cabina, el tiburón del bar, inmóvil, con la mirada fija y una sonrisa imposible, parecía disfrutar del inevitable desenlace. El golpe fue inevitable, con tal violencia que me hizo volar junto al parabrisas, cayendo en la arena dispuesta para aquellos que habían perdido el control.

Sentí los pasos silenciosos del 'Tiburón' que se detuvieron junto a mí. Y luego vi mi cuerpo ensangrentado ya sin vida... fue Rosario quien escribió la última comanda de mi historia esa noche.

SINFONÍA DE RESILIENCIA

Ahí estaba el trío sinfónico, interpretando en perfecta sincronía el Cinema Paradiso Medley. El chelo cantaba apasionado, guiado por los dedos envejecidos de la señora de cabello blanco, quien seguía la partitura con la vista, a veces de reojo y otras con intensidad, intentando recordar los acordes siguientes y enlazar justo en tiempo con el piano.

La pianista, de rasgos orientales y ojos vivaces llenos de expresión, devoraba los acordes en un mar de corcheas, silencios y trinos adornados. Los había repasado casi un centenar de veces, buscando la ejecución perfecta y obligando, sin proponérselo, a sus compañeras a cambiar la intención del tema. Ellas habían estudiado sus partes de manera aislada, sin ver el conjunto, interpretando de forma demasiado literal, como si aún estuvieran guiadas por el enfoque rígido de sus estudios musicales clásicos.

Ahora sus dedos danzaban con virtuosismo y elegancia, siguiendo la cadencia rítmica que, acompañada de las cuerdas de sus compañeras, flotaba como agua cristalina y brillante de vertiente. El sonido llenaba el teatro y se derramaba sobre el público, haciéndolos olvidar por un instante el peso de sus propias vidas.

Mientras tanto, la chelista contuvo sus lágrimas en el clímax, recordando que debía moderar la intensidad del vibrato para dejar paso al contrabajo, que debía lucir tonos disonantes para aportar gotas de acidez al dulce postre que el público degustaba con placer, casi convertido en gula. Su instrumento siempre fue su pasión; por eso nunca le importó que su marido tuviera amores fugaces. Mientras él no se distanciara de la familia y los hijos, todo estaba bien. Así aprendió a mirar de reojo las cosas importantes, aparentando no prestar atención, pero absorbiéndolo todo con la misma pasión con la que ahora movía el arco: con fuerza, sin violencia, y a veces al borde de la lujuria, como la que sintió cuando lo conoció, joven e interesado por ella, dispuesto a satisfacer hasta sus caprichos más tontos.

La mayor del trío, una señora al borde de la obesidad, acarició el encordado, dejando que el pulgar acentuara los bajos, sobrepasando el volumen que merecía la obra. Sentía la necesidad de dejar en claro su participación activa, dado que pocas veces tenía la oportunidad de destacar como en esta. En su mente resonó Whole Lotta Love de Led Zeppelin, que, cuando lo escuchó por primera vez, lo guardó en su corazón como un ejemplo sublime del manejo de los bajos que llevan el canto y anclan el tema de manera profunda e hipnótica.

Por eso ahora que llegó su momento, envió sus acordes roncos hacia la cúpula del teatro, haciéndolos rebotar con firmeza y resonancia, llenando cada rincón. El sonido envolvía al público, que contuvo la respiración, casi hipnotizado por la profundidad de esos fraseos. Las notas parecían vibrar en el aire, acariciando las paredes del teatro, hasta que la tensión quedó suspendida, impregnando cada alma presente.

Por otro lado, la pianista recordó que su rostro achinado le había dado en su momento ciertas ventajas, gracias a su aire extranjero. Pero aquella maldita tiroides, que inflamó sus ojos y condenó su cuerpo a sensaciones extrañas, terminó con esa pequeña ventaja ante los productores y directores de orquesta. Sin embargo, ella no se permitió llorar ni caer en la autocompasión. En lugar de eso, buscó a otras mujeres de excelencia musical, pero en desmedro físico, hasta formar el trío que hoy daba conciertos en teatros pequeños, donde quienes asistían lo hacían por amor a la música, sin importar la apariencia de las intérpretes. Se regocijaban en las armonías exquisitas, muchas veces con los ojos cerrados, sin siquiera percibir su presencia física.

De pronto, los compases se detuvieron, y un silencio inesperado se apoderó de las intérpretes. La cuerda del contrabajo había pasado a mejor vida, latigueando contra las tablas del escenario y rasgando como una navaja el vestido de la pianista. Ella no se percató hasta que el público lo señaló con un sonido gutural contenido y una sonrisa casi imperceptible.

La contrabajista sintió un frío intenso recorrer su espalda, seguido de un calor sofocante que enrojeció su rostro, todo en apenas quince segundos que se sintieron como quince siglos. Su vida siempre estuvo llena de golpes violentos, momentos en los que sentía que el mundo se le venía encima, como descargas eléctricas que paralizaban su cuerpo.

Pero esta sensación no la interrumpió; la vida ya le había enseñado a reconocer las sensaciones de su cuerpo y sobrellevarlas con creatividad. Indicó a sus colegas que podía seguir usando la tercera cuerda que, a partir del quinto traste, igualaba la tonalidad de la que se había roto.

Su ingenio siempre fue su fortaleza y su mecanismo de supervivencia, aunque ni siquiera eso la ayudó a sobrellevar la muerte de su primogénito. Desde entonces, se desinteresó en la vida sana, quizá con la esperanza de reunirse pronto con él. Comía con la voracidad de un leopardo, sin restricciones en el alcohol. Hasta que conoció a la pianista. Ella le ofreció una nueva perspectiva, algo diferente. Gracias a eso, retomó su pasión por el arte. La música pudo ahogar su tristeza, al menos en esos momentos de estudio en los que la vibración de las cuerdas reconfortaba su adormilado espíritu.

Aquella relación no se construyó de inmediato, pero lentamente, entre ensayo y ensayo y extenuantes conciertos, la pianista le ofreció algo más que música: una razón para despertar cada día, un consuelo que resonaba más allá de las notas.

La pianista recobró la cordura, su corazón ralentizó el galope, y sus ojos dejaron de brillar con desesperanza. Retomó su postura, acomodó el vuelo roto del vestido, con la espalda nuevamente erguida, las manos en posición para atacar el teclado y los pies listos para accionar el pedal de resonancia.

Mientras tanto, la chelista, que había considerado apoyar el contrabajo pulsando notas una octava más alta, intentando reemplazar las que faltaban, se mantuvo observando de reojo a sus compañeras y comprendió que había una solución mucho mejor, más simple y factible que la que estaba tratando de improvisar.

Una vez más, la vida resolvió un impasse sin que ella tuviera que ser parte activa, simplemente dejando fluir los hechos y permitiendo que los demás actuaran con inteligencia para acomodarse en la nueva situación. En cierto modo, esto siempre le daba alivio; dejar de luchar como un Quijote y permitir que los molinos de viento se acomodaran a su alrededor. Pero, al mismo tiempo, había una parte de ella que lamentaba esa pasividad, ese rol de espectadora que, aunque seguro, la alejaba del protagonismo que siempre le exigió su familia.

Los acordes comenzaron a fluir en el auditorio, el público se acomodó en los asientos y una sensación de alivio se apoderó de sus cuerpos, llevándolos poco a poco al éxtasis con colores primaverales y llenos de dulce y triste emoción.

Esa noche, en el teatro vacío, la señora del aseo recorrió una vez más las tablas, revisando que todo estuviera en su lugar, hasta que sintió en la planta de sus pies un crujido similar al sonido de abrir un paquete de galletas de agua, de las caras, de aquellas que se compran cuando la visitan sus hijas con sus nietos.

La cuerda, protagonista de innumerables conciertos, de discusiones apasionadas, de momentos ingratos y de aplausos que resonaban como un eco eterno, hizo su última contribución al llegar al almacén de los cachureos, donde los estudiantes de música buscan repuestos y reemplazos de piezas sin percibir que, en cada uno de ellos, está impregnada la historia de sus antiguos dueños.

CASUALIDAD O CAUSALIDAD

El reloj marca las dos de la mañana, pero apenas cierro los ojos para seguir durmiendo, la alarma vuelve a sonar implacable, burlándose de mi cansancio.

Estiro el brazo para manotear el reloj que, como si supiera mis intenciones, se esconde tras del vaso, provocando que mi anestesiado movimiento derrame el pegajoso contenido sobre el teléfono. Suspiro y me levanto, resignado a enfrentar el día.

La ducha siempre repara mi cabeza, pero esta vez, por más que quiero, no puedo dejar de pensar en lo aburrido y triste que es estar solo, sabiendo que, al regreso, mi cama estará desecha, la loza en la cocina gritará "¡lávame!", y mi gato me mirará desde su rincón, con esos ojos que siempre parecen juzgarme. A veces pienso que sabe demasiado, como si compartiera con mi antigua pareja un pacto de silencio sobre todo lo que he perdido.

El agua caliente corre por mi cuerpo, intentando llevarse los residuos de mi romance y esta sensación de vacío que me acompaña desde hace tiempo.

Me seco lentamente, como si alargar el proceso de vestirme me hiciera olvidarla. La soledad parece tener su propio ritmo, un compás que me obliga a girar sobre lo mismo una y otra vez.

Me pongo la camisa arrugada que dejé en la silla la noche anterior y, mientras abrocho los botones, siento en los dedos el peso de la rutina. El gato maúlla desde la cocina, recordándome que sigue presente y que debo dejarle su ración de su día, que será aún más ermitaño que el mío. La diferencia es que mi soledad es interna, mientras que la de él es la que yo le he impuesto por ser mi único compañero de vida.

En la calle, el bullicio me empuja como una marea que no puedo controlar. Los semáforos parecen dudar entre tonos que quieren brillar, su luz titila en sincronía con mi indecisión. Una bocina me devuelve al presente, y avanzo, aunque no sé muy bien hacia dónde.

En la vereda del frente vi a una pareja riendo despreocupada de su entorno. Me pregunté si se habían encontrado por casualidad, o si todo estaba escrito desde el principio. ¿Qué lleva a dos personas a coincidir en un momento perfecto, y qué hace que ese instante se desvanezca después?

Me dejo llevar por el tumulto que avanza en bloque, sin saber muy bien si quiero llegar a mi trabajo o simplemente continuar flotando entre el vaivén de las personas y el eco de mis pensamientos.

Cada paso parece seguir una simetría ajena, desfasado de mi propio ritmo interno. Miro a la gente a mi alrededor y me pregunto si soy yo el único que se siente un extraño en su propia vida. No soy el único que deja caer los brazos en lugar de intentar retener a quien más necesita, dejando caer los brazos derrotado como esperando el desenlace fatal que se hace material cuando regresas del trabajo y encuentras que tu única compañía es el reflejo de tu rostro sin expresión frente al espejo del baño que me observa en silencio, como si supiera algo que yo no quiero admitir.

Logré un asiento en el vagón del metro sin darme cuenta que le había quitado su oportunidad a una mujer que me miró con asombro, reprochando silenciosamente mi egoísta conducta. Nada nuevo en mi actitud, pensé. Pero esta vez, algo me hizo detener y respetar su pedido silencioso, así que le ofrecí una leve sonrisa, que ella me devolvió con amabilidad, percatándose que todo había sido un descuido.

Sus manos jugaban con un libro, pasando las páginas sin realmente leer. Su mirada se cruzó con la mía una vez más, y algo en su sonrisa me hizo pensar que tal vez ella también estaba en busca de algo, o de alguien, que rompiera la rutina.

—Perdón por el asiento antes —dije, notando que mi voz temblaba ligeramente.

—No te preocupes, parece que ambos íbamos distraídos.

Su sonrisa era pequeña, pero suficiente para desarmar el gris del día. Mi mano, torpe, rozó la suya al acomodarme, y sentí cómo una chispa de calor rompía la rutina helada que me envolvía. —¿Siempre lees en el metro?

—Solo cuando no me miran tan fijamente —respondió, y sentí cómo la sangre me subía al rostro mientras ella reía.

—Me atraen las personas que saben cuándo romper el silencio, dijo, como si lanzara una verdad que yo aún estaba aprendiendo a comprender.

Su perfume se coló en mí, y su cabello, aún un poco húmedo, dibujaba colores sobre el paisaje urbano, como en esas fotografías en blanco y negro donde una sola persona resalta en toda su intensidad.

La conversación fluyó espontánea. No recuerdo qué le pregunté; más bien, era el pretexto para dar un paso de aproximación a su sonrisa, a su vida. Un calor suave inundó mi cuerpo, logré poner atención a la voz del parlante que me hizo poner de pie para bajar en la siguiente estación, no sin antes conseguir su teléfono junto a una promesa de responder mi llamado.

Era el paso siguiente para provocar la causalidad, o tal vez la maquinaria ya estaba en curso. ¿Acaso no fue casualidad haberle quitado su asiento?

La verdad, eso no me importaba en lo más mínimo.

Esa noche, al regresar, mi gato me miraba como con sarcasmo, pero no le di importancia. Ese viaje en metro me había despejado con más efectividad que el agua caliente de la ducha.

Tomé el teléfono con la intención de provocar un efecto dominó hacia lo desconocido, aunque con el mismo temor de siempre: ¿qué haría una vez asegurada la conquista? Sabía que en algún momento volvería a refugiarme en mi mente, aislado de nuevo, pero, aun así, algo dentro de mí me empujaba a intentarlo.

Y aquí estoy, a las tres de la mañana, con el teléfono en la mano, marcando su número sin pulsar "enviar" pensando si debo o no desencadenar otra relación. Es complicado empezar de nuevo, conocer a alguien que al final me rechace por mi personalidad sumergida.

Al día siguiente, en el metro, la vi de nuevo, pero esta vez, parecía desilusionada. Desvió la mirada y siguió su camino hacia el siguiente vagón.

¡Es ahora o nunca! Marqué de memoria su número y concertamos una cita para esa misma tarde.

El día transcurrió sin grandes emociones, pero un cosquilleo en el estómago me acompañó, como si el simple hecho de haber marcado su número hubiese puesto en marcha algo más grande.

Mientras caminaba hacia el encuentro, una punzada en el estómago me recordó todas las veces que me había paralizado frente a lo desconocido. ¿Era este otro paso en falso? Esta vez, el miedo parecía no pesar tanto como el simple deseo de avanzar.

El encuentro superó mis expectativas, no hizo falta que nos interrogáramos sobre nuestro pasado en pareja porque seguro había terminado con sabor a ingratitud. También percibí en ella algunos rasgos como los míos, de mucha introspección y de alejamiento del mundo por períodos a veces largos, que hacen sentir antipatía a los demás. No es fácil sobrellevar a personas con nuestro carácter. Pero que cuando despertamos, somos la antítesis del ser que se ocultó en su mundo lejano.

Esa noche, camino a mi departamento, repasé todo lo que había sucedido y cómo el azar parecía haber jugado su parte. Me pregunté si las cosas realmente podían ser tan simples, o si cada paso que di hacia ella era el eco de algo que ya estaba escrito, como una moneda lanzada al aire que siempre cae en la misma cara.

¿Son las decisiones que tomamos un eco de algo ya escrito? Tal vez, al final, no importa si es casualidad o causalidad; solo queda la incertidumbre de lo que vendrá.

Al cruzar la puerta del departamento, busco la mirada de mi gato. Está en su rincón habitual, observándome en silencio, como si nada hubiera cambiado. Me acerco para acariciarlo, pero no se mueve. Solo me observa, y en su quietud, siento un eco de mis propios temores. "Supongo que también lo notaste", murmuró.

Esa noche, al mirar el desorden de mi apartamento, algo en mí se sintió distinto, como si cada pequeño acto pudiera inclinar la moneda hacia el lado correcto.

El teléfono vibra en la mesa. El gato no aparta la mirada, inmóvil como si esperara una respuesta que ni yo sé dar. Su quietud pesa más que el vibrar del teléfono. Alargo la mano, pero me detengo. La moneda ya está en el aire, girando entre lo que fue y lo que podría ser. Siento el tiempo detenido, como si el mundo esperara en un susurro que decida si debo atraparla... o dejarla caer.

EL GUARDAVÍA

Ahora todo es más fácil, o eso dicen. Nadie tiene que hacer el trabajo que yo hacía: accionar la palanca para cambiar los rieles y guiar los trenes por la ruta correcta.

Aún recuerdo aquel descarrilamiento provocado por una colisión frontal. Una piedra se coló entre los mecanismos y dejó el cambio a medias, casi imperceptible. Cuando la locomotora pasó por el tramo defectuoso, el bamboleo impidió que la vía se ajustara por completo. El impacto fue estrepitoso. Por fortuna, la velocidad reducida evitó una tragedia mayor, aunque muchos pasajeros resultaron heridos.

Hoy en día, la tecnología lo hace todo, pero depender por completo de ella también es peligroso. Las máquinas no tienen vida ni comprenden el riesgo que esconde un cambio incompleto provocado por una causa externa, imprevisible para el diseño. Y cuando eso ocurre, el daño es irreversible. La naturaleza es tozuda, y si una raíz logra abrirse paso bajo las vías, ningún sistema automático advertirá su avance hasta que la realidad se imponga con su crujido final.

Cuando les cuento a los jóvenes que trabajan conmigo las peripecias que viví, al principio me miran con respeto. Pero basta que usen el computador central para organizar los viajes, para que empiecen a reírse a mis espaldas, convencidos de que mis relatos y mi experiencia son reliquias de otro tiempo.

Tal vez por eso me llamaron para hacerme cargo de una vieja estación en el sur de Chile. El guardavía se jubiló y necesitan un reemplazo que aún sepa manejar tecnología de los años setenta, donde todo el movimiento es manual.

Así que le dije a Carolina, mi señora, que hiciera las maletas, porque nos "íbamos de vacaciones" al sur, a una casona de esas que asignan a los trabajadores ferroviarios.

Nuestra llegada pasó desapercibida. No había nadie esperándonos, solo un perro callejero que, al vernos bajar, se acercó moviendo la cola, quizá esperando que cayera algún resto de comida, de aquella que los turistas arrojan con desprecio.

Llegamos a la casa asignada, donde nos recibió una anciana de sonrisa cansada, dijo ser la madre de Julito, como ella llamaba al guardavía jubilado. "Por el momento —dijo—, tendrán que acomodarse en la habitación de invitados, porque nosotros pensamos quedarnos un tiempo más, hasta encontrar un lugar acorde a nuestro nivel social", dijo, sin notar mi sonrisa contenida. Claro, lo del nivel social no necesariamente se refiere a la alcurnia.

Aceptamos con resignación el pequeño cuarto, con una cama de plaza y media y un ropero antiguo a la derecha. Al abrirlo, notamos que apenas cabía lo imprescindible, así que guardé mi ropa de trabajo y dejamos el resto en las maletas.

La cama, con su somier hundido y el colchón de lana apelmazada, nos dejaba apretados como en nuestra luna de miel, aunque esta vez sin romanticismo y con mucho dolor en la espalda.

Esa noche conocí a 'Julito', quien se presentó con formalidad: «Don Julio Astaburuaga». Al oír su apellido, pensé que ahí estaba la famosa alcurnia que mencionaba la abuelita. Le manifesté nuestra incomodidad por el reducido espacio que nos habían asignado y le expliqué que necesitábamos la casa completa, tal como lo había dispuesto la administración central.

Don Julio, visiblemente incómodo por mi comentario, improvisó una solución rápida y temporal:

—A contar de mañana me iré a vivir a la casa de mi pareja. Siempre ha ofrecido recibirme, pero no acepta a mi mamá, porque se llevan muy mal. Sobre todo, porque ella no tolera mi viudez. Dice que no ha pasado el tiempo suficiente como para que yo me acueste con "otra".

Hizo una pausa y me miró con expresión resignada.

—Por eso quiero pedirle un favor: dejen a mi mamá en su pieza hasta que logre encontrar una solución definitiva.

No tuve más remedio que aceptar esa condición, considerando nuestra necesidad de espacio y las ganas de sentirnos, al fin, dueños de la casa asignada.

Pero la anciana se adueñó de la casa, con horarios estrictos y un gato que comía mejor que nosotros.

Por mi parte, el trabajo marchaba bien. Mis antiguos conocimientos volvieron a ser útiles, incluso logré optimizar el trabajo, adelantando una hora los cambios de vías.

A la semana siguiente, el pueblo comenzó a preparar una fiesta religiosa anual, similar a la de Cuasimodo. Llegaron huasos con sus mejores aperos, y el comercio, al igual que el desierto florido, abrió sus puertas para deleitar a los turistas con comidas típicas y artesanías elaboradas durante todo el año para esta ocasión.

Este evento también trajo consigo un aumento en la frecuencia de los trenes, que ahora circulaban repletos, para alegría del perro callejero que recibía abundantes raciones e incluso algunas caricias de jóvenes que reían ante sus peripecias para llamar su atención.

Por su parte, mi señora, cansada me comentó: "Voy a poner las cosas en su lugar. Llamé a 'Julito' y le di un mes para llevarse a su mamá".

Julio Astaburuaga, que no era precisamente un hombre de carácter fuerte, quedó acorralado entre la espada y la pared. Confesó, con voz resignada, que su jubilación no alcanzaba para internarla en una residencia, por muy económica que fuera.

Era evidente que un mes de plazo no sería suficiente, así que mi señora decidió confrontar a la abuela abusiva.

Siguiendo su plan, Carolina me pidió que adoptáramos al perro de la estación. No entendí su idea, pero acepté.

No fue difícil encontrarlo; estaba sentado, atento a la llegada del siguiente tren, sentado junto a la antigua animita, que era parte del paisaje local de la estación. Me miró con inquietud cuando le coloqué una correa alrededor del torso, como si preguntara qué pretendía hacer con él.

Para mi sorpresa, el perro vagabundo se mostró feliz al llegar a un verdadero hogar, asumiendo de inmediato el papel de protector y guardián de nuestra seguridad. Comenzó a olfatear el entorno, explorando cada rincón con entusiasmo. En un momento, lo perdimos de vista hasta que escuchamos un ladrido, seguido por el rugido de un felino y un grito: "¿Qué hace este perro en mi casa?".

Se desató una batalla campal que culminó con el minino refugiado en los brazos de la anciana, espantado por nuestro recién adoptado Maximiliano Errázuriz Panquehue. Bautizamos al perro con ese nombre para preservar la alcurnia de la casa; aunque, lo llamábamos "Maxi".

La negociación fue simple: nuestro canino permanecería en el patio, si ella dejara de comportarse como "La Quintrala".

Además, el gato ya no podría seguir comiendo nuestra mejor carne; debería conformarse con la comida para mascotas que le proporcionaríamos.

Al día siguiente, cuando llegué a la estación, algunos turistas familiarizados con el entorno preguntaron por Maxi, extrañados de no ver sus piruetas ni su expresión de agradecimiento cuando le ofrecían comida, casi siempre chatarra. El guardia nocturno me comentó que ese perro siempre había sido su acompañante y vigilante del entorno, especialmente de quienes intentaban dañar la pequeña casa blanca donde algunas personas ponían velas de ofrenda y rezaban pidiendo favores al pequeño niño que había fallecido en un lamentable accidente hacía más de quince años.

Pero, como suele suceder, cuando todo está en calma, un temporal se desata como un diluvio de problemas simultáneos. La llegada de miles de personas de diversas nacionalidades también atrajo a mequetrefes que pretendían enriquecerse en un día... o, más bien, en pocos minutos. Un asalto a mano armada, justo al cierre de la boletería, desató el caos.

Nos tomaron por sorpresa. A la cajera, al guardia privado y a mí nos maniataron y encerraron en el cuarto de vestir que usábamos para cambiarnos al inicio y fin de la jornada.

Aún faltaba la llegada de un tren. No había realizado el cambio de vías, lo que obligaría al maquinista a detenerse y esperar mi señal. Pero, al no ver la bandera roja, siguió su camino, ignorando que había quedado "contra el tránsito" de la máquina que llegaría en media hora.

Ajena al peligro, la multitud de pasajeros recién llegados se agolpaba frente a la puerta, sin poder abrirla desde afuera, ya que el mecanismo de seguridad dependía del guardia privado... ahora atrapado junto a nosotros.

Recordé que en mi ropa de vestir tenía mi teléfono móvil. Carolina siempre me reclamaba que no atendía sus llamados, pero esta vez mi descuido resultó ser un milagro. Primero, llamé a la central para que avisaran a los conductores sobre la colisión inminente si no detenían su marcha. Luego, contacté a la policía para que viniera a rescatarnos y abriera las puertas a los turistas nocturnos que gritaban desesperados; algunos incluso intentaron trepar las rejas, sin saber que estaban electrificadas en su parte superior.

Cuando finalmente salimos del encierro, tuvimos que prestar largas declaraciones que se extendieron por más de dos horas. Al salir de la comisaría, vi a Carolina esperándome junto a Maxi, que rondaba la animita, gimoteando, quizás por el daño que alguien había causado a la pequeña casa blanca.

Los comentarios y fotos de los turistas —incluida una que mostraba el rostro de los ladrones— comenzaron a circular por las redes sociales, haciendo hervir los teléfonos de los habitantes del pueblo.

No tardó en llamar el gerente de la central. Lo primero que preguntó, con evidente preocupación, fue cuánto habían robado y qué daños había sufrido la infraestructura de la estación. Solo al final se interesó por nuestro estado físico y emocional. Luego sentenció:

—Vamos a automatizar el cambio de vías para que esto no vuelva a ocurrir.

Consideré aquella declaración un desatino. Era evidente que eso no impediría otro asalto y, además, significaba una tragedia: ya no sería imprescindible en ese lugar. Aunque, conociendo la forma de gestionar de la empresa, el cambio tardaría años en concretarse. Aun así, la cuenta regresiva había comenzado.

En casa, el tiempo transcurría sin sobresaltos. Con la abuela logramos organizar horarios que nos acomodaban a todos, compartiendo el almuerzo y la cena. Por las tardes, cuando ella salía al patio con su gato en brazos para tomar sol, Maxi se plantaba erguido como un guardia, inmóvil, hasta que ella volvía a entrar.

Por supuesto que Julito no había logrado encontrar un nuevo hogar para su madre, pero el acuerdo fue tácito: se quedaría con nosotros de manera definitiva.

Después de la fiesta religiosa, el pueblo volvió a su apacible tranquilidad y la frecuencia del ferrocarril se regularizó en dos turnos: mañana y tarde.

Pero, como un caldo de gallina vieja servido en un plato de greda —aparentemente inocente, hasta que la primera cucharada, con su grasa aceitosa que potencia el calor, quema la lengua y nos deja sin habla durante varios minutos antes de atrevernos a un segundo intento—, algo parecido sucedía en la estación.

Muchas veces, los sitios antiguos parecen tener memoria propia. Y lo que aconteció después del asalto pasó de boca en boca, como un susurro que se desliza entre conversaciones a media voz, aunque ninguno de los lugareños se atrevió a compartirlo en las redes sociales.

La animita, instalada a un costado de la vía férrea, solía pasar desapercibida para turistas y lugareños. Sin embargo, con sus velas titilando en la penumbra y los pequeños ramos de flores marchitándose con el paso de los días, comenzó a ser vista como un ente viviente.

Nadie lo notó al principio. En medio del caos y el estruendo de aquella noche, los ladrones, en su huida apresurada, pisaron el techo de la animita, quebrando la madera y dejando una visible grieta. Desde entonces, algo cambió. Las velas que los lugareños encendían como ofrenda se apagaban apenas daban la espalda, sin importar que la noche estuviera en calma y sin viento. ¿Era una advertencia silenciosa, un grito de venganza o el clamor de un alma que exigía justicia?

Con el tiempo, los rumores se extendieron. Los maquinistas aseguraban que, al pasar de noche frente al lugar, las luces de la locomotora parecían parpadear sin motivo. Otros, más osados, decían haber visto una silueta fugaz en medio de la niebla, justo donde terminaba la vía.

Y aunque nadie hablaba abiertamente del tema, todos sabían que, desde aquella noche, la animita ya no aceptaba ofrendas. Como si algo —o alguien— aguardara el pago de una deuda pendiente. El guardia nocturno me imploró que llevara a Maxi de vuelta a la estación, "aunque solo fuera en las noches", porque la sensación de que alguien o algo rondaba el entorno no lo dejaba dormir ni las pocas horas que lograba conciliar antes del famoso asalto.

Aunque sabíamos que esto no resolvería la situación, Carolina y yo accedimos a "prestar" a Maxi por las noches, siempre y cuando el guardia se encargara de llevarlo a la estación y devolverlo a casa.

Y, tal como habíamos pronosticado, el guardia no logró volver a dormir. Pero al menos, como él decía, se sentía más tranquilo con nuestro guardián custodiando el entorno.

Hasta que una mañana, cuando el guardia no devolvió a Maxi a casa, salí temprano hacia la estación, con paso acelerado y la certeza de que algo no estaba bien. En efecto, lo encontré oculto en la pieza de vestir, pálido, rezando sin cesar y con movimientos estereotipados, como los que suelen realizar las personas ciegas cuando están nerviosas.

Le pregunté qué había ocurrido. Me contó que, al parecer, uno de los sujetos que había participado en el asalto volvió durante la noche, cruzando la pandereta colindante a la parcela junto a la estación. Al intentar saltar la reja que protegía la boletería, tuvo la mala ocurrencia de apoyarse sobre la casa de la animita. De pronto, uno de sus pies quedó atrapado sin poder soltarse. El alboroto y los ladridos de Maxi lo despertaron. Al asomarse, vio al hombre con el rostro desencajado de pavor, implorando misericordia. Se retorcía con desesperación, tratando de escapar de aquella especie de "trampa para osos" que parecía quemarle el pie. El crujir de la madera bajo su peso, su aliento entrecortado y el eco desgarrador de sus gritos parecían abrir las puertas del mismo infierno. El dolor era tan atroz que, en su delirio, daba la impresión de estar dispuesto a arrancarse el miembro con tal de liberarse de aquel suplicio.

Intentó acercarse, pero un ser invisible se lo impidió. Sintió que unos brazos lo inmovilizaban hasta que perdió el conocimiento. Cuando las primeras luces del amanecer lo hicieron despertar, corrió a revisar la animita. Para su asombro, la pequeña casa blanca estaba completamente reparada, sin rastro alguno del delincuente que, la noche anterior, lloraba con angustia pidiendo perdón.

No sabíamos si reportar o no el incidente. No había evidencia de daños ni señales de intento de robo. El delincuente había desaparecido y la casa blanca de la animita estaba en perfecto estado. Solo se me ocurrió llamar a la central para preguntar si había novedades sobre los asaltantes.

Lo que me dijeron me dejó helado, sin saber qué responder:

—¿No se enteraron de que uno de los asaltantes falleció anoche?

La historia era extraña. Al parecer, uno de los reos, apodado "el chamán", le había dado un caldo de ayahuasca diciéndole que debía viajar para reparar un daño que había causado. No importaba que no lo hubiera hecho a propósito; debía enmendar las consecuencias de sus actos. El joven, adicto a las drogas y sin importarle lo que consumía, bebió de un sorbo el cocimiento en el tarro que le ofrecieron.

Esa noche, sus gritos pidiendo clemencia resonaron en la celda. Luego sufrió espasmos similares a los de una crisis epiléptica. Aunque intentaron socorrerlo, falleció mirando a su alrededor con el rostro desencajado y los ojos desorbitados por el terror.

Cuando nos mostraron la foto que enviaron al teléfono, un escalofrío me recorrió la espalda: la expresión de su rostro parecía congelada en un último grito mudo.

Todo coincidía: la hora en que ocurrió, los gritos que despertaron al guardia y el terror que lo había dejado paralizado. Era como si aquella pobre alma hubiera partido al otro mundo para purgar todos los daños que había cometido. Excepto el último... que, por lo que intuí, lo había pagado con crees en el infierno, la noche anterior.

El guardia nocturno renunció a su trabajo en la estación. Según me contaron, se fue al campo con toda su familia, "para olvidarse de la condenación que le tocó ver." Eso sí, cada año, en la misma fecha, vuelve a dejar una ofrenda en la animita de la casa blanca.

Por mi parte, estoy a punto de jubilar y, tal como predije, las agujas del cambio de vía siguen sin automatizarse.

Aunque la abuela ya no está con nosotros, Maxi y el gato ya no pelean. Caminan indiferentes el uno del otro, eso sí, respetando sus espacios.

Mañana se cumple otro año... Por eso invité al guardia a almorzar con su familia. Esta vez, le pediré que me cuente también el sueño que tuvo cuando se desmayó al intentar cruzar la barrera invisible de la animita. Quizá en ese sueño se esconda la verdad que ninguno de los dos debería saber.

¿Y AHORA QUÉ?

¿Qué habrías hecho diferente?

¿Qué sigues añorando?

¿Qué dejaste para después?

¿Qué esperas todavía de la vida?

Desde el balcón del antiguo edificio, con la mirada perdida frente al Parque, interrogas al pasado como si un juez implacable te susurrara al oído.

¿Y si hubieras tomado estas preguntas en serio antes de la tercera edad?

¿Y si te hubieras atrevido a responderlas con valentía, sin excusas, sin autoengaños?

Entonces surge otra pregunta, aún más punzante:

¿Habrías renunciado a lo que realmente amabas, a lo que deseabas hacer, a aquello que soñaste y postergaste una y otra vez?

El silencio del Parque te devuelve una verdad ineludible: no culpes a los demás por tus decisiones. No puedes borrar lo que hiciste mal, ni arrancar las páginas del libro de tu vida. Cada una de esas acciones, aciertos y errores, ha dado forma a quién eres hoy.

Cada día que pasa es una página en blanco, lista para escribir una nueva historia. Solo que esta vez, asegúrate de que sea una que no quieras borrar... y empieza hoy.

TETRIS HUMANO

A la espera, al borde del andén y sobrepasando la marca amarilla de precaución, hago mis cálculos: ¿cuál es la mejor ubicación para quedar justo frente a la última puerta? Las personas a mi alrededor parecen imitar mi estrategia. Seguro piensan que soy un pasajero frecuente.

El monstruo metálico con sus luces enceguecedoras se divisa justo a dos minutos de la hora de llegada. La estridencia del pito, anuncio de la apertura de puertas, se mezcla con mi adrenalina y anula la música de mi teléfono, que por un momento deja de ser importante. Un hombre corpulento, con olor a resaca, está a mi derecha; una muchacha delgada, de grandes lentes y rostro pálido, pegada a mi hombro izquierdo; y una señora bajita, con una bolsa llena de algo voluminoso delante de mí, me impiden avanzar con la premura que tengo por ser parte del juego que comenzará con mi presencia... o ausencia.

No tuve más opción que empujar con fuerza, a pesar de los alegatos del grupo humano que taponaba la entrada e impedía el paso. Un fuerte golpe en mi hombro derecho me advierte que la puerta aún no me considera parte del juego. Pero retomo aire y, con más afán, intento entrar, buscando alguna rendija donde acomodar mi cuerpo.

Brotaron espontáneos los alegatos de aquellos que se sintieron pasados a llevar por nosotros, los últimos pasajeros inconscientes, quienes embravecidos empujamos y empujamos sin tregua a ese muro de personas, cada vez menos elástico, que se rehúsa a permitirnos el paso.

Finalmente, la guillotina se cierra por completo y corta el acceso a muchas personas, quienes desencantadas exhalan insultos y maldiciones, culpando a todo: los conductores, la planificación, el gobierno o, simplemente, la mala suerte de no vivir una o dos estaciones antes, para haber alcanzado a ser parte del ganado que subió, dejándolos fuera del juego del "Tetris Humano".

Por fin adentro, escaneo el paisaje. O más bien, reviso las posibilidades de ubicarme cerca de un asiento cuando se produzca una jugada en donde alguien baje y comience el reacomodo de piezas. Es difícil moverse en alguna dirección, pero hay que estar atento a cualquier situación: un desmayo, una descompensación o cualquier incidente que permita una reubicación. Ojalá lejos de la puerta, para evitar la desgracia de tener que bajar para dar paso a los que descienden, con la posibilidad cierta de no alcanzar a subir de nuevo frente a la manada desesperada, a la que no le importa nada más que ser parte del juego ya en curso.

Ahora toca esperar con paciencia, pero siempre en alerta. Subo el volumen de mis audífonos para neutralizar el calambre que ataca mi pantorrilla, justo antes de la marca del elástico del calcetín. Sabina y Mon Laferte me sacan de la olla a presión, llevándome a escenarios donde sus fanaticadas los idolatran y aplauden con locura. Si yo estuviera cerca de ellos, también gritaría hasta gastar mi garganta, o hasta que las luces del escenario bajaran su intensidad, llamando al silencio para escuchar con delicadeza sus tonos menores y melancólicos, con mensajes de amor, desesperanza o alegrías sin rubores.

Mientras tanto, el tren sigue su marcha cadenciosa sobre los rieles que soportan sin queja su enorme peso. En algunos tramos, el recorrido se bambolea, sacudiendo a los pasajeros instalados en lo profundo de sus celulares, recordándoles que deben prepararse para bajar en la siguiente estación, a no más de tres minutos de distancia.

Veo una oportunidad en camino. Aunque primero debo sortear el obstáculo de un señor mayor, quien se adelanta a mi próxima jugada. No tengo más opción que dar un paso para bloquear su intento. Ambos miramos con atención a una joven estudiante que acomoda su mochila, guarda sus audífonos y saca su tarjeta de viaje, intentando ponerse de pie con el precario equilibrio que provoca una brusca sacudida del vagón, haciéndola sentarse de golpe y perdiendo el glamur de sus refinados movimientos.

Pero había mucha competencia. Un joven sin escrúpulos echó por tierra toda mi táctica con un inesperado salto que puso en ventaja absoluta su trasero, a centímetros del asiento en vías de liberación. No me quedó más opción que avanzar por el pasillo, repitiendo "permiso, permiso", buscando alguna fisura, algún hueco o una señal de que otro puesto sería abandonado.

Logré acomodarme en un rincón, junto a un monopatín con motor, bastante desgastado y lleno de tierra. Así que procuro no tocarlo para no ensuciar mi vestimenta de trabajo, que, si bien no es la más lujosa, es la que cuido para dar buena impresión a mi jefa, que se fija en todos los detalles, aunque no lo verbalice, porque frente a un desatino o incongruencia de vestuario, la mirada y la expresión de su rostro reflejan desaprobación.

El silbato de bajada y apertura de puertas me saca de mis pensamientos. Un hombre gordo, medio dormido, se sacude con el sonido y rápidamente saca su mochila del guarda equipaje de la parte superior, que por su apuro cae sobre una señora, también perdida en su celular como el resto de los pasajeros. Muy molesta por la interrupción y, seguro, por el golpe, lo increpa con garabatos, que dan risa por la vehemencia con que los exhala, prácticamente sin pensar.

Por fin logré ubicarme. Una joven samaritana, al ver mi expresión de angustia (debe ser por el dolor en mis rodillas) y mis canas, me cede el asiento. Me incomoda ganar ese puesto por mi condición de "viejo de mierda", pero hago de tripas corazón y cierro los ojos, sintiéndome parte del puzle en el que, finalmente, encajo. No ha sido fácil lograr una ubicación en el

Tetris, aunque sea casi al final del viaje, y más por circunstancia que por mérito.

En ese momento, mientras acomodo mi humanidad sobre el asiento, me doy cuenta de la cruda verdad: ¿he vencido? Sí, pero es como ganar un premio de consuelo, compartiendo espacio con un monopatín sucio y al lado de un hombre que ronca con espasmos de apnea. Estoy tentado a despertarlo, no tanto por humanidad, sino por el temor de que fallezca y termine aplastando mi cuerpo ya adolorido con todo el peso de su cuerpo, imposible de sostener hasta la siguiente parada.

Cierro los ojos y respiro hondo, intentando convencerme de que he cumplido mi propósito. Pero entonces, otra sacudida del tren me recuerda que mi estación está a la vuelta de la esquina y que, con toda certeza, tendré que ceder mi recién conquistado trono en breve. Qué ironía. El Tetris Humano no es tan distinto de la vida: cuando crees que has encajado, la siguiente ficha ya está a punto de caerte encima.

Pero bueno, por ahora, al menos tengo un puesto. Y eso, en esta locura vertiginosa sobre rieles, ya es algo.

EL VIAJE

El viaje era agotador, pensó Raúl mientras el reloj marcaba las 2:45 de la tarde. El almuerzo, generoso y pesado, lo había dejado con una somnolencia que pedía a gritos una siesta interminable.

Raúl repasaba mentalmente el mensaje de su novia, el único motivo que lo había convencido de hacer ese viaje. "Será bonito verte," había escrito ella, pero sin la efusividad de otras veces. No era la primera vez que sentía esa distancia, pero esta vez le pesaba más que nunca.

Siete horas de trayecto lo aguardaban, sin escalas, a bordo de un bus que prometía comodidad y aire acondicionado en la publicidad, pero que probablemente tendría asientos duros y un ventilador cuya queja metálica evidenciaría años de abandono.

—Viajar es un acto de resistencia —murmuró, caminando hacia el último andén, apartado y casi desierto, como si el bus lo esperara en complicidad con su resignación.

El sol caía a plomo, y Raúl buscó refugio junto a un muro, donde los vendedores ambulantes desplegaban sus mercancías con desgastada rutina.

—¡Agua helada, bebidas frías, dulces para el camino! — clamaban sus voces rasposas por la repetición, pero los transeúntes, inmersos en las pantallas de sus celulares, apenas les dedicaban una mirada, como si el calor les hubiera arrebatado también el interés.

Sin embargo, aquel rincón resultaba poco atractivo. Un olor agrio flotaba en el aire, amplificado por el calor sofocante. Su origen era inconfundible: las vejigas de transeúntes, viajeros y los mismos vendedores habían transformado el lugar en un baño improvisado, dejando una marca invisible pero imposible de ignorar en cada bocanada de aire.

Los locales aledaños se negaban a prestar sus servicios sanitarios sin una compra previa, y para muchos, el gasto extra era impensable. Así que el andén, sin quererlo, se había convertido en una mezcla de mercado, sala de espera y excusado público.

Esto hacía la espera del bus aún más insoportable para Raúl. La elección era cruel: soportar el calor implacable de la acera bajo el sol abrasador o refugiarse en la sombra cargada de aquel aroma ácido y pestilente, que, si bien mitigaba los rayos penetrantes, lo envolvía en una atmósfera de incomodidad que su cuerpo rechazaba por instinto.

A lo lejos, el bus apareció como un salvador en la entrada del terminal, con su carrocería reflejando destellos que expulsaban el sol abrasador. —Al menos saldré de este lugar —murmuró Raúl, mientras ajustaba su mochila al hombro y se preparaba para abordar, esperando que el viaje ofreciera un alivio, aunque fuera mínimo, a la sofocante espera.

Mientras subía al bus, Raúl respiró hondo, aferrándose a la esperanza de que el aire en su interior fuera al menos tolerable. La perspectiva de siete horas de viaje le arrancó una sonrisa resignada; sabía que no sería fácil, pero estaba decidido a dormir todo lo posible durante el trayecto, como si el sueño pudiera acortar la distancia entre el agotamiento y su destino.

Eligió un asiento junto a la ventana, convencido de que el paisaje sería su refugio durante las largas horas de camino.

—Nada como la naturaleza para desconectarse del caos —se dijo, aferrándose a la idea de que observar los árboles y cerros desfilando ante sus ojos bastaría para inducir el sueño y apartarlo, al menos por un rato, de la áspera realidad que lo rodeaba.

Intentó abrir la ventana, con la esperanza de aprovechar la brisa que surgiría con la velocidad del bus en movimiento. Sin embargo, el mecanismo estaba sellado por una capa de polvo tan densa que parecía un pegamento invencible.

—No importa —murmuró, resignado a mirar a través de las pequeñas franjas limpias que alguien había trazado con sus dedos. Parecían las huellas de niños aburridos o de pasajeros anteriores, quizás en un intento desesperado por encontrar un resquicio de aire fresco en aquel espacio cerrado.

El motor rugió, y el bus arrancó con un salto brusco que sacudió a Raúl en su asiento. Por un instante, sintió que su almuerzo, tragado con tanta bravura, amenazaba con rebelarse, buscando una salida para aliviar la pesada carga que ahora lamentaba haber ingerido con tanto entusiasmo.

A su lado, un hombre dormido desde antes de la partida dejó caer su cabeza sobre su hombro. "Siete horas así y necesitaré un fisioterapeuta," pensó Raúl, mientras lo empujaba suavemente para recuperar su espacio personal.

A los pocos minutos, el paisaje comenzó a desfilar frente a sus ojos: campos verdes, vacas pastando, y aquí y allá alguna casa aislada con ropa tendida al viento. Por fin llegó la carretera, esa interminable línea recta flanqueada por cerros áridos y postes eléctricos. "El paisaje no sea tan relajante como pensé," admitió en silencio, tratando de no fijarse demasiado en los interminables arbustos que parecían repetirse como en un fondo de pantalla mal diseñado.

Raúl abrió un libro que llevaba en su mochila, intentando distraerse. Pero la letra pequeña, combinada con el traqueteo del bus y la vibración del vidrio, le hizo cerrar los ojos. Quizá el mejor plan para sobrevivir al viaje sería, simplemente, dormir.

"Al menos el paisaje estará allí cuando despierte," se dijo, mientras se acomodaba contra la dura cabecera del asiento. Claro, eso si podía dormir sin que su vecino roncara como un oso en plena hibernación.

Raúl apenas había logrado cerrar los ojos cuando sintió un movimiento a su lado. Su vecino, el hombre que había estado dormido como una roca desde antes de que el bus partiera, se desperezó con un ruido gutural y lo miró con los ojos entrecerrados.

—¿En qué tramo vamos? —preguntó, mientras intentaba enfocar la vista en el paisaje borroso a través de la ventana polvorienta.

Raúl, aún con la cabeza apoyada contra el asiento y los párpados pesados, contestó sin mucho entusiasmo:

—Recién llevamos tres horas. Todavía falta... mucho.

El hombre suspiró, como si hubiera esperado una respuesta completamente diferente. Se sacó el sombrero que llevaba y comenzó a abanicarse, aunque el aire parecía más denso que antes.

—¿Y usted, para dónde va? —insistió, como si aquel fuera el momento ideal para entablar amistad.

—Al norte, a un pueblo pequeño... a visitar a mi novia. Me bajo en la última parada del bus. —dijo Raúl, con la esperanza de que la conversación terminara ahí. Pero no. Su vecino parecía decidido a usar las próximas cuatro horas para conocerlo a fondo.

—¿Visita a su novia, eh? ¿casamiento prometido? —soltó el hombre con una risa que hizo que Raúl levantara una ceja.

—¿Qué? No, nada de eso, solo... el cariño que siento por ella.

—Ah, entiendo —dijo el vecino, aunque no parecía entender nada—. Pues yo voy al entierro de mi suegra. ¡No crea que estoy triste, eh! Esa mujer tenía lengua de machete y corazón de piedra. —Y soltó una carcajada que hizo girar la cabeza de los pasajeros cercanos.

Raúl no sabía si reírse o preocuparse. Lo que sí sabía era que aquellas cuatro horas iban a ser mucho más largas de lo que había imaginado. Miró por la ventana, buscando algún tipo de consuelo en el paisaje monótono, pero su vecino no tenía intención de callarse.

—¿Sabe qué es lo peor? Que la mitad del viaje la haré con este calor del demonio y la otra mitad con el frío de la noche del norte. Siempre digo que viajar es como casarse: te prometen una cosa, pero terminas lidiando con lo que hay.

Raúl asintió lentamente, mientras pensaba que, si el viaje era como un matrimonio, él ya estaba considerando el divorcio antes de llegar a destino.

El vecino, aun abanicándose con su sombrero, cambió su tono de voz a uno más íntimo, como si estuviera a punto de contar un secreto.

—Bueno, la verdad es que este viaje no es solo por la suegra. Tiene otro propósito más... personal.

Raúl levantó una ceja, intrigado. No era el tipo de persona que buscaba conversaciones en los buses, pero el entusiasmo del hombre era contagioso.

—Voy a casarme —dijo el hombre, con una sonrisa amplia que dejaba ver su dentadura torcida.

—¿En serio? ¡Felicidades! —respondió Raúl, sorprendido.

—Gracias, amigo. Mi Rolando me espera en el norte, aunque algunos van con cara de funeral. Pero, ¿sabe qué? Me importa un comino. El que no arriesga, no gana.

Raúl sonrió, sintiendo un poco de admiración por aquel hombre que hablaba con tanta seguridad y valentía.

—Tiene razón. ¿Y cómo se siente? ¿Nervioso?

—¿Nervioso? ¡Como un pollo en el horno! —dijo, soltando otra carcajada—. Pero no por Rolando, él es un ángel. Es más por sus primos, que creen que una boda como la nuestra es un chiste. Y ni le cuento de la tía Eduvigis, que seguro llevará un rosario y rezará todo el tiempo para que el cielo me parta un rayo antes del "sí, acepto."

Raúl no pudo evitar reírse. Había algo en la forma directa y honesta de su vecino que lo hacía simpatizar con él.

—Bueno, al menos ya está decidido. No hay vuelta atrás, ¿no?

El hombre asintió, mirando por la ventana con un brillo en los ojos.

—Decidido desde el día que lo conocí. Y mire, si mi suegra no pudo hacerme cambiar de opinión, mucho menos lo harán unos cuantos murmullos. El amor es el amor, ¿no cree?

Raúl asintió, impresionado por la determinación de su compañero de viaje. Quizás ese hombre sudoroso y hablador tenía razón. A veces, había que enfrentarse al mundo con valentía, aunque eso significara soportar el calor, el polvo y las miradas de desaprobación.

El bus avanzaba por la carretera mientras el vecino seguía hablando, ahora sobre el pastel de bodas y los nervios de Rolando. Raúl, mirando por la ventana, dejó escapar una leve sonrisa. "Este viaje quizás no sea tan largo después de todo," pensó, mientras el paisaje se llenaba de colores cálidos al atardecer.

Fue entonces cuando su compañero de asiento le hizo una propuesta indecorosa.

—Sabe que, para la suerte, el novio debe tener una despedida de soltero como se lo merece. Y le quería proponer que, llegando a la estación de destino nos acomodemos en un motel que está al borde del camino y tengamos una relación, usted sabe, sexual. Si no lo hago el matrimonio puede resultar fatal.

Raúl sintió que el calor del bus se hacía más sofocante, como si la incomodidad de la propuesta lo envolviera. Su respiración se volvió más rápida, y por un instante miró al hombre buscando alguna señal de burla, algo que lo liberara de tomarlo en serio. Pero la calma en su rostro lo inquietó aún más. *"¿Qué clase de persona propone algo así como si estuviera hablando del clima?"*, pensó, mientras una chispa de duda se encendía en medio de su rutina.

—Bueno, ya sabe, es sólo una idea   —continuó el hombre, acomodándose en su asiento—. Pero a veces hay oportunidades que aparecen una vez en la vida.

Raúl tragó saliva, mirando por la ventana como si buscara alguna señal divina entre los arbustos que pasaban rápidamente. Era absurdo, pero algo en la seguridad con la que había planteado la idea lo tenía inquieto. No era sólo la propuesta en sí, sino la manera en que el hombre hablaba: sin vergüenza, sin culpa, como si aquello fuera la cosa más normal del mundo.

"Es ridículo," se dijo a sí mismo. "Yo no soy esa clase de persona." Pero entonces, otra voz interna, mucho más traviesa, susurró: "¿Y qué clase de persona eres, Raúl? ¿El tipo que siempre hace lo correcto, siempre dice que no, siempre juega sobre seguro?"

El hombre, como si hubiera percibido la tormenta interna de Raúl, añadió con una sonrisa:

—No lo tome tan en serio. A veces, estas cosas no son más que un juego, una aventura. Y créame, a veces un poquito de locura no hace daño.

Raúl se giró para mirarlo. Era un hombre común, con el rostro marcado por los años y un aire relajado que contrastaba con el calor sofocante del bus. No había nada particularmente atractivo en él, y, sin embargo, había algo en su actitud que lo intrigaba.

—¿Usted hace esto con frecuencia? —preguntó finalmente, más por curiosidad que por otra cosa.

El hombre soltó una carcajada.

—¡Claro que no! Pero, ¿sabe? La vida es corta, y a veces hay que lanzarse al agua sin pensar tanto.

Por un instante, recordó la última vez que había hecho algo fuera de lo común. ¿Cuándo fue? Ni siquiera podía recordar. La monotonía de los días había consumido esa chispa. "Quizás no se trata de la propuesta," pensó, "sino de sentir algo diferente, algo real."

Raúl se quedó en silencio, sintiendo cómo las palabras del hombre resonaban en su cabeza. Una parte de él quería rechazarlo de inmediato, terminar la conversación y volver a su mundo predecible. Pero otra parte, más oculta y curiosa, le pedía que lo considerara. No por el acto en sí, sino por lo que representaba: un quiebre en su monotonía, un instante de caos en su vida ordenada.

—Mire, no estoy diciendo que esto sea obligatorio —dijo el hombre, interrumpiendo sus pensamientos—. Pero si decide que quiere hacerlo, ahí estaré. Y si no, igual le deseo un buen viaje.

Raúl lo miró fijamente, sintiendo que el momento se estiraba como un hilo tenso. Sabía que la decisión quedaría rondando en su cabeza durante todo el trayecto. Lo que no sabía era si, al llegar a la estación, ese hilo terminaría rompiéndose o resistiendo.

El bus seguía su camino, y Raúl, por primera vez en años, sintió que su vida no era tan predecible como siempre había pensado. "A veces, los viajes más largos no son los que recorres por carretera, sino los que atraviesas dentro de ti," pensó, mientras miraba por la ventana.

Raúl no podía dejar de darle vueltas. La propuesta, absurda y audaz, había despertado algo en él, no tanto por el acto en sí, sino por lo que simbolizaba. "¿Qué tanto he dejado pasar en mi vida?" pensó, mientras el traqueteo del bus marcaba un ritmo hipnótico.

Cada vez que miraba de reojo a su compañero, lo veía tan tranquilo, como si lo dicho no tuviera peso alguno. Raúl, en cambio, sentía el peso de mil preguntas: "¿Por qué no? ¿Qué podría pasar? ¿Y si me arrepiento de no hacerlo? ¿Y si lo hago?"

El paisaje seguía pasando, y con cada kilómetro, su mente se llenaba de posibilidades, de finales alternativos que jamás había considerado. Pero luego, un pensamiento más sombrío lo atravesó: "Si no lo hago, esta será sólo una de esas historias que cuento como una anécdota más, con un *hubiera* que me perseguirá por años."

Miró nuevamente al hombre, quien ahora tarareaba una canción mientras jugueteaba con su sombrero. No había insistido, no había presionado; simplemente había dejado la puerta abierta, como un desafío lanzado al aire. Raúl suspiró profundamente, sintiendo cómo su corazón latía más rápido ante la incertidumbre.

"Tal vez es hora de que deje de pensar tanto," se dijo, cerrando los ojos un instante. Pero cuando volvió a abrirlos, lo único que veía era el reflejo de su rostro en la ventana: el rostro de alguien que aún no sabía si estaba listo para cambiar, aunque fuera por una sola noche.

Al llegar a la estación, Raúl bajó del bus con el estómago revuelto. El hombre lo siguió, caminando tranquilo, sin decir una palabra. Ambos se miraron brevemente, y Raúl sintió que el momento de decidir había llegado. "¿Voy hacia el motel o hacia mi vieja rutina?"

Lo cierto es que, ya sea por miedo, por costumbre o por simple prudencia, Raúl dio media vuelta y se dirigió hacia la salida de la estación. El hombre lo observó partir, y con una sonrisa, murmuró para sí mismo:

—Bueno, no todos los viajes tienen que terminar con una locura.

Raúl soltó un suspiro, como si con él expulsara las dudas que lo habían perseguido durante todo el trayecto. Sin decir una palabra, giró hacia la calle lateral donde se encontraban los moteles. Su decisión lo golpeó con la fuerza de algo irremediable, un impulso que no necesitaba explicación.

El hombre lo siguió, todavía en silencio, pero con una leve sonrisa que parecía anticipar el desenlace. Con una seriedad que no había mostrado antes le comentó. —Hace años, yo también dejé pasar una oportunidad. Y créame, amigo, todavía la pienso cada noche.

Raúl caminó, esta vez decidido, hacia la entrada del motel que le pareció daba señales de privacidad por su fachada, ya sin cuestionarse si esto sería una pausa en su vida o si podría llegar a ser algo definitivo.

Después del hotel, Raúl decidió regresar al terminal de buses. Miró sus manos temblorosas, sorprendido por la tranquilidad que sentía a pesar de todo. No tenía sentido ir donde su novia; no porque ella ya no le importara, sino porque algo dentro de él había cambiado de manera irreversible.

Por primera vez en mucho tiempo, Raúl no quiso seguir mintiéndose a sí mismo ni a los demás. Había llegado el momento de enfrentar lo que siempre había evitado: ser honesto, aunque eso significara romper con todo lo que antes parecía seguro. Mientras caminaba por las calles vacías, sentía que cada paso lo acercaba más a una verdad que ya no podía ignorar.

Se quedó sentado en la estación, como Penélope, sin intención de moverse en ninguna dirección. En el fondo, sabía que él volvería. La noche avanzaba lenta, y el murmullo de la estación parecía diluirse en el silencio.

De pronto, una voz familiar rompió sus cavilaciones:

—¿Todavía tienes un lugar al que ir?

Raúl alzó la vista y lo encontró de pie frente a él, con la misma calma que había percibido durante todo el viaje. Asintió sin decir palabra, como si esa pregunta hubiera sido la llave que lo liberaba de las dudas.

Se levantaron juntos, y sin mirar atrás, comenzaron a caminar hacia el terminal. Las maletas eran ligeras, porque lo único que cargaban era el peso de un pasado que, al fin, estaban dispuestos a soltar.

A su alrededor, la ciudad parecía más grande, llena de posibilidades desconocidas, pero ninguno de los dos tenía miedo. El destino era incierto, y Raúl no sabía cuánto duraría este nuevo trayecto. Pero por primera vez, sentía que avanzar, aunque fuera a ciegas, era lo único que importaba.

Mientras el bus avanzaba por la carretera, Raúl dejó de mirar por la ventana.

Por primera vez, comprendió que no era el destino lo que importaba, sino la valentía de soltar aquello que lo mantenía estático. Había dado el primer paso fuera de la rutina, y aunque no sabía qué le deparaba el futuro, entendió que, a veces, vivir no es avanzar con seguridad, sino aprender a caminar sin miedo al vacío.

MI ÚLTIMA MORADA

Es mi funeral. Mucha gente me acompaña, pero es extraño: no veo a algunos que quise y sigo queriendo. No juzgo a nadie. Muchas veces no fui a despedir a mis mejores amigos o familiares cercanos. Tal vez fue desidia o simplemente no lo consideré importante.

Sin embargo, estoy bien. Por fin descanso. Ya no me pesa este cuerpo que, día tras día, se desmoronaba, deteriorándose sin remedio. Durante treinta y un años, mi capacidad de movimiento se fue desvaneciendo poco a poco, apagando mis infinitas ganas de trabajar, hasta quedar solo el anhelo de sentirme útil.

Los medicamentos ofrecían alivios temporales, destrabando mi musculatura y regalándome momentos breves de autonomía, aunque cuando se desvanecían, me dejaban enfrentando el caos que yo mismo había provocado: en la cocina, en mi pieza y, bueno, en todos lados.

No tengo claridad de la fecha exacta, pero fue significativo e indigno el momento en que comencé a recibir comida en la boca. Me reveló que el sentido de seguir luchando se había desvanecido.

El párkinson juvenil abruma, convirtiendo lo cotidiano en un desafío insuperable. Cada día era una lucha por mantener algo de dignidad frente a lo que me arrebataba lentamente. Muchas veces me preguntaba por qué algunos llevamos mochilas que superan nuestra capacidad de sostenerlas.

Pero ahora, al fin, la carga ha quedado atrás.

No hay más peso, no hay más dolor, solo el eco de lo vivido y la paz de un descanso que al fin se siente eterno.

Un descanso interminable.

Ahora vienen nuevos tiempos para aquellos que me cuidaron: tiempos de asueto, de dormir sin sobresaltos, sin culpas por no despertar a tiempo. La vida continúa, y aunque ya no estaré con ellos, se renovará más tranquila, más parecida a "lo normal". Los nietos lo agradecerán.

Mi partida es esperanza de mejores tiempos, pero también es un puente que me conecta con aquellos que siempre amé. Ahora puedo percibir a mi madre de un modo que nunca antes fue posible. En su madurez, después de haber gastado su juventud, añoraba vernos triunfar. Y creo que lo logró.

Ahora el alzhéimer la protege, envolviéndola en una capa de olvido. Quizás este refugio la libera del dolor de mi ausencia, pero yo la siento más cerca que nunca.

Pero no se entristezcan: todo está en su lugar. El sufrimiento se ha ido. Y deben entender que, en ese último tiempo, el deleite de las comidas, el cuidado de mi cuerpo deteriorado y el amor en cada gesto fueron suficientes.

Ahora estaré en sus pensamientos. No habrá ausencias ni olvido. A veces, ese amor silencioso, invisible pero constante, transforma el recuerdo en algo eterno, como una llama que nunca se apaga y que ilumina incluso en la oscuridad.

PENUMBRA

Tu cabello se fundió en la noche, tan misterioso como tus ojos, que brillaban como los de una gata al acecho. No sabía si estabas esperando mi movimiento o si solo te divertía verme atrapado en la trampa de tu mirada.

El aire olía a algo indefinido, tal vez a promesa, tal vez a peligro.

¿Era un reto? ¿Una invitación? ¿O solo el juego cruel de quien disfruta viendo a su presa debatirse en su propia indecisión?

El viento cargaba murmullos antiguos, historias que se repetían entre olas y fogatas nocturnas que pocos se atrevían a contar en voz alta. Me habían dicho que algunas noches, cuando el mar se desbordaba, siempre se llevaba un alma. Un ingenuo que, sin darse cuenta, entraba lentamente al agua, como si una fuerza invisible lo reclamara.

No corría. No luchaba. Solo se entregaba.

Un embrujo, decían. Una promesa susurrada en el oído por un ser que solo la víctima podía ver y sentir.

Y ahora, con cada paso que daba hacia ti, entendí el significado de esas historias.

Tu mirada no me soltaba. No me pedía que me acercara, pero tampoco me advertía que no lo hiciera.

Tal vez ya estaba demasiado cerca. Tal vez ya era tarde.

El agua hasta mi cintura me arrastraba hacia el mar con fuerza, llamándome, exigiéndome, prometiéndome un romance que necesitaba para cumplir con...

¿Con qué?

No lo sabía. No lo entendía, pero tampoco lo rechazaba.

Las olas me rodeaban como una fuerza invisible, envolviéndome en un abrazo que no podía escapar. Era un pacto, una entrega, una danza sin retorno.

Tu silueta seguía allí, inmóvil en la penumbra, esperándome o guiándome, con esa quietud implacable que hacía imposible saber si debía confiar o temer.

El mar rugió con más fuerza.

Era ahora o nunca.

¡Nunca!, dije con fuerza en mi mente.

El viento se paralizó. El mar, que hasta hace un instante rugía con hambre, se aplacó de golpe, como si mi decisión hubiera roto un hechizo.

Y tú...

Tu rostro palideció, despojándose de la calidez engañosa de la penumbra. Parecías más etérea, más irreal, más... luna que carne.

Me di la vuelta. Caminé hacia la arena con el peso de quien ha burlado su destino.

Cada paso era una lucha contra algo invisible, una fuerza que no quería soltarme del todo.

No miré atrás. No podía. No debía.

Caminé tembloroso hasta las dunas, donde el aire olía a tierra seca y no a agua salada, donde las sombras eran solo sombras y no promesas de un amor imposible.

Allí, mis piernas cedieron y caí agotado.

La noche siguió en silencio.

Pero el mar... el mar no se había rendido.

Un día volví a ese lugar donde el mar quiso unir su fuerza con mi alma y le presenté a mi amada, de carne y hueso, de corazón palpitante y ojos color esperanza.

Ese día una ola se elevó desde el fondo y rugió, con acento de molestia o tal vez de amenaza. No me inmuté, ya lo había vencido, no podía tocarme ni dañarme.

Un año después cuando nació mi primogénita, se la presenté en ese mismo lugar. Era un duelo, una contienda de poderes... espirituales.

Mi niña refugiada en mis brazos abrió sus ojos color esperanza.

La miré con angustia cuando, lentamente cambiaron de color, tornándose oscuros, negros como la penumbra de los tuyos aquella noche.

Solo que esta vez no fui capaz de retroceder. Caminé lentamente hacia el oleaje, sin pausa hasta que tenues olas tomaron mi cintura.

Sentí el agua fría abrazarme las piernas. Me detuve. Mi corazón latía con violencia, mi mente gritaba que retrocediera.

El recuerdo de tus ojos de gata y el viento susurrando murmullos de épocas pasadas se apoderaron de mí, como aquella vez.

Mis pies ya no sentían la arena. Las olas me mecían como si me conocieran, como si me hubieran estado esperando.

Seguí. Y seguí. Hasta hundirme.

Aquella noche escapé del mar...

pero nunca escapé de ti.

MONEDAS DE LA FORTUNA

Treinta años trabajando en la Casa de la Moneda, y ahora, a punto de jubilarme, me pregunto qué haré con mi exigua mensualidad. Una vez más ingresó al banco virtual a revisar su cuenta bancaria, el número final lo golpeó como un ladrillazo: la pensión no alcanzaría ni para cubrir la mitad de lo necesario. Por primera vez en años, sintió el pánico deslizarse en su pecho. No podía vivir así; no quería vivir así. Sólo una cosa tengo clara: no me quedaré en casa mirando el techo. Algo tendré que hacer para aumentar mis ingresos.

Si bien soy viudo y no tengo hijos que dependan de mí, tengo mis necesidades, que no se cubren con buenas intenciones ni monedas de chocolate... Teresa, mi preferida del burdel, me tiene confianza, tanto que acepta que le pague a fin de mes, pero con dinero, no con besos ni palabras de amor. La vida no se gana con nobleza, no se sostiene con recuerdos o promesas. Las cuentas llegan puntuales, y los deseos –esas visitas, esos momentos de satisfacción que me dan algo de alegría–también cuestan lo suyo.

No quiero dejar mi rutina de los viernes a la "Taberna del Tahúr". Casi siempre salgo al ras porque apuesto con moderación. Si comienzo ganando, me quedo hasta muy tarde o hasta que se me acaben las utilidades. No concibo mi vida sin juegos; en las cartas y en los dados encuentro ese instante en el que todo parece posible, donde cada apuesta es un desafío y cada victoria, una satisfacción que pocas cosas me dan hoy en día.

Aunque la semana pasada se me activó la ambición y me engolosiné cuando frente a mis ojos tenía una mano de póker imposible de vencer. Fue entonces cuando reté a mi rival con mis ganancias y todo lo que había llevado de respaldo. Me venció. Perdí hasta la ropa interior que llevaba puesta. Salí cabizbajo del local, pateando piedras... o, más bien, las bolsas de basura, que a esa hora cubrían la acera de la ciudad nocturna, esperando a los camiones recolectores.

Algo extraño pasó esa noche. Mientras caminaba desanimado, un tipo con facciones de Rambo en decadencia –pañuelo descolorido en el cuello y músculos tatuados con huesos y calaveras– me empujó con cara de pocos amigos. Al parecer, en mi estado de frustración, pateé una caja de cartón que, si no me equivoco, contenía alguna sustancia de dudosa legalidad. Tal vez estaba esperando a su comprador, o al menos así lo sugirió la mirada furiosa de aquel Rambo de mentira, que parecía decirme que más me valía no tocar lo que no era mío.

Sacó una moneda de su bolsillo, la tiró al aire y me miró desafiante: "A ver, apuesta." Sin mucha convicción, dije "cara". Destapó su mano y, tras una pausa tensa, soltó una media sonrisa: "Estás de suerte, amigo. Si hubiera salido "sello", te llevo hasta la otra cuadra a puntapiés en el trasero."

Miré sus zapatos y eran unos bototos con punta de fierro, de esos que se usan en la minería. Me quedó claro que un puntapié suyo no iba a ser precisamente un cariño. Como no reaccioné de inmediato por el licor que llevaba en el cuerpo, me miró con impaciencia y agregó: "Apúrate, o voy a lustrarlos con los pantalones que llevas puestos."

¡Me salvó la moneda!

Esos tipos son peligrosos. Si hubiera usado una moneda trucada, probablemente no podría sentarme ni en un cojín de plumas.

Creo que ese pobre tipo jamás conseguiría una moneda original acuñada en la sección donde trabajo. Sobre todo, porque una moneda de doble cara solo puede fabricarse en el proceso de troquelado, y yo controlo personalmente cada partida. Aunque recuerdo... hace años, salí de vacaciones y un muchacho en práctica me reemplazó (a mi disgusto). Cuando regresé, descubrí el error y fraguamos todas las monedas de doble sello. Pero siempre me quedó la duda de si habíamos logrado recogerlas todas; según mis cuentas, faltaron tres.

Faltan dos meses para mi retiro. Algunos colegas vienen a darme ánimo, como si necesitara consuelo. Los mandé al carajo

—claro, respetuosamente y sin malas palabras—, pero me incomoda que me consideren un viejo decrépito. Por otro lado, los jóvenes me miran con envidia, sabiendo que pronto recibiré un sueldo sin trabajar. Dos extremos de una misma estupidez.

A la hora de almuerzo, me encontré en la cafetería con Nicolás, el antiguo estudiante en práctica, quien ahora trabaja en la sección contable. Recordando aquella falla en el troquelado, lo saludé de manera ponzoñosa: "¿Cómo estás, doble sello?"

Sonrió y, mirándome directamente a los ojos, sacó de su bolsillo una de esas monedas que conservaba desde aquel evento y me desafió a apostar. Con una seña de mi ceja, acepté el reto. Lanzó la moneda al aire, la atrapó en el dorso de su mano y me mostró un "lindo sello," con el que, obviamente, perdí. Me di cuenta de que no había sido mala fortuna, sino un truco de mago principiante.

Ese pequeño acto de magia callejera empezó a plasmar en mi mente una idea que podría dar réditos importantes... claro, si se usaba de manera inteligente.

Esa tarde invité al ex estudiante en práctica a beber una cerveza a la salida del trabajo. Aceptó con una mirada burlona, pensando que lo iba a reprender por su falta de ética. Pero yo estaba lejos de predicar "pureza espiritual."

Nicolás llegó al bar con cierta reticencia, sin entender del todo por qué su antiguo mentor lo había convocado. La conversación comenzó de manera informal, con comentarios triviales sobre la Casa de Moneda y sus respectivas carreras. Pero pronto, el protagonista cambió el tono.

—Sabes, siempre me sorprendió lo rápido que aprendiste el funcionamiento de las máquinas acuñadoras —dijo, observándolo con interés mientras tomaba un sorbo de cerveza.

Nicolás sonrió, halagado, pero también cauteloso.

—Bueno don Sergio, usted fue un buen maestro —respondió, tratando de mantener el tono ligero.

Sergio inclinó la cabeza, sin apartar la mirada.

—Y dime, si tuvieras que hacer algo especial... no sé, digamos, monedas con un diseño único... ¿por dónde empezarías? —preguntó, fingiendo un aire casual.

Sin dudarlo, me comentó que hacer monedas con dos lados iguales era muy simple; solo se necesitaba evitar a los fisgones que siempre pululaban en el taller de troquelado.

Luego, con una sonrisa, confesó que aquella vez no se había equivocado en absoluto: sabía que las monedas defectuosas podían tomar un alto valor comercial, pero que yo, al destruirlas, le había arruinado el negocio. Según él, cada una de esas monedas trituradas hoy tendría un valor significativo, una fortuna que él había perdido por mi culpa. Aun así, me confesó que había escondido una pequeña partida de monedas de doble cara que aún no había puesto en circulación, esperando unos años más para venderlas al mejor postor.

También admitió que el dinero que aposté en la cafetería, estaba destinado a su bolsillo desde el momento en que acepté el reto. "Tenía en el bolsillo derecho la de doble cara y en el izquierdo la de doble sello," dijo, con una mirada desafiante.

Mientras lo escuchaba, mi mente empezó a calcular las infinitas posibilidades que tendría con esa ventaja en mis manos.

La conversación terminó con un apretón de manos y una sonrisa de complicidad. Nicolás creyó que había impresionado a su antiguo mentor. El protagonista, en cambio, sabía que acababa de obtener todo lo que necesitaba.

Al día siguiente se dedicó a observar los cospeles —los discos de metal insumos para la acuñación. Pensó: "es fácil, demasiado fácil". Con dos máquinas haciendo el mismo trabajo, bastaría intercambiar las bandejas para producir una gran partida de monedas de doble estampado sin que nadie sospeche.

El verdadero reto sería el control de calidad. Necesitaba rescatar las etiquetas con el número de serie de las cajas que contenían los productos defectuosos e intercambiarlas por cajas con monedas verdaderas antes que fueran a destrucción. Solo así podría rescatar las monedas sin levantar sospechas.

Para completar el plan, fue a visitar el personal a cargo de los hornos de fraguado, donde se derriten las monedas con fallas, que luego son recicladas para la fabricación de nuevas monedas. Observó el procedimiento paso a paso, soportando el calor del lugar.

Descubrió un dato clave: si se entregaba una remesa de monedas para destrucción después de las 16 horas, el proceso se postergaba al día siguiente, ya que, a partir de esa hora, el personal debía ingresar los datos del trabajo realizado durante el día para generar los informes a primera hora de la mañana siguiente.

Ahora solo necesitaba una excusa para quedarse más tarde y ejecutar el enroque de cajas, asegurándose de intercambiar los números de serie de las cajas. El plan tomaba forma; el riesgo era alto, pero las recompensas también lo serían.

Esa noche, el desvelo lo acompañó hasta altas horas de la madrugada, mientras su mente repasaba cada posible brecha en el plan: "¿Qué pasaría si... descubren que la caja con monedas a fraguar no contiene las defectuosas? ¿Si... auditoría decide hacer una visita sorpresa a la Sala de Acuñación y desenreda toda la trama? ¿Si... encuentran la caja con monedas trucadas en mi casillero, esas que pienso sacar poco a poco en mi mochila?"

Cada "Si..." lo carcomía, y a medida que avanzaba la noche, los escenarios se volvían más oscuros y amenazantes. Finalmente, el sueño venció sus temores, y pudo dormir un par de horas, dejando su conciencia en una tregua momentánea.

Hasta que por fin llegó el momento para llevar a cabo la primera parte del plan. El segundo miércoles del mes a la hora de almuerzo, era perfecto.

Es el día en que las jefaturas se reúnen para dar cuenta al director del avance de sus actividades y de diversos temas, desde lo político hasta las copuchas internas, que son lo más sabroso, habitualmente a cargo de la Jefa de Personal.

A la una en punto cerró la Sala de Acuñación con llave; se dirigió a la última máquina, la que estaba al fondo de la sala, ideal para llevar a cabo "el cambiazo de bandejas" sin levantar sospechas. Esa posición le brindaba la discreción necesaria para evitar miradas fisgonas, en caso que algún colega decidiera hacer alguna visita inesperada.

Con la precisión que le daba su experiencia, realizó el cambio de bandejas, encajando cada pieza de forma rápida y cuidadosa. Puso los insumos en su lugar y dio inicio al proceso automatizado de fabricación de monedas. A medida que las monedas se acuñaban en sus respectivos moldes, una corriente de frío las endurecía al instante, y luego caían sobre una caja plástica que las acumulaba en columnas impecables, listas para el control de calidad.

Despegó con cuidado la etiqueta con el código de barras que la máquina había pegado sobre la caja. Con paciencia, la sostuvo firme para no dañar el engomado y asegurar que pudiera reutilizarla sin problema. Caminó hacia la caja que ya había separado con las monedas correctamente fabricadas, y, con toda la precisión que su vista y motricidad le permitían, alineó la etiqueta en el mismo lugar, buscando cuidadosamente la huella sutil que había dejado el pegamento anterior.

Una vez realizada la colocación, repitió la operación en la caja con las monedas trucadas, asegurándose de que la etiqueta quedara en el lugar exacto para no levantar sospechas. El cambiazo estaba completo, y ahora el riesgo aumentaba con cada movimiento.

Después de realizado el intercambio de etiquetas, notó que una de ellas se había rasgado al despegarla. Su corazón se detuvo un segundo. Buscó a tientas en su bolsillo, sacando un rollo de cinta adhesiva. La colocó con cuidado, asegurándose de alinear cada borde. No podía permitirse un error.

Pero, tal como había supuesto, alguien intentó entrar en la Sala de Acuñación, que, al ver la puerta cerrada con llave, pensó que estaba vacía y, después de un par de golpes, se dio por vencido... o eso pereció. Apenas unos minutos después, escuchó pasos y una voz más insistente, seguida de otra familiar. Había vuelto con Pedro, que apodaban con ese nombre, porque era el auxiliar que guardaba copias de todas las llaves del edificio.

Con un pequeño giro de la llave maestra, Pedro abrió la puerta, y el colega entró, observándolo con algo de sorpresa. Era alguien de la Sala de Reciclado de Metales, y traía prisa; necesitaba la caja con monedas erróneas reportada por el sistema, para fraguarla antes de la hora tope. El corazón le latía con fuerza, pero se esforzó por mantener la calma mientras su colega echaba una mirada rápida a su alrededor, sin imaginar la magnitud de lo que estaba a punto de interrumpir.

Con una sonrisa forzada, le indicó una pila de cajas al otro lado de la sala, esperando que no notara el intercambio que acababa de hacer.

Luego se acercó a su colega con una sonrisa cómplice y, en tono de confidencia, le dijo: "Te soy sincero... estaba aprovechando de dormir una siesta, por eso no te abrí la puerta." Acompañó sus palabras con un leve gesto de resignación, como si su única culpa fuera ceder al cansancio.

Su colega soltó una risa breve, asintiendo en complicidad, y su desconfianza pareció disiparse. Con suerte, aquella excusa trivial bastaría para cubrir el riesgo de haber sido descubierto.

Ahora solo quedaba esperar a que el colega tomara las cajas que necesitaba y se marchara.

Así fue. Conocedor de su labor, su colega tomó la única caja marcada como errónea y, sin siquiera mirar su contenido, la cargó sobre el carro transportador y lo llevó rápidamente hacia el cuarto de reciclado, tratando de alcanzar el proceso antes de la hora de cierre.

Sergio respiró aliviado al verlo alejarse, agradeciendo que su pequeño truco hubiera pasado desapercibido. Sin pretenderlo, la urgencia con la que se realizaba esa actividad facilitó aún más su maniobra: el control de calidad prácticamente no se realizó, lo cual permitió que las monedas perfectamente acuñadas fueran llevadas a destrucción sin cuestionamientos, borrando toda posible evidencia del cambio realizado.

El plan avanzaba, y aunque cada movimiento estaba lleno de riesgos, hasta ahora, todo parecía ir según lo previsto. Cada paso lo acercaba más a su objetivo, en una danza peligrosa en la que solo él conocía el ritmo.

Tenía solo minutos para actuar. Con manos temblorosas, abrió la tapa, sintiendo cómo el sudor empapaba su nuca. Comenzó a toda prisa a guardar las monedas en pequeñas bolsas de género, cuidando de colocarlas ordenadamente en su mochila. Lo hacía con la precaución de evitar el tintineo del metal cuando las transportara en su espalda. Ingresó tantas bolsas como el peso metálico le permitiera, asegurándose de no excederse para no romper la tela y de que su alicaída espalda pudiera soportarlas. El peso de las monedas transferidas a la mochila era más que físico; cada una parecía una piedra atada a su conciencia.

"Tranquilo," se dijo, mientras contenía el aliento. Su corazón martillaba en sus oídos al escuchar un ruido en el pasillo. Nada. Solo un eco, pero el miedo seguía ahí.

Cada paso hacia la salida era un recordatorio de que un error lo pondría frente a la justicia, o peor aún, frente a sus antiguos colegas.

Sabía que no podía llevarlas todas en un solo viaje, así que, con un movimiento rápido y preciso, dispuso la caja con las monedas restantes en el último lugar de la fila de las que pasarían a circulación los días siguientes. Era un pequeño detalle, pero suficiente para darle el tiempo que necesitaba para ejecutar la próxima parte de su plan sin levantar sospechas.

Mientras cerraba la mochila y se preparaba para salir de la sala, una oleada de ansiedad recorrió su cuerpo. La noche anterior, mientras se desvelaba repasando cada detalle, cada posibilidad de error, había imaginado que el éxito del plan le traería una sensación de control. Sin embargo, ahora, al sentir el peso de las monedas en su espalda, un extraño vacío se asomaba.

A meses del retiro, este era su último desafío. Tal vez el plan le daba un propósito que la jubilación no ofrecía.

Las luces parpadeaban, y cada sonido parecía amplificado. El crujido de las monedas en su mochila, el eco de sus pasos, incluso el roce de sus guantes contra el metal. Sergio sentía que cada movimiento era observado, aunque sabía que las cámaras no alcanzaban ese ángulo.

A medida que avanzaba por los pasillos, su mente regresaba una y otra vez a esa idea: ¿qué pasaría si fallaba? La estabilidad que había construido a lo largo de su vida se desmoronaría en un instante. La simple imagen de sí mismo, anciano y derrotado, desfilando por los pasillos bajo la mirada de sus colegas, se le hacía insoportable. La necesidad de completar el plan, de mantener esa fachada de perfección, lo envolvía en una especie de urgencia que superaba el simple deseo de dinero.

Se detuvo un segundo antes de llegar a la salida. Recordó las miradas de sus compañeros de trabajo, esos jóvenes que apenas sabían de la disciplina que requería su oficio. Algunos lo miraban con admiración por su experiencia y conocimiento a fondo de la técnica del troquelado. Pero él sabía que el premio verdadero, en su caso, era dejar una última marca, un último golpe que demostrara que aún tenía el control.

Finalmente, respiró profundo, cuadró los hombros y salió, cargando no solo el peso metálico de las monedas, sino también una mezcla de dudas, miedos y una pizca de orgullo que lo empujaba a seguir adelante, paso a paso, hacia el que podía ser su triunfo o su perdición.

Ya en su casa pasó directo a la cocina. Mientras preparaba las monedas para el envejecimiento, se permitió un instante para observarlas. Cada pieza llevaba un rastro de su habilidad y cuidado, pero también de las decisiones que lo habían llevado hasta allí. ¿Cuántos años de trabajo, de lealtad, estaba dispuesto a poner en riesgo por este plan? La botella de vinagre sobre la mesa lo devolvió a la realidad. No había lugar para dudas. Ya estaba demasiado comprometido.

Vació las monedas sobre un recipiente plástico y les agregó vinagre y sal. Las dejó reposar en esa mezcla mientras se preparaba la cena. Cuando terminó de comer, vertió el vinagre en el lavaplatos y extendió las monedas sobre un paño para dejarlas "fermentar" hasta el día siguiente.

Su plan era mucho más ambicioso y mejor que el del aprendiz tramposo. Todas las monedas estaban fechadas con veintiún años de antigüedad, una decisión estratégica. Aplicó esa técnica de envejecimiento del metal que le ahorraba décadas para que estas adquirieran el valor deseado en el mercado. No podían tener una fecha más antigua, ya que esas monedas comenzaron a circular a partir de esa data.

Por lo demás el tiempo jugaba en su contra: estaba a un paso de jubilarse.

Al día siguiente, con el sol apenas colándose por las ventanas, revisó las monedas en el paño. Habían adquirido un tenue oscurecimiento en los bordes, pequeñas manchas que daban la impresión de haber sobrevivido al trajín de cientos de bolsillos y golpes propios de su uso cotidiano. Sonrió satisfecho; el vinagre y la sal comprimieron el tiempo, de manera mucho más eficiente que décadas reales que él no disponía.

Sin embargo, no todo era tan sencillo. A pesar de los avances con su "botín" una voz interna le recordaba que estaba cruzando una línea. ¿Cuántos años en la Casa de Moneda, dedicado a cuidar el detalle de cada diseño, a garantizar la perfección de cada pieza, para ahora convertirse en un alquimista de falsificaciones? Pero esa pizca de orgullo, esa necesidad de ganar su última jugada antes de retirarse, era más fuerte.

Cuando llegó la noche, tomó las monedas y las inspeccionó bajo una lupa. Eran perfectas. Cada bordecito desgastado, cada rayita minúscula que el ácido había dejado, daba una apariencia convincente de haber vivido una vida activa. Aun así, decidió aplicar el toque final: con una lima muy fina, que usaba para limpiar sus uñas, creó unas marcas apenas perceptibles en los cantos. Sabía que, en el mundo de las apuestas clandestinas, los tahúres profesionales no aceptaban monedas perfectas, las consideraban sospechosas.

Se sentó frente a la ventana con las monedas sobre la mesa. Se imaginaba el tesoro de un pirata, aunque no fueran de oro y plata. Y, por supuesto, eran mucho más peligrosas. Respiró hondo. Esa mezcla de dudas y miedos volvía, pero ahora acompañada por algo más: un extraño alivio de estar terminando algo que, de una forma u otra, definiría su futuro.

Se propuso que esa misma semana completaría el proceso de envejecimiento de las monedas para llenar su "cofre del tesoro". Las noches se convirtieron en un ir y venir entre su pequeña cocina-laboratorio y un rincón apartado de su hogar, donde guardaba celosamente las monedas en una caja robusta, oculta bajo una pila de objetos comunes. Era su fortaleza, lejos de miradas curiosas.

Cada jornada nocturna era una coreografía precisa: monedas sumergidas en soluciones ácidas, limpiadas con esmero y dejadas a secar bajo luz tenue. Cada pieza, al salir del proceso, se convertía en una joya opaca y desgastada, aparentemente marcada por años de transacciones invisibles. Era un trabajo artesanal, paciente y obsesivo, que para él significaba mucho más que el dinero que podía obtener.

Por fin logró desocupar la caja completa. Solo quedaba el trabajo de envejecimiento, pero eso lo podía hacer en su casa, con toda la calma del mundo. Allí, lejos de interrupciones, dedicaba el tiempo necesario al envejecimiento de cada moneda, un proceso meticuloso que podía extenderse por un par de semanas. No olvidaba añadir rasguños y marcas sutiles, asegurándose de que parecieran el paso natural de los años. Cada moneda era una obra de arte en miniatura, destinada a engañar incluso al ojo más experto.

El plan avanzaba, pero no sin contratiempos. La desaparición de una caja completa de monedas era un problema que no podía ignorar. Debía encontrar la forma de resolver esto de manera definitiva. Para ello, decidió recurrir a un antiguo aliado: Nicolás, su exalumno en práctica, ahora un joven prometedor en el departamento de contabilidad.

La cita se dio, como era costumbre, en el mismo bar discreto donde había tenido otras conversaciones confidenciales.

Nicolás llegó al bar con una actitud distinta. Esta vez, su sonrisa era segura, casi desafiante. Sabía que, si lo habían llamado de nuevo, era porque lo necesitaban.

—¿De qué se trata esta vez? —preguntó mientras se acomodaba en la silla.

El protagonista fue al grano.

—Necesito que me ayudes a ajustar los registros de inventario. Hay una caja que no puede figurar en el sistema.

Nicolás lo miró en silencio, dejando que la propuesta se asentara. Tomó un sorbo de su cerveza antes de responder.

—¿Por qué haces algo así? ¿Qué hay detrás de todo esto? —preguntó mientras daba un sorbo a su cerveza.

Sergio vaciló un instante, sabiendo que no podía subestimar a Nicolás. Aunque trató de mantener la discreción, el joven, agudo y observador, unió las piezas del rompecabezas con su propia experiencia.

—Estás fabricando monedas de doble cara, ¿verdad? —sentenció con certeza, como si confirmara una sospecha que ya lo había pensado antes.

El acuñador, consciente de que esa deducción sería obvia tarde o temprano, respiró hondo y lo miró directamente.

—¿Qué pides a cambio, que no sea dinero? —dijo, dejando claro que no estaba dispuesto a regatear más de lo necesario.

La respuesta de Nicolás fue tan rápida como contundente.

—Tu puesto, cuando te retires.

Nicolás sonrió, satisfecho. Por primera vez, sentía que estaba a la par de su antiguo mentor. Pero Sergio sabía que había mucho más en juego que un simple puesto.

El acuñador no pudo evitar una ligera sonrisa. No lo sorprendía ese deseo; lo había anticipado. Nicolás era ambicioso, y su petición era lógica. Lo que Nicolás no sabía era que él ya había allanado el camino en secreto. Había hablado con su jefa directa semanas antes, recomendándolo con cautela como su sucesor ideal. Sabía que sería necesario contar con alguien dentro que pudiera "ajustar detalles" en caso de cualquier inconveniente posterior.

—Está bien, Nicolás. Considéralo tuyo —dijo con una calma calculada, mientras levantaba su cerveza para sellar el acuerdo.

—No lo hago por dinero, don Sergio. —Nicolás tomó un sorbo de su cerveza, dejando la frase suspendida en el aire. — Entonces, ¿por qué lo haces? —Por lo mismo que usted. Porque no pienso ser un número más en las estadísticas del retiro.

El joven asintió, satisfecho, y ambos bebieron en silencio, aunque en sus mentes cada uno repasaba su propio plan. Para Sergio, este paso era solo una pieza más en un juego que debía concluir pronto. Para Nicolás, era la promesa de un futuro asegurado, aunque no dejaba de preguntarse cuánto más había por descubrir sobre aquel hombre que acababa de cederle su puesto.

"No hay plazo que no se cumpla..." pensó mientras caminaba en su último día de trabajo en dirección a la Casa de Moneda. La frase resonaba en su mente, pesada y final, como un martilleo constante.

Ingresó a su oficina para ordenar los últimos detalles. Cada documento fue colocado en carpetas perfectamente clasificadas, un legado para quien lo reemplazara. Una sucesión impecable, como siempre había sido su estilo. De pronto, la secretaria del director se asomó por la puerta.

—Lo necesitan en la sala de acuñación —dijo con una sonrisa que, en ese momento, le pareció una mueca macabra.

Su corazón dio un brinco y su rostro palideció. Se contuvo como pudo, tratando de disimular el espanto que lo invadió. ¿Era esto? ¿Había sido traicionado por Nicolás? Las imágenes se agolparon en su mente: el joven no solo se quedaba con su puesto, sino que lo había vendido al director con todas las pruebas de las maniobras que juntos habían planificado. Todo perdido. Del trabajo a la cárcel. Directo y sin escalas.

El trayecto a la sala de acuñación fue eterno. Sus piernas se resistían a moverse, como si cada paso lo acercara al abismo. Su mente tejía un sinfín de posibilidades, ninguna buena. Apenas logró mantenerse en pie cuando, al cruzar el pasillo, Nicolás lo vio trastabillar y lo sostuvo del brazo.

—Vamos, jefe. No querrá hacer esperar a todos —dijo Nicolás, con una voz tranquila que en ese momento sonó como la de un verdugo.

Así, apoyado por el que creía su propio Judas, ingresó finalmente a la sala. Y entonces lo vio.

No había policías ni pruebas, solo un agasajo. Globos y aplausos llenaban la sala, pero Sergio apenas sentía alivio. Aunque su sonrisa era exagerada, logró disimular el alivio.

—Un brindis por nuestro querido compañero. Su dedicación y compromiso son un ejemplo para todos. Estoy seguro de que Nicolás, quien tomará la posta de su trabajo, sabrá estar a la altura de lo que se espera de este puesto.

El nombre de Nicolás resonó como un eco en su mente, y por un momento sintió que el sudor frío volvía. Pero esta vez no había acusaciones, no había traición. Nicolás lo miró desde el otro lado de la sala, con una sonrisa que parecía sincera, alzando su copa como si todo estuviera bien. ¿Todo estaba bien?

Mientras levantaba su propia copa, no pudo evitar preguntarse cuánto de lo que había planeado seguiría siendo un secreto y cuánto de su legado estaba realmente asegurado.

Meses después, la vida le sonreía. Había incorporado en su lugar habitual de juego, la Taberna del Tahúr, una sección de "Cara o Sello Triple", que él administraba para los dueños. Consistía en que los participantes apostaran a la mayor cantidad de caras o sellos en cada lanzamiento. Cuando su "palo blanco" apostaba a tres caras o tres sellos simultáneos, la "suerte lo acompañaba" y se llevaba el pozo acumulado de las apuestas.

La Taberna del Tahúr, con su aire cargado de humo y murmullos de apuestas, era el lugar perfecto para su juego. Allí, las monedas brillaban bajo la luz tenue de las lámparas, girando como promesas de fortuna.

Su jubilación era, según él, un verdadero jubileo: de risas, jolgorio y enriquecimiento.

Hasta que un día despertó aletargado, con la resaca de una larga noche de bohemia aun pesándole en la cabeza. Encendió el televisor, buscando algo que lo distrajera del eco pulsante en sus sienes. Pero en lugar de alivio, lo recibió un rostro conocido. Nicolás.

Allí estaba, esposado, rodeado por carabineros. Las imágenes lo mostraban siendo conducido a una patrulla mientras el periodista explicaba que había sido sorprendido durante una revisión aleatoria de vehículos, transportando una caja de monedas extraídas de una repartición pública. Su mente se detuvo. No podía procesar lo que veía. ¿Cómo había llegado Nicolás a esto? ¿Había cometido un error o había llevado el plan demasiado lejos por cuenta propia?

Minutos después, el sonido del teléfono lo devolvió al presente. El número en la pantalla era de Nicolás, uno de los pocos funcionarios que tenía su número telefónico particular. La combinación de ansiedad y miedo lo paralizó por un instante. No sabía si debía contestar o salir corriendo, perderse entre las calles de la ciudad y desaparecer para siempre. Sus piernas temblaron al punto que tuvo que sentarse en el sillón, justo antes de que sus rodillas cedieran por completo.

Sentado en el sillón, con el teléfono aún en la mano, sintió cómo el peso de las monedas lo alcanzaba de nuevo, aunque ya no las tuviera cerca. "¿Esto es lo que quedará de mi carrera? ¿Una mancha que intenté borrar con más mentiras?" Pensó en los años dedicados al oficio, en los detalles minuciosos que siempre había cuidado, y se dio cuenta de que la perfección con la que vivió su vida profesional ahora lo perseguía como un castigo.

Con un esfuerzo titánico, respiró hondo y respondió.

—¿Aló? —dijo, con la voz seca y entrecortada.

Al otro lado de la línea, la voz de su antiguo compañero, nerviosa pero decidida, le respondió.

—Te necesito Sergio —dijo en tono de súplica, pero con un dejo de complicidad.

Su mente comenzó a girar a toda velocidad. ¿De vuelta? ¿Por qué? Pensó en las monedas, en Nicolás, en todo lo que había intentado ocultar. ¿Habían encontrado algo? ¿Querían más de él? ¿O era simplemente una excusa para desenterrar un pasado que nunca había estado tan enterrado como él creía?

—¿Para qué? —preguntó, con un hilo de voz.

—Hay algo que solo tú puedes resolver —respondió la voz, sin dar más explicaciones.

El teléfono quedó en silencio unos segundos después, pero las palabras seguían resonando en su cabeza, como un eco interminable. No había escapatoria. No para él.

Apagó el televisor y cerró los ojos. El reloj tic-tac-tic. Las monedas, su orgullo y condena, seguían pesando, como si aún cargara con ellas.

Al día siguiente, muy temprano, antes de ir a su antiguo trabajo, hizo una última parada en la casa del vendedor de antigüedades. Llevaba consigo las últimas monedas que había reservado para una situación especial. Sabía que no podía mantenerlas consigo; representaban un peligro que ya no estaba dispuesto a cargar.

Dejó la caja frente a la puerta y, tras retroceder un par de pasos, vio cómo la ranura se abría. Un fajo de billetes cayó al suelo. Lo recogió sin mirarlo, cerrando el trato con una frialdad que apenas podía sostener.

Camino a la oficina, Sergio repasaba mentalmente qué estrategia usaría para ayudar a Nicolás. Sin embargo, sabía que necesitaba más información para consolidar un plan coherente que, además, no lo involucrara en su propio desfalco de monedas.

Camino a la oficina, Sergio no podía ignorar el nudo en su estómago. ¿Cómo había llegado hasta aquí? Ayudar a Nicolás implicaba adentrarse nuevamente en un mundo del que creyó haber escapado cuando se jubiló. Mientras intentaba diseñar una estrategia, no podía evitar preguntarse si estaba dispuesto a arriesgar lo poco que le quedaba: su reputación, su paz... y su conciencia.

Nicolás lo esperaba en el mismo local donde, años atrás, habían tramado cómo ocultar la pérdida de "monedas dañadas." A Sergio le pareció extraño que Nicolás estuviera tan libre de acción, considerando que en la televisión lo mostraban como un delincuente malversador de fondos públicos.

La conversación fluyó con un café que ninguno saboreó, consciente de que solo era una excusa para hablar sin las miradas entrometidas de sus antiguos colegas. No hubo tiempo para protocolos ni formalidades; desde el comienzo fueron directo al tema.

—Necesito un motivo fundado para justificar la caja de monedas que la policía descubrió en mi auto —planteó Nicolás, con un tono apremiante—. ¿Se te ocurre alguna situación similar que haya ocurrido en tus años de experiencia?

Sergio se quedó en silencio, discurriendo algo que pudiera asemejarse a tamaña imprudencia. Finalmente, comentó:

—Una vez tuve que llevar una caja de monedas en mi auto a la central del Banco del País. Era una acuñación nueva que empequeñecía su tamaño. Esto ocurre cuando el valor del dinero en efectivo disminuye y se eliminan las monedas de menor valor.

Nicolás asintió, atento, y Sergio continuó:

—Pero necesitarías una autorización oficial para justificar la extracción de esa caja. ¿Tienes posibilidad de que alguna autoridad firme un documento de esas características?

El rostro de Nicolás se relajó ligeramente, como si el peso sobre sus hombros se aliviara por un momento.

—Voy a hablar con mi jefa. Quizás pueda conseguir esa firma. Espérame aquí mientras intento hacer un trato con ella.

Sergio no puso objeción, aunque le resultó extraño lo de "hacer un trato." Conocía la intachable forma de trabajo de su antigua jefa y dudaba seriamente que algo así pudiera realizarse.

Media hora después, Nicolás apareció con un documento en mano.

—Revisa esto. Haz las modificaciones necesarias para que suene creíble —dijo, extendiéndole el papel.

Sergio lo revisó con acuciosidad, corrigiendo algunas palabras e incorporando un párrafo que citaba leyes y artículos específicos sobre la validación de nuevas monedas en circulación. Nicolás tomó el documento sin más explicaciones y salió raudo hacia la oficina.

Cuando regresó, llevaba el papel firmado por el director general, con timbres y cuños que validaban todo lo que Sergio había escrito. Nicolás se sentó frente a él, notando su expresión de asombro, y comentó:

—¿De verdad quieres saber lo que ocurre? Porque una vez que lo sepas, no hay vuelta atrás.

—Descubrí esto hace más de un año, y por eso me ofrecieron tu puesto cuando jubilaras. —Hizo una pausa, observando con frialdad la reacción de Sergio—. Cuando te pedí tu cargo, ya sabía que todo estaba arreglado. Después no me quedó más opción que seguir el juego. Y sí, las autoridades conocen el manejo irregular del flujo de monedas. Decidieron mirar hacia otro lado, porque si alguien empieza a tirar de este hilo, todo el tejido se deshace.

El aire entre ambos se volvió espeso, cargado de una tensión que Sergio no había sentido en años. Nicolás, con un tono que mezclaba resignación y desafío, dejó caer las palabras como una bomba.

—No eran monedas, Sergio... eran billetes. Altos valores que debían incinerarse, pero terminaron en los bolsillos de los peces gordos.

Sergio sintió un golpe seco en el pecho, como si el aire lo abandonara. Su mente corría tratando de procesar lo que había escuchado, pero el miedo, la culpa y la incredulidad lo aplastaban.

—¿Billetes? —murmuró, con la voz temblorosa—. Nicolás... ¿qué hiciste?

—Lo que cualquiera haría en mi lugar —replicó Nicolás, con una risa amarga que resonó como un eco en el café vacío—. Aprendí que aquí nadie es inocente. Solo soy mejor en esto que tú.

Las palabras de Nicolás eran como puñales, cada una abriendo una herida que Sergio no sabía si podría cerrar. No quería saber más, pero sabía que ya era demasiado tarde para retroceder.

Nicolás se recostó en la silla, mirando al techo con resignación.

—Al principio, creía en la justicia. Pensé que podía marcar la diferencia, pero el sistema te devora antes de que puedas cambiarlo.

Se inclinó hacia adelante, con los codos sobre la mesa, su voz más baja pero cargada de una intensidad que erizaba la piel.

—No se trata de ser bueno o malo. Se trata de sobrevivir. Cada billete, cada moneda que "desaparece," es solo otra jugada en un tablero donde nosotros somos las piezas menores. Ellos, los de arriba, mueven las fichas. Nosotros hacemos el trabajo sucio.

Sergio lo miraba, intentando entender en qué momento Nicolás había cambiado tanto.

—¿Y eso justifica lo que hiciste? —preguntó, con un tono más severo de lo que esperaba.

Nicolás rio, una risa vacía que llenó el espacio como un eco.

—¿Justificar? Claro que no. Pero entender... eso, Sergio, es lo único que queda.

Cuando salió del local de café, Sergio se dirigió a la oficina de su antigua jefa, quien había solicitado hablar con él. Lo recibió en una sala de reuniones para atención de empresas externas.

La conversación, que comenzó con temas triviales, se tornó tensa, ambos esperando el momento adecuado para ir al fondo del asunto. Finalmente, ella rompió el silencio:

—Nicolás se ha convertido en el hombre de confianza del directorio y, probablemente, cuando yo me jubile dentro de poco, ocupará mi cargo.

Su mirada, afilada como una daga, era un recordatorio silencioso de que ambos navegaban en el mismo barco, atrapados por secretos que ninguno podía destapar. Sergio sintió un escalofrío recorrerle la espalda. ¿Cómo había llegado a esto? Su jubilación debería haber sido un retiro tranquilo, lejos del juego de mentiras y manipulaciones. Pero ahora estaba aquí, compartiendo algo más que secretos con una mujer que, como él, parecía haber aprendido a vivir en la cuerda floja. Se preguntó si alguna vez tendría el valor de saltar, de dejar todo atrás, aunque en el fondo sabía la respuesta: en este casino, el salto nunca es una opción.

Aquí, la lealtad se compra con mentiras, y la verdad es un lujo que nadie puede permitirse. Sergio miró el reloj de la sala de reuniones, observando cómo las agujas seguían avanzando, indiferentes al peso de las decisiones que se tomaban bajo su sombra. El reloj sigue corriendo, pensó, pero en este casino, siempre gana el dueño de la mesa. Y yo, al igual que todos los demás, solo soy una ficha más.

CHANCHO LIBRE DE ADN

CURRÍCULUM

Ignacio Pérez Cotapos

Gerente de Recursos Humanos

Fábrica de Vienesas El Cerdito Limitada

Los Corrales de Cerdinos sin número

Chimbarongo City

Estimado señor Pérez Cotapos:

Me interesa mucho el trabajo que ustedes ofrecen de cuidador de cerdos. Descubrí esta oferta laboral en un diario que me regaló la señora Eulogia, que vive en el barrio donde yo pernocto. Si me quieren ubicar, pueden llamarla por teléfono para que me avise. Eso sí, tiene que ser antes de las 20:00 horas, porque se acuesta temprano y no quiero molestarla con mis asuntos personales.

Anoche, tapado con frazadas debajo del puente y sin poder dormir, me puse a leer lo que tenía a mano y encontré su aviso. La verdad, mucha experiencia no tengo, pero ¿qué tan difícil puede ser cuidar animales encerrados en un corral? Imagino que lo principal es evitar que vengan malandrines a robárselos. Bueno, si ustedes me dan un arma, yo los defiendo.

En el diario decía que la paga es el mínimo, lo que me viene muy bien, porque las limosnas en la calle son cada vez más escasas.

Ahora, tengo una duda: la fecha de la publicación es de hace dos años. Pero nunca se sabe. Si el cuidador que tienen se aburrió, me ofrezco para reemplazarlo.

En este momento le lleno el formulario:

Puesto: cuidador de chanchos

• Sin experiencia en corrales, pero nadie ha robado mis cosas... y eso que vivo a la intemperie, pero siete años de experiencia, si consideran mi vivencia personal

• No me gustan las tecnologías. Prefiero usar mi bastón. Lo encontré un día afuera de un hogar de ancianos, seguro ya no le servía a nadie, pero a mí me ayuda con los dolores de rodillas.

• Mis habilidades de comunicación oral son estupendas. Siempre converso con la gente bondadosa que me da algunas monedas y agradezco con la mejor sonrisa.

• Mi pasión por aprender ha mejorado. Por algo estoy postulando a esta pega.

Como verá, señor Pérez Cotapos, no necesita calentarse la cabeza buscando a alguien competente. Aquí está este pechito disponible y sin chistar.

Eso sí, le quiero pedir algo (porque no todo en la vida es trabajo): que me deje libre los fines de semana. A veces mis hijos van a verme al puente y me llevan alguna cosita para comer. Con decirle que la semana pasada me regalaron una torta. Se me había olvidado que era mi cumpleaños y hasta me cantaron. Se me cayeron algunos lagrimones, pero disimulé lo más posible. No quiero que piensen que soy un viejo llorón y quejumbroso.

Muchas gracias por su molestia. Le voy a avisar ahora mismo a doña Eulogia por si acaso me llaman pronto.

Atentamente

Incógnito González

(Mi papá me puso ese nombre cuando leyó un poema que le encantó y estaba escrito por ese señor Incógnito.)

Respuesta a su solicitud de trabajo

Señor Incógnito González

Leí su currículum con detenimiento y debo decir que su enfoque directo y honesto me dejó una grata sonrisa. Su actitud de lucha y capacidad para adaptarse son cualidades que admiramos profundamente en nuestra Fábrica, donde valoramos a trabajadores dispuestos a asumir desafíos.

Lamento informarle que el puesto de cuidador de cerdos al que postula ya no está disponible. En los últimos años, hemos incorporado avances tecnológicos como cámaras digitales y un sistema de Inteligencia Artificial que no solo vigila a los cerdos, sino que también los tranquiliza con música cuando están inquietos. Estas mejoras han sustituido el rol tradicional de cuidador por un equipo especializado de médicos veterinarios y profesionales en tecnologías de la información.

Sin embargo, tengo una propuesta que podría interesarle. Estudios científicos recientes han descubierto algo fascinante: los cerdos pueden duplicar su tamaño proyectado si se les trata con cariño y, sobre todo, si logran mantener su cola desenroscada de manera permanente.

Aquí es donde creemos que usted podría aportar mucho. Necesitamos a alguien que nos ayude con esta actividad, ya que aún no hemos encontrado una forma de mantener las colas estiradas por más de 30 minutos. Aunque aplicamos un gel especial, las colas regresan a su posición original poco después. Este trabajo requiere paciencia, destreza y una actitud positiva, cualidades que usted parece tener en abundancia.

Si está dispuesto a asumir este desafío innovador, le invito a coordinar una reunión con nuestro equipo en la fábrica. Por favor, avísele a la señora Eulogia para que podamos organizar el contacto y confirmar su disponibilidad.

Espero su pronta respuesta.

Un cordial saludo,

Ignacio Pérez Cotapos

Gerente de Recursos Humanos

Fábrica de Vienesas El Cerdito Limitada

La idea de cómo estirar las colas de los cerdos lo mantuvo cavilando durante días. No era solo un trabajo; el desafío era fascinante y, al mismo tiempo, complejo. Nunca en su vida había visto un cerdo con el rabo estirado, y la imagen le parecía tan improbable como encontrar a un chino crespo.

Sin embargo, no se dejó amilanar. Era un hombre acostumbrado a lidiar con lo improbable, a transformar las dificultades en oportunidades. Los dados ya estaban sobre la mesa, y en su interior se encendía una chispa de curiosidad y determinación. Este sería su nuevo reto, uno que, quién sabe, podría marcar la diferencia en un mundo donde hasta los cerdos tienen su lugar en el progreso.

Pero luego, al mirarse en un espejo medio roto que colgaba de un árbol cercano, la realidad lo golpeó: no tenía ropa adecuada para presentarse a ningún trabajo. Sabía que la primera impresión era crucial, y eso podía jugarle en contra.

Sin perder tiempo, acudió una vez más a la señora Eulogia y le confesó su problema de vestuario. Ella, siempre comprensiva y generosa, recordó que en su grupo de la iglesia de barrio a menudo recibían donaciones de ropa. Aunque era pleno verano y las donaciones de temporada escaseaban, al día siguiente apareció con una tenida completa para don Incógnito. Eso sí, era ropa de invierno: una chaqueta de lana, camisa afranelada, pantalones gruesos, calcetines sin papas y, finalmente, unos zapatos que le quedaron un poco grandes.

Incógnito no se desalentó. Los pantalones, algo largos, disimulaban el calce imperfecto de los zapatos. Lo importante era que ahora tenía algo decente para presentarse. Con la determinación que lo caracterizaba, supo que estaba un paso más cerca de enfrentar ese curioso desafío: el arte de desenroscar colas de cerdo.

Todo se conjugaba. Ahora solo faltaba dar el paso final. Con el gentil auspicio de doña Eulogia, Incógnito llamó a la fábrica y pactó su llegada para el lunes siguiente.

Con ese propósito en mente, decidió echar mano a sus escasos ahorros para darse un gusto que no se permitía desde hacía años: ir a la peluquería del barrio. Era un local atendido por unos colombianos que siempre tenían la música a todo volumen, un ruido tan estridente que incluso él, acostumbrado al bullicio de la calle, encontraba excesivo, especialmente en las madrugadas.

Cuando terminó el corte de cabello y el afeitado, se miró al espejo. El reflejo lo sorprendió. Frente a él estaba un hombre que hacía mucho tiempo no reconocía, alguien que había sido esposo, padre y cabeza de familia. Recordó a su esposa, siempre enfermiza, y el día en que la parca decidió llevársela. Fue entonces cuando todo colapsó: la rutina, la familia, y él mismo. La botella se convirtió en su única compañía, noche tras noche, hasta que la familia lo apartó, llevándose a sus hijos lejos de él.

Desde entonces, su refugio fue el puente frente a la casa donde antes vivía. Era allí donde convivía con sus recuerdos y su dolor, intentando reconstruirse pedazo a pedazo, aunque el proceso le parecía eterno. Pero ahora, al verse al espejo, algo en su mirada parecía haber cambiado. Quizás, por primera vez en mucho tiempo, volvía a ver una chispa de esperanza.

Ese lunes por la mañana, con el estómago apretado y los nervios a flor de piel, como un niño en su primer día de escuela, Incógnito se dirigió a la estación ferroviaria. Compró un pasaje y subió al vagón que, para su sorpresa, estaba equipado con aire acondicionado. Una bendición inesperada, especialmente considerando el ropaje de invierno que llevaba encima, al que no estaba acostumbrado ni siquiera en sus tiempos de hombre formal.

El trayecto transcurrió con una mezcla de ansiedad y expectativa. Chimbarongo City quedaba una estación después de San Fernando, y cuando el tren pasó por esta última, volvió a sentir ese nudo en el estómago que parecía subirle al pecho y le empalidecía el rostro. Era una sensación entre temor y esperanza, como si cada kilómetro lo acercara no solo a su destino, sino también a una nueva oportunidad de redimirse.

Una vez que bajó del tren, sus pasos lo llevaron rápidamente a la fábrica. Había memorizado un mapa que indicaba su ubicación a solo tres cuadras de la estación.

El sitio era enorme. Desde el portón de entrada, construido con tablones robustos, se alcanzaba a ver al fondo los corrales de chiqueros y, al lado, una oficina pequeña que, pensó, debía ser donde trabajaban las personas encargadas de la tecnología.

Como nadie salió a recibirlo, empujó el portón semiabierto y entró, caminando de manera dubitativa hacia la oficina.

Cuando cruzó el pasillo de la fábrica, el zumbido de las máquinas lo envolvió por última vez. Ese ruido, que antes le sonaba a eficiencia, ahora le recordaba un enjambre de abejas atrapadas. Sus pasos resonaban en el silencio, y su nerviosismo crecía con cada metro. Al llegar, golpeó suavemente la puerta, y tras un momento, se asomó una mujer joven con bata blanca, como si fuera doctora.

La oficina de la veterinaria estaba en penumbra, con la luz mortecina de una lámpara reflejándose en los documentos apilados sobre su escritorio. Ella miraba por la ventana, pero no parecía estar viendo nada.

—¿Usted viene por el trabajo? —le preguntó con una mezcla de sorpresa y duda, observándolo con mirada escrutadora.

—Sí —respondió Incógnito, aunque su voz carecía de convicción.

—Bueno, pase. Necesito tomar sus datos antes que vaya a hablar con el señor Pérez Cotapos.

La mujer lo trató con amabilidad, pero Incógnito no podía evitar sentir una sensación de rechazo que lo punzaba por dentro. No era algo que ella dijera o hiciera, sino algo más profundo: con tantos años viviendo en la miseria, sabía que su cuerpo, su postura y sus gestos lo delataban. Era como si el peso de su pasado se reflejara en cada movimiento, incapaz de ocultarse incluso tras su mejor esfuerzo por aparentar normalidad.

Con su cédula de identificación vencida y sin ninguna carta de recomendación —que no le habían dicho era un requisito—, registraron sus datos. Si lo hubiera sabido, habría pedido una carta a la señora Eulogia, quien seguramente habría escrito maravillas sobre él. Pero ahora era demasiado tarde para lamentarse. Cuando le preguntaron por su dirección, sin dudar dio la de su antigua casa. No podía permitirse mencionar que vivía bajo un puente, mucho menos en un lugar sin número.

Tras completar el registro, lo condujeron a una oficina ubicada al fondo del terreno. El camino le permitió observar más de cerca el lugar: los chiqueros perfectamente organizados, los trabajadores bien equipados, y una calma que no se parecía en nada al bullicio de su vida cotidiana. Al llegar, se encontró con una oficina que, aunque no era lujosa, dejaba entrever un nivel socioeconómico alto, quizás porque todo allí estaba dispuesto con orden y un gusto austero pero refinado.

Cada paso que daba aumentaba la mezcla de nervios y esperanza que llevaba consigo. Este momento podía ser el comienzo de algo nuevo, pero también sentía que cualquier error podía hacer que todo se desmoronara antes de empezar.

Para su sorpresa, don Ignacio Pérez Cotapos, a pesar de ser un empresario acaudalado, lo recibió con una calidez inesperada. Sobre una mesa de centro en de su oficina, había dispuesto un desayuno que parecía salido de un hotel: pan recién horneado, mermeladas, queso fresco y una tetera humeante.

—Siéntese, don Incógnito, y tomemos desayuno. Me imagino que viene con hambre después del viaje desde Santiago —dijo con una sonrisa amable, mientras le señalaba un sillón frente a la mesa.

Incógnito, algo desconcertado, tomó asiento con cierta torpeza. No estaba acostumbrado a este tipo de atenciones, mucho menos en un lugar como aquel, donde esperaba formalidades rígidas y trato distante. Mientras se servía tímidamente una taza de té, pensó que quizás este momento podía ser un buen augurio, un indicio de que las cosas estaban empezando a cambiar para mejor.

La conversación fluyó de manera sorprendentemente amena y espontánea. Don Ignacio Pérez Cotapos, lejos de la imagen fría y distante que Incógnito había imaginado, se mostró cercano y atento. Hablaron del trabajo, que ya estaba perfectamente definido: desenroscar las colas de los cerdos para probar la peculiar teoría del crecimiento.

Al finalizar el desayuno, Pérez Cotapos abordó otro tema importante. Sabiendo que Incógnito no tenía un lugar donde alojarse, le ofreció quedarse temporalmente en una bodega desocupada dentro del recinto de la fábrica.

—No es un lugar lujoso, pero tiene una cama cómoda y suficiente espacio para que esté tranquilo mientras se acomoda al trabajo —dijo con un tono comprensivo, como si entendiera perfectamente las circunstancias de su nuevo empleado.

Incógnito aceptó de inmediato, agradecido por la oportunidad. Aquella bodega, aunque sencilla, le parecía casi un lujo después de años durmiendo bajo el puente. Sentía que este era el comienzo de algo distinto, quizás el primer paso para recuperar parte de lo que alguna vez perdió.

Después de acomodarse, quitarse la "ropa formal" y ponerse el overol de trabajo obligatorio dentro del recinto, Incógnito se dirigió a los corrales para enfrentarse a su desafío: desenroscar las colas de los cerdos. Había reflexionado durante días sobre el procedimiento, y ahora era el momento de poner en práctica sus ideas.

Pidió la compra de algunos materiales, advirtiendo que necesitaba cantidades pequeñas, ya que primero realizaría una prueba piloto. Al día siguiente, recibió un "Gel extra forte para cabellos difíciles," un kilo de cemento blanco y unos baldes para preparar la mezcla que había ideado.

Antes de comenzar, solicitó que ataran a uno de los cerdos para que se mantuviera quieto durante el procedimiento. Con todo dispuesto, vació el frasco entero de gel y el cemento en un balde, añadió un poco de agua y mezcló hasta obtener una pasta homogénea. Se colocó una mascarilla improvisada, tomó una espátula y avanzó hacia el lugar del experimento, seguido por la joven veterinaria, que observaba con curiosidad y escepticismo.

Primero estiró la cola del cerdo con cuidado, sujetándola firmemente con su mano izquierda. Pero el animal, al sentirse invadido en su espacio más íntimo, comenzó a chillar con un estruendo que retumbó en todo el corral. Su resistencia, sin embargo, no lo detuvo. Con determinación, Incógnito tomó la espátula y empezó a aplicar la mezcla sobre la pequeña serpiente que se retorcía con fuerza, cubriéndola con generosidad mientras los chillidos del cerdo aumentaban en intensidad.

La algarabía desencadenó una reacción en cadena: los otros cerdos comenzaron a gritar al unísono, y el sistema de inteligencia artificial intervino, activando un mantra tibetano para tranquilizar a los animales. La veterinaria, que encontraba el espectáculo grotesco, decidió retirarse a su oficina, incapaz de soportar el caos que había provocado el experimento.

Con paciencia infinita, Incógnito se mantuvo estoico, esperando una hora para que los componentes de su mezcla endurecieran y tomaran forma. Finalmente, soltó la cola, que ahora estaba cubierta por una capa rígida de pasta, aunque con una forma extraña y deformada.

Cuando desató al cerdo, este salió corriendo hacia el corral, alejándose lo más rápido que podía de la tortura que acababa de sufrir. Incógnito, mientras tanto, observaba con atención, evaluando el resultado de su trabajo. Aunque el procedimiento no había salido tan limpio como esperaba, había logrado algo: por primera vez, el rabo de un cerdo no estaba enroscado, aunque tampoco parecía natural.

Al día siguiente, todo fue un desastre. Cuando Incógnito llegó al corral, encontró al animal recostado en el suelo, con una expresión de agotamiento y una mancha de sangre en su trasero. La cola, que tanto esfuerzo le había costado estirar y moldear, ya no estaba.

Manteniendo la compostura, aunque por dentro lo invadía la angustia, Incógnito pidió ayuda para buscar la cola perdida. Los trabajadores del lugar lo miraban con desconcierto y curiosidad mientras él revisaba cada rincón del corral, hasta que finalmente alguien le entregó el objeto: esa figura grotesca y rígida que él mismo había esculpido con sus propias manos.

Era una visión terrible. La pasta endurecida había creado una forma deformada, como una especie de reliquia malograda de su experimento fallido. Con la cola en las manos, Incógnito se quedó en silencio, sintiendo el peso de su fracaso, mientras el cerdo lo miraba de reojo, como si lo culpara por la mutilación que había sufrido.

Ningún experimento es un éxito a la primera. Tengo una nueva idea que quiero poner a prueba, pero esta vez necesitaremos sedar al cerdo con un tranquilizante para poder trabajar con precisión y sin sobresaltos. Dado que estamos en Chimbarongo City, necesito tiras de mimbre ultradelgadas para el embarrilado y, si es posible, la ayuda de un maestro artesano experto en la técnica.

Al día siguiente llegó un anciano de barba rala y descuidada, vestido con un desgano que rivalizaba con el de Incógnito en sus días bajo el puente. Sobre su hombro cargaba un haz de mimbre, tan grande que parecía dispuesto a enderezar la cola de todos los cerdos del criadero. Sus manos, curtidas como cuero viejo, exhibían uñas gruesas y opacas, casi como medallones de metal. El olor a vino de cantina le impregnaba la piel, pero su voz era firme y clara, sin rastros de borrachera.

Preguntó qué debía hacer con una mirada intrigada, recorriendo el lugar como si buscara una silla para embarrilar o un sombrero para reparar. Por eso, cuando Incógnito le explicó el encargo, primero sonrió, convencido de que se trataba de una broma pesada de alguno de sus amigos de farra. Pero luego lo pensó mejor: ninguno de ellos tenía tanta imaginación ni el tiempo suficiente para idear una parodia tan elaborada como aquella.

—Bueno —dijo Incógnito, acomodándose el overol—, vamos al corral. Tienen al marrano sedado y amarrado, así que podremos trabajar con tranquilidad.

Ambos se acomodaron en bancos bajos, casi al ras del suelo, justo frente al trasero del animal. La enorme cola enroscada del cerdo se alzaba desafiante, como si fuera un símbolo de resistencia natural, una letra arroba impresa en su ADN, negándose a ser enderezada por caprichos humanos.

El anciano pidió un balde con agua para remojar las varillas de mimbre, tan finas como le habían solicitado. Eran las mismas que él usaba para tejer elegantes sombreros de huaso, solo que esta vez el destino del mimbre era insólito.

Tras diez minutos de remojo, comenzó su labor. Sus manos, ásperas y firmes, se movían con precisión. Su destreza era incuestionable: la cola fue tomando forma poco a poco, estirándose en un trenzado perfecto hasta quedar larga y rígida, apuntando al cielo como una antena de radio.

A pesar de lo absurdo de la escena —dos hombres tratando de rediseñar la anatomía porcina—, había algo innegablemente armonioso en el resultado. La delicada manufactura del mimbre le confería al cerdo una apariencia solemne, como si llevara un adorno de gala completamente fuera de lugar en el lodoso corral donde habitaba.

—Ahora solo queda esperar a que despierte y ver cómo reacciona —dijo Incógnito, cruzándose de brazos con una mezcla de ansiedad y esperanza.

No pasaron muchos minutos antes de que el cerdo comenzara a mover las orejas, aún aturdido por la sedación. Sus patas temblaron un poco antes de incorporarse, y, con una torpeza evidente, caminó tambaleándose hacia el corral, buscando refugio entre los suyos, lejos de esos humanos que lo habían retenido sin motivo aparente.

Incógnito, tenso, seguía con la mirada fija en el animal. No decía nada, solo escudriñaba entre la piara tratando de ubicar al cerdo-antena, aquel con la flamante cola estirada hacia el cielo. Pero entre el revoltijo de cuerpos y hocicos hundidos en el barro, era difícil distinguirlo.

De repente, un chillido desgarrador rompió la calma del corral.

El cerdo-antena corría desesperado, huyendo de sus iguales que, enloquecidos por la curiosidad, se disputaban el derecho a mordisquear su cola. Para ellos, esa estructura erguida y extraña debía ser algo comestible, tal vez un vegetal suculento o un extraño gusano gigantesco.

Lo rodearon, lo acorralaron, y entre gruñidos y empujones, se lanzaron sobre él. El caos fue inmediato. Los chillidos aumentaron en intensidad hasta que, en medio de la algarabía, el animal emergió de la multitud... sin su cola de aguja.

Sangraba, tal como el primer cerdo del experimento fallido.

Incógnito cerró los ojos y suspiró con resignación. Otro fracaso. Pero en su mente ya comenzaba a tomar forma una nueva idea, un nuevo plan. Porque si algo tenía claro, es que ningún experimento resulta a la primera... ni a la segunda.

Pero no todo había salido mal. A pesar del desastre, había un detalle que no podían ignorar: no tuvieron la oportunidad de comprobar si la cola se habría mantenido estirada de forma permanente. La tragedia ocurrió demasiado rápido, y el experimento quedó inconcluso.

Incógnito se llevó una mano a la barbilla, pensativo. ¿Y si lo habían hecho bien, pero no le habían dado el tiempo suficiente? Tal vez la clave no era solo la técnica, sino el aislamiento del sujeto de prueba.

—Esto no prueba que el método no funcione —murmuró, más para sí mismo que para los demás.

El anciano artesano, limpiándose las manos en su pantalón, asintió con gravedad.

—Podría haber resultado... si esos chanchos no fueran tan metiches —comentó, como si hablara de niños traviesos y no de una piara entera arruinando el experimento.

Incógnito suspiró. El problema no era la técnica, sino el entorno. Quizás el siguiente intento requería medidas drásticas: un cerdo aislado, una cola reforzada y más tiempo de observación antes de soltarlo.

Ya no se trataba solo de un trabajo. Ahora, era un desafío personal.

El señor Pérez Cotapos, que había estado observando todo desde su oficina a través de las cámaras del corral, decidió intervenir. Bajó con paso firme y se acercó a Incógnito, quien aún analizaba el desastre con la mirada clavada en la piara alborotada.

—Mire, don Incógnito —dijo el gerente, cruzándose de brazos—, he estado pensando en su idea de aislar al cerdo, pero eso no va a funcionar. No tenemos espacio suficiente para mantener a cada animal por separado, y los costos se dispararían.

Incógnito asintió en silencio, procesando la información.

—Así que, si quiere seguir con el experimento, busque otra manera, porque el aislamiento no es la solución. —Pérez Cotapos hizo una pausa, observando al cerdo sin cola que aún temblaba en un rincón—. Pero no se me rinda todavía, algo me dice que está cerca de encontrar la clave.

Dicho esto, el gerente le dio una palmada en el hombro y se retiró, dejándolo con el desafío de encontrar un nuevo enfoque.

Incógnito se quedó mirando al suelo, rascándose la cabeza. Si no podía aislar al cerdo, tenía que encontrar la forma de que los demás lo dejaran en paz.

Y entonces, como un rayo de inspiración, una idea le cruzó la mente.

Tal vez el problema no era la cola... sino la percepción que los otros cerdos tenían de ella.

Al día siguiente, Incógnito fue al bar donde solía encontrarse el anciano del mimbre. Lo encontró en su mesa habitual, rodeado de compañeros de farra y con una copa de vino en la mano.

—Tengo una nueva idea —dijo, sentándose frente a él sin rodeos.

El anciano lo miró con una ceja levantada, sin interrumpir el movimiento pausado con el que giraba su copa.

—Es una variante —continuó Incógnito—. Haremos el mismo trabajo de ayer, pero en vez de una antena, vamos a tejer una serpiente delgada, con su lengua bífida y todo. La pintaremos de color verdoso y le daremos ojos rojos, bien intimidantes.

El anciano se quedó en silencio, evaluándolo con la mirada. No sabía si lo que escuchaba era un exceso de confianza o una combinación peligrosa de tozudez y locura.

Pero, al final, mientras pagaran sus honorarios y hubiera suficiente vino en su copa, cualquier cosa le parecía una excelente idea.

—Está bien, muchacho. Vamos a hacerle la culebra al chancho.

—Para mañana me tienen la pintura, unos pinceles delgados y un par de ojos de muñeca bien pequeños. Los vamos a adherir al tejido para que la serpiente se vea lo más intimidante posible.

Quiero que parezca una verdadera amenaza, algo que hasta el chancho más valiente prefiera evitar.

El anciano asintió lentamente, tomando un sorbo de su copa.

—¿Y si los otros chanchos no se asustan? —preguntó, ladeando la cabeza con una mezcla de escepticismo y diversión.

Incógnito se encogió de hombros.

—Si no funciona, al menos habremos creado el primer cerdo con su propio sistema de defensa.

En la mañana siguiente, todo estaba listo para la llegada del artesano. Sin embargo, esta vez apareció con media hora de retraso y visiblemente embriagado, murmurando incoherencias y riéndose solo de chistes que nadie más entendía.

Incógnito, molesto, pero sin otra alternativa —pues dependía absolutamente de esas manos privilegiadas—, le llevó un termo con café bien cargado y lo obligó a beber hasta que su mirada dejó de estar perdida en el vacío.

Una hora después, cuando logró despabilarlo lo suficiente, se instalaron detrás del cerdo, que tuvo que ser sedado nuevamente debido al tiempo extra que se perdió espantando la borrachera.

El anciano, aún con la resaca bailándole en la cabeza, comenzó su labor con la precisión de siempre. Incógnito, mientras tanto, tomó el tiempo con un cronómetro, para calcular cuánto demoraría hacer lo mismo con todo un corral si el experimento resultaba exitoso.

Poco a poco, la serpiente de mimbre fue tomando forma. Un cuerpo largo y flexible, con la textura perfecta para parecer realista. Luego, pasaron a la pintura: un tono verdoso con matices oscuros, ojos rojos de muñeca bien adheridos y una lengua bífida asomando en la punta del tejido.

El anciano no hacía alarde de su destreza, solo trabajaba con concentración, deseando terminar cuanto antes y volver al bar.

Cuando el último pincelazo secó, la veterinaria sacó su teléfono y tomó una foto, admirada de lo real que parecía el nuevo rabo del cerdo. Ahora ya no era un simple marrano de granja. Era un chancho-culebra.

El cerdo despertó más tarde de lo esperado. Tal vez dos dosis del sedante fueron demasiado para una criatura no acostumbrada a este tipo de intervenciones. Al igual que el día anterior, se incorporó tambaleante y caminó lentamente hacia la piara.

Solo que esta vez, los demás cerdos no corrieron a morderle la cola.

En cambio, se quedaron paralizados, observando a su compañero con ojos desconfiados. Luego, como si se hubieran puesto de acuerdo, comenzaron a alejarse lentamente, retrocediendo con cautela.

El cerdo-culebra quedó solo en el centro del corral, mientras los demás formaban una perfecta circunferencia alrededor de él, pegados al empalizado, sin atreverse a acercarse.

Incógnito entrecerró los ojos.

—Mmm... esto parece prometedor... —murmuró, mientras el anciano, con una media sonrisa, bebía el último sorbo de café frío y se sacudía las manos, satisfecho con su obra.

El señor Pérez Cotapos estaba extasiado observando las imágenes en las cámaras del corral. El experimento había funcionado. Los cerdos, en lugar de atacar al nuevo chancho-culebra, lo evitaban como si fuera una amenaza real. El aislamiento ya no era un problema.

Pero, mientras saboreaba su triunfo, un nuevo desafío se hizo evidente.

Incógnito revisó sus cálculos en la libreta donde había registrado los tiempos: cinco mil cerdos tardarían más de seis meses en ser "convertidos", y eso sin contar el tiempo que tomaría atraparlos, sedarlos y esperar su recuperación. Además, estaba la fabricación manual de cada culebra, el secado de la pintura, la colocación de los ojos de muñeca...

Pérez Cotapos entrecerró los ojos.

—No es viable —murmuró, tamborileando los dedos sobre su escritorio—. Esto funciona, pero necesitamos un método más rápido.

Se recostó en su sillón de cuero, pensativo. Luego giró hacia la pantalla y volvió a mirar al cerdo con su temible rabo reptiliano.

—Dígame, don Incógnito... ¿Cree que podríamos industrializar esto?

Incógnito parpadeó.

—¿Me está pidiendo que haga una fábrica de colas de culebra para chanchos?

El gerente asintió con seriedad.

—Exacto. Necesitamos producción en serie.

El anciano del mimbre, que había estado removiendo con desgano el café frío en su taza, alzó la vista con entusiasmo.

—Eso le daría trabajo a mucha gente del pueblo. Yo puedo reunir a los mejores artesanos, capaces de hacer un trabajo similar al mío. Eso sí, yo los supervisaría, porque algunos, aunque son buenos, cuando el trago los agarra, se tuercen.

Incógnito levantó su termo vacío y lo agitó.

—¿Y cómo andamos por casa?

Pérez Cotapos chasqueó la lengua.

—Hay algo más. Tendremos que hacer las culebras sin molestar a los cerdos. Es decir, algo similar a las colas, pero diseñadas para colocarlas como si fueran calcetines.

El viejo del mimbre asintió, acariciándose la barba.

—Eso facilitaría la fabricación en serie. Y en mucho menos tiempo.

El camino estaba trazado sin regreso.

Incógnito cerró la libreta y levantó la vista.

—Bueno, falta un detalle... ¿Cuánto estamos dispuestos a pagar por esto?

El silencio se extendió en la oficina. El viejo del mimbre dejó de remover su café. Pérez Cotapos tamborileó los dedos sobre el escritorio. Finalmente, carraspeó y se inclinó hacia adelante.

—Depende —dijo, midiendo sus palabras—. ¿Queremos colas de calidad o solo que parezcan convincentes a simple vista?

El viejo del mimbre soltó un bufido.

—Si van a ser calcetines, al menos que no se les corra el elástico.

Pérez Cotapos suspiró.

—Entonces nos va a salir caro.

Incógnito tomó su termo vacío y lo giró entre las manos.

—¿Y si buscamos un subsidio del Estado?

El gerente y el anciano se miraron. El aire se volvió denso.

Pérez Cotapos suspiró y se reclinó en su sillón.

—Creo que eso sería peor... por la demora de esos trámites y porque nuestra idea se filtraría rápidamente. Perderíamos la ventaja.

El viejo del mimbre asintió con gravedad.

—Sí... y lo peor es que, si se filtra, alguien podría patentarla antes.

Pérez Cotapos frunció el ceño.

—No podemos permitirlo.

Incógnito chasqueó la lengua y guardó su libreta.

—Entonces, habrá que hacerlo a la antigua.

El gerente asintió.

—A la antigua.

El viejo del mimbre terminó su café frío de un solo trago y murmuró:

—Que Dios nos ampare.

Incógnito, a pocas semanas de haber iniciado esta aventura, ya no era el mismo hombre bajo el puente que vivía sin preocupaciones y siempre embriagado. Ahora se movía con una seguridad inusual, con la mirada fija en los detalles y el pensamiento calculador de quien ya no actúa por impulso, sino con estrategia.

—Trae una propuesta concreta en una semana con una lista de los artesanos que desarrollarán el trabajo. Necesito evaluar si el costo de la inversión equiparará el crecimiento de los cerdos —dijo con tono firme, sin la menor sombra de duda.

Luego, dirigiéndose a la veterinaria, agregó:

—Usted debería calcular cuánto más rentable resultan los cerdos con el crecimiento estimado, considerando la alimentación adicional que conllevaría el aumento de su tamaño.

La doctora asintió en silencio, tomando notas con agilidad, mientras que el dueño de la fábrica observaba incrédulo por la exactitud de la petición. Se ajustó el chaleco con un gesto pensativo y, tras unos segundos de meditación, sentenció:

—Muy bien, entonces espero la información en la fecha establecida. Que no haya retrasos.

Incógnito se giró hacia la veterinaria y comentó con un tono un poco más suave:

—Nos reuniremos mañana temprano. Quiero revisar los detalles antes de presentar la propuesta.

Al alejarse, sus pasos ya no eran errantes ni tambaleantes. La brisa de la tarde trajo consigo el sonido de los cerdos en el corral, una sinfonía que le resultaba curiosamente alentadora. Tal vez, solo tal vez, este proyecto podía significar algo más que una simple fuente de ingresos.

Pero eso era algo que aún debía descubrir.

Tres días después llegó la lista de los artesanos postulantes a fabricar culebras calcetines junto al presupuesto que era bastante abultado. La poca experiencia en negociación del viejo del mimbre se dejó ver en el documento, dado que después del monto final incorporó la frase: "conversable pero no más de 30%", que es un llamado a pedir rebaja, incluso más allá del tope establecido.

Más abajo, la lista de personas que harían el trabajo:

-    "El Etiqueta" (conocido por "pasar pegado" a las botellas de vino)

-    "El Carne Amarga" (su rostro reflejaba un mal humor perpetuo)

-    "La Lengua sin Freno" (hablaba sin respirar, con una verborragia inagotable)

-       "El Volantín de Cuero" (apodado así porque nunca se rajaba)

-       "La Cónchale Vale" (inmigrante venezolana, con su acento inconfundible)

-       "La Comadrera" (famosa por pasar las horas conversando en casas ajenas).

Cada una de esas personas con una vida personal de esfuerzo que optaron por la artesanía en mimbre como un medio de sobrevivencia.

Por otra parte, la veterinaria había calculado la rentabilidad del crecimiento de los cerdos y los resultados eran asombrosos. Cada kilo adicional representaba un 80% de ganancia neta, especialmente en la industria del aceite, donde la materia grasa porcina era un insumo codiciado. En términos simples: los chanchos engordaban y la empresa también.

Esto era oro puro en los mercados, un negocio tan prometedor que Pérez Cotapos sintió un escalofrío de ambición recorriéndole la espalda. ¿Hasta dónde podían llegar? ¿Era posible criar cerdos que duplicaran su tamaño sin más esfuerzo que un pequeño ajuste en su anatomía?

Si lograban estabilizar el procedimiento, el impacto en la industria sería gigantesco. Incógnito había llegado buscando trabajo, pero sin querer había puesto sobre la mesa la mayor innovación en la historia de la crianza porcina.

La oferta del anciano del mimbre fue aceptada sin titubeos ni regateos. Pero con una condición inamovible: los cinco mil calcetines de mimbre debían estar listos en un mes.

Para cumplir con el plazo, los artesanos tendrían que instalarse en la fábrica. Se acondicionaría una bodega amplia con camas y lo indispensable para que pudieran trabajar y descansar sin interrupciones. Durante treinta días, la fábrica dejaría de ser solo un matadero para convertirse en un taller febril, donde el destino de la industria porcina dependería de la habilidad y resistencia de aquellos artesanos de manos curtidas.

Lejos de desanimarse, los artesanos —incluido el viejo del mimbre— recibieron la noticia con entusiasmo. Acostumbrados al trabajo duro, en solo un mes recaudarían lo que normalmente les tomaba casi un año de esfuerzo en su oficio habitual. Era una oportunidad irrepetible.

Incógnito, pragmático como siempre, propuso iniciar cuanto antes. La fecha de arranque dependía de dos factores: la habilitación del espacio y la compra de materiales, ahora en volúmenes industriales. Calculó que en ocho días todo estaría listo.

—Vayan a sus casas y expliquen a sus familias que los extrañarán durante un mes —les dijo, con su tono directo pero tranquilizador—. Será rápido... antes de que se den cuenta, estarán de vuelta.

El trabajo comenzó con un día de retraso, debido a la demora en la pintura. No podía ser cualquier tono de verde; debía imitar con precisión el color de las culebras de campo para hacer más convincente la ilusión.

Mientras tanto, la veterinaria habilitó un enrejado estrecho por donde los cerdos desfilarían en fila, permitiendo colocarles las pequeñas serpientes sin necesidad de sedación ni forcejeos. La idea era reducir el estrés en los animales y optimizar el proceso.

Incógnito, al ver la estructura, la felicitó por la iniciativa. Luego, con su instinto práctico, sugirió un ajuste clave: agregar una estructura alta con elásticos, de modo que las colas se estiraran naturalmente, facilitando el ajuste del "calcetín" de mimbre.

—Así no tendremos que sujetarlas una por una —explicó—. Se estirarán solas y nosotros solo encajaremos la culebra.

La veterinaria tomó nota. La eficiencia del proceso dependía de esos pequeños detalles.

Incógnito se acercó al viejo del mimbre y le explicó con claridad:

—Necesitamos producir ciento setenta serpientes por día para cumplir con la meta. Eso significa que cada uno de ustedes debe fabricar veinticinco culebras diarias.

El anciano asintió con gravedad, haciendo cálculos mentales.

—Tú organizas el trabajo —añadió Incógnito—. Si surge algún problema, avísame de inmediato para buscar una solución.

El viejo del mimbre, con su habitual calma, escupió al suelo, se rascó la barba y murmuró:

—Será difícil... pero no imposible.

Luego, se ajustó el cinturón y fue en busca de sus artesanos.

Finalmente, llegó el día de iniciar la producción en serie. El primer lote pasó a control de calidad: 174 culebras en total, de las cuales solo 142 fueron aceptadas.

El proceso de revisión era sencillo, casi rudimentario. La veterinaria se acercaba con las serpientes de mimbre a la piara y observaba la reacción de los cerdos. Si no mostraban miedo, la culebra era rechazada de inmediato.

El viejo del mimbre no se tomó bien el resultado. Con esa tasa de rechazo, no alcanzarían la meta diaria. Pero antes de despotricar contra sus artesanos, decidió revisar los fallos.

En cuanto observó las serpientes defectuosas, comprendió el problema: los ojos estaban mal colocados. Algunos estaban al revés, otros demasiado separados y, en vez de infundir temor, producían ternura. Un chancho que ve una culebra aterradora huye despavorido. Un chancho que ve una culebra con cara de cachorro... solo siente curiosidad.

Con la serpiente en la mano, se dirigió a La Cónchale Vale y le lanzó un comentario seco:

—Mija, no estamos haciendo muñecos para el Día de los Inocentes.

Afortunadamente, la falla era fácil de corregir. Un poco de pegamento, un mejor posicionamiento de los ojos y listo. El mismo viejo del mimbre decidió probar el control de calidad tras las reparaciones.

Tomó una de las "lombrices gigantes" arregladas, la llevó al corral y la agitó frente a los cerdos. Esta vez, el pánico fue inmediato.

—Así me gusta —murmuró con una sonrisa de satisfacción, mientras los chanchos chillaban y huían en estampida.

Comenzaba la operación "puesta de calcetines".

La veterinaria, junto a tres colegas y un muchacho de informática, se lanzaron a la tarea. Uno a uno, los cerdos recibían su pequeña serpiente en la cola y eran liberados de vuelta al corral.

El efecto fue inmediato.

Los demás cerdos, al ver a sus compañeros con aquellas criaturas pegadas al trasero, entraron en pánico. Huyendo en estampida, se atropellaban entre sí, empujando cercos y revolviendo el lodo en una nube de caos. Pero lo peor fue descubrir que los propios cerdos "calcetinados" también huían... de los otros.

Al intentar escapar y sin espacio disponible, corrían en círculos, chillando como si el diablo los persiguiera. El escándalo era ensordecedor. Para comunicarse, los trabajadores tenían que gritarse al oído.

Mientras tanto, el mantra tibetano, que en teoría debía calmarlos, sonaba inútilmente por los parlantes. Nadie lo oía. El caos reinaba en el corral.

La veterinaria, cubierta de barro hasta las rodillas, miró a Incógnito con desesperación.

—Esto... esto no era lo que teníamos en mente.

Incógnito, que se limpiaba el lodo de la cara con la manga del overol, no parecía tan preocupado.

—Dale tiempo —respondió, observando el desastre con la calma de quien ya había visto lo peor—. Van a acostumbrarse... o van a enloquecer del todo.

Solo quedaba esperar.

Los artesanos, que habían detenido su trabajo para presenciar el espectáculo, se miraban entre sí con la misma expresión incrédula. No hacía falta decirlo en voz alta, pero el mensaje flotaba en el aire:

"Esto no va a funcionar."

Sin embargo, el caos comenzó a ceder.

Después de una hora, los chillidos se hicieron menos estridentes. Tres horas más tarde, la música de la Inteligencia Artificial volvió a ser audible.

Incógnito, que había observado todo con atención, tuvo una nueva idea.

—Tenemos 25 corrales, cada uno con 200 cerdos —dijo, elevando la voz para que todos lo escucharan—. Vamos a distribuir los chanchos con culebras entre los distintos corrales, en vez de juntarlos en un solo lugar.

Los artesanos y trabajadores lo miraron con expectación.

—Así se irán acostumbrando de a poco, sin entrar en pánico colectivo. Evitamos el estrés y reducimos el riesgo de que el efecto sea el contrario al que buscamos.

La veterinaria asintió con aprobación.

—Tiene sentido. Si el miedo es gradual, se adaptarán más rápido.

Sin perder tiempo, organizaron el traslado. El experimento seguía en marcha.

Pero los problemas no habían terminado.

En la sección de las madres lactantes, surgió un nuevo inconveniente. Al recostarse para amamantar a sus crías, dejaban expuestas las falsas culebras, como si fueran una extensión más de sus cuerpos.

Los lechones, en su inocencia, no sentían ningún temor ante aquellas extrañas criaturas pegadas a sus madres. Al contrario, las veían como una posible fuente de alimento. Sin dudarlo, comenzaban a succionar las lombrices de mimbre, tratando de extraer leche de lo que, para ellos, no era más que un pezón mal ubicado.

El resultado era desastroso.

Con cada intento fallido, los pequeños lograban arrancar los ojos de las culebras y desgastar la pintura, dejando una figura inofensiva y carente de toda ferocidad. El terror que inspiraban se esfumaba por completo.

Pero lo peor venía después.

Cuando las madres regresaban a sus corrales, ya sin sus aterradores apéndices, los otros cerdos no tardaban en notar la diferencia. Si la culebra no intimidaba, entonces volvía a ser un simple rabo... y un simple rabo era un blanco perfecto.

Pronto, el resto de la piara se encargaba de arrancar la cola despojada de su poder, dejando a la cerda con la misma triste mutilación de los primeros experimentos fallidos.

Había que encontrar una solución urgente.

Afortunadamente, las madres cerdas y sus crías no formaban parte de los cinco mil cerdos del experimento. Eso simplificaba el problema.

La respuesta era obvia: debían ser separadas del resto.

Para evitar más incidentes, se construyeron dos corrales adicionales, exclusivos para ellas y sus lechones. Allí, podrían amamantar con tranquilidad, sin que sus colas falsas fueran objeto de succión, desgaste o, peor aún, de un festín porcino.

El aislamiento trajo un beneficio adicional inesperado. El apareamiento se había detenido.

Al parecer, las cerdas con cola de gusano no resultaban atractivas para los machos, ni siquiera en temporada de celo.

Con esto, el experimento seguía en marcha, sin más interrupciones... por ahora.

Tras quince días de arduo trabajo, la veterinaria detectó un nuevo problema.

Si bien la mayoría de los cerdos había vuelto a su rutina, alrededor del 10% de la población seguía perdiendo peso. El motivo era claro: el estrés persistente.

Para ellos, las culebras seguían siendo una amenaza real. Cada vez que se acercaban a los comederos, el panorama era aterrador: decenas de serpientes al acecho, enroscadas en las colas de sus compañeros. El instinto de supervivencia le ganaba al hambre, y preferían mantenerse alejados, aunque eso significara no comer lo suficiente.

Una vez más, Incógnito encontró la solución.

—Antiojeras. —dijo, con la seguridad de quien sabe que tiene razón—. Como las que usan los caballos para no distraerse.

La idea era simple: limitar su visión periférica, obligándolos a concentrarse en lo único que importaba: la comida.

Se hicieron pruebas con algunos ejemplares y el resultado fue inmediato. Sin poder ver los apéndices reptilianos a su alrededor, los cerdos finalmente se relajaban y comían con normalidad.

El problema estaba resuelto. Por ahora.

Los días transcurrieron sin sobresaltos, hasta que una semana antes de completar el mes de producción de calcetines, apareció un problema inesperado.

La "Lengua sin Freno" comenzó con una tos extraña y un leve dolor de cabeza, que rápidamente se convirtió en fiebre.

La veterinaria fue llamada de urgencia. Tras revisarla, sentenció el diagnóstico sin dudar:

—Es fiebre porcina. Algunas personas ni se enteran de que la tuvieron, mientras que otras quedan en cama con escalofríos. Y bueno, rodeados de cerdos, era cuestión de tiempo.

El tratamiento era sencillo: reposo y cama por una semana.

Mientras "La Lengua sin Freno" se retiraba a recuperación, el viejo del mimbre hizo cálculos rápidos. Con una persona menos, el ritmo de producción debía ajustarse.

—Si metemos el acelerador, podemos terminar a tiempo —dijo, ajustándose el cinturón—. Pero hay que trabajar una hora más por día.

Nadie protestó. Los seis artesanos restantes aceptaron el desafío.

Por su parte, la veterinaria tomó precauciones adicionales. Al día siguiente, llegó con una caja de mascarillas y ordenó que todos—artesanos, trabajadores y cualquier visitante—debían usarlas dentro del recinto.

—No quiero más bajas por enfermedad —advirtió.

El trabajo continuó. Pero ahora, con el tiempo en contra y la amenaza invisible de la fiebre porcina flotando en el aire.

Tres días después de que los artesanos del mimbre terminaran su trabajo, la verdad salió a la luz.

La veterinaria reunió a Pérez Cotapos y Incógnito en su oficina y les entregó las cifras del desastre.

—Los cerdos no han subido de peso. —dijo sin rodeos—. Algunos ni siquiera aumentaron.

El silencio que siguió fue denso como el lodo del corral.

—¿Qué estás diciendo? —preguntó Pérez Cotapos, con una sonrisa nerviosa.

La veterinaria respiró hondo antes de lanzar la bomba.

—Todo esto fue un fake news.

Incógnito se frotó la cara con ambas manos.

—Por la cresta...

—Sí —continuó la veterinaria—. Todo fue una mentira. Y usted, don Juan, lo aceptó sin hacer preguntas.

Pérez Cotapos parpadeó lentamente, como si su cerebro aún estuviera procesando la información.

—Bueno... pero...

—Y yo también fui parte de esto. —dijo la veterinaria, con el ceño fruncido—. Debí haber corroborado la publicación científica antes de gastar dinero en culebras de mimbre.

Incógnito exhaló con resignación.

—Entonces pasamos un mes entero pegándole culebras en el trasero a cinco mil cerdos... para nada.

—Para nada. —confirmó la veterinaria.

El ánimo del grupo estaba por los suelos cuando llegó el informe mensual del laboratorio.

La veterinaria lo leyó en silencio, frunció el ceño, lo volvió a revisar.

—Esto es... extraño.

Incógnito, con el último vestigio de esperanza, levantó la vista.

—¿Qué pasa ahora?

La veterinaria dejó caer el papel sobre la mesa.

—El colesterol en la carne de cerdo bajó un 3% en el último mes.

Silencio.

No era un número impresionante. No cambiaría la historia de la ciencia.

Pero coincidía exactamente con el inicio del experimento.

Y eso fue todo lo que Pérez Cotapos necesitó escuchar.

Se irguió en su silla, con una chispa de emoción en los ojos.

—¡Eso es suficiente! —exclamó, golpeando la mesa con un entusiasmo renovado—. Promocionaremos nuestros productos como carne de cerdo con menos colesterol que la competencia.

Incógnito lo miró con una mezcla de incredulidad y admiración por su descaro.

—Pero... 3% es una diferencia ridícula.

Pérez Cotapos ni se inmutó.

—¿Y qué importa? —respondió con una sonrisa de tiburón—. Lo que importa es que podemos venderlo.

La veterinaria se frotó las sienes. Le dolía la cabeza.

—Pero esto no prueba que las culebras tuvieran algo que ver...

—Pero en un supuesto empírico —interrumpió Pérez Cotapos—. La gente no lee los detalles, solo los titulares.

Se puso de pie, con la determinación de un empresario que acaba de descubrir una mina de oro.

—Los cerdos seguirán con sus rabos de culebra. Lo venderemos como un símbolo de nuestro producto.

Tomó un bolígrafo y garabateó un eslogan en una hoja.

"CERDOS LIGHT: SABOR TRADICIONAL, MENOS COLESTEROL."

Incógnito dejó escapar una carcajada seca.

—¿Y qué pasa cuando alguien descubra que la baja de colesterol es mínima?

Pérez Cotapos se encogió de hombros, con la serenidad de quien ya tiene una respuesta para todo.

—Entonces haremos lo que hace todo empresario honesto. — dijo con voz solemne—. Mostraremos el informe del laboratorio con la rebaja en un mes... y diremos que, si eso lo mantenemos por tiempo prolongado, el colesterol irá bajando paulatinamente.

Incógnito se quedó en silencio unos segundos.

Luego, sonrió.

—Tienes razón. Buscaré ojos de muñeca más terroríficos para hacer realidad esta estrategia.

Y así, sin más, la noticia más ridícula de la industria cárnica se convirtió en una estrategia de ventas.

Los cerdos seguirían estresados.

Y el negocio... creciendo.

Sin embargo, la noticia no tardó en salir a la luz.

Las comunidades de trato digno a los animales estallaron en indignación al conocer el método detrás de la llamada "Carne Light".

Las protestas tomaron las calles con pancartas que decían:

"¡NO MÁS CERDOS TORTURADOS!"

"ESTRÉS NO ES INNOVACIÓN, ES CRUELDAD."

"¡COTAPOS, ASESINO PORCINO!"

Las redes sociales se incendiaron.

Videos filtrados de los cerdos corriendo en círculos, aterrados por sus propias colas de culebra, se volvieron virales en cuestión de horas.

"ESTE ES EL HORROR QUE OCULTAN EN LAS GRANJAS."

"¿Cómo puede permitirse este abuso en pleno siglo XXI?"

"El capitalismo nos ha llevado a hacer sufrir animales para vender más barato."

Los noticieros hicieron reportajes exclusivos, donde expertos en ética animal describían el nivel de crueldad al que habían sido sometidos los cerdos.

Mientras tanto, en la oficina de Pérez Cotapos, se vivía el caos.

La veterinaria arrojó el teléfono sobre la mesa.

—¡Nos están destruyendo! —dijo, exasperada—. ¡Los ecologistas nos han declarado la guerra!

Incógnito miró a Pérez Cotapos, esperando su reacción.

El empresario se cruzó de brazos, con su eterna calma de tiburón.

—Tranquilos.

—¿Tranquilos? —repitió la veterinaria, incrédula—. Nos llaman torturadores de cerdos en todas partes.

Pérez Cotapos dibujó una sonrisa calculadora.

—Pues entonces cambiaremos la narrativa.

Incógnito levantó una ceja.

—¿Cómo diablos piensas darle la vuelta a esto?

El empresario se inclinó sobre la mesa, con un brillo peligroso en los ojos.

—Jugaremos la carta de la salud.

Al día siguiente, se lanzó una campaña mediática en respuesta a las críticas.

"NO ES CRUELDAD, ES CIENCIA."

"ESTRÉS CONTROLADO: LA REVOLUCIÓN NUTRICIONAL QUE EL MUNDO NECESITA."

"¡NO SE TRATA DE TORTURA, SINO DE INNOVACIÓN EN SALUD!"

Se pagaron influencers y médicos afines, quienes comenzaron a defender el método con argumentos científicos a medida:

"El estrés controlado en los cerdos no solo reduce el colesterol, sino que mejora la absorción de proteínas en los consumidores."

"Es un avance en la nutrición moderna, comparable a la carne sin antibióticos."

"Es un sacrificio mínimo para un beneficio global."

Los medios comenzaron a dividirse.

Algunas revistas científicas financiadas por la empresa respaldaron la teoría, mientras que otros sectores seguían denunciando el abuso animal.

La pelea estaba en marcha.

Y mientras tanto...

Los cerdos seguían corriendo.

Y el negocio seguía creciendo.

La llamada de la veterinaria tomó a Incógnito por sorpresa.

Cuando entró en su oficina, ella estaba sentada en su escritorio, mirando por la ventana con expresión tensa.

Sin rodeos, fue directo al punto:

—Seré honesta contigo. Don Ignacio Pérez Cotapos me pidió que evaluara tu motivación para seguir en la fábrica. Estos últimos días te hemos notado cabizbajo y distraído... como si algo te molestara. Ya no eres el mismo hombre alerta de siempre.

Incógnito se cruzó de brazos y respiró hondo.

—Tienes razón. Pero antes de explicarte mis razones, quiero escuchar las tuyas. ¿Qué te motiva a seguir con este proyecto?

La veterinaria esbozó una sonrisa amarga y apoyó los codos en el escritorio, jugueteando con un bolígrafo.

—De acuerdo. Sé que todo esto es una mentira. Lo que estamos recibiendo ahora es solo espuma, como la cerveza en un vaso. Parece mucho, pero cuando se asienta, te das cuenta de cuánto líquido hay realmente.

Dio un pequeño golpe con el bolígrafo en la mesa, como si intentara convencerse a sí misma.

—Pero la paga es buena, y todo indica que será aún mejor. La espuma recién está subiendo. Y, si renuncio, habrá una fila enorme esperando mi puesto. El negocio seguirá adelante, conmigo o sin mí.

Levantó la mirada hacia él con una media sonrisa que no alcanzó a sus ojos.

—Y no soy lo suficientemente valiente como para ser la primera en saltar del barco.

Incógnito la observó en silencio, como si viera algo en ella que antes no había notado.

—Te entiendo —dijo con voz más suave—. Pero yo no puedo seguir.

Apoyó las manos en el respaldo de una silla y dejó escapar un suspiro.

—Hace unos días hablé con mi hija. Nunca te conté esto, pero ella ha luchado toda su vida por bajar de peso. Ha intentado de todo: tratamientos, dietas, especialistas... y nada ha funcionado. Ahora su salud está en riesgo, está cruzando el límite de la obesidad mórbida.

La veterinaria frunció el ceño.

Incógnito hizo una pausa antes de continuar.

—Cuando hablamos, me dijo que estaba orgullosa de mí. Orgullosa por mi ingenio, por mi trabajo... y por el "beneficio" que estaba generando a la sociedad. Y luego, muy ilusionada, me dijo algo que me dejó helado:

"Por fin puedo comer carne baja en colesterol sin remordimiento de conciencia. Ahora puedo disfrutar algo exquisito, que siempre tuve prohibido... y todo gracias a tu trabajo en la fábrica."

Incógnito cerró los ojos un momento, como si aún sintiera el peso de esas palabras.

—Esa conversación me hizo querer mandar todo a la mierda.

La veterinaria lo miró en silencio. No intentó interrumpirlo.

—Al principio me dije que estaba exagerando. Que no era mi culpa. Pero después... empecé a ver la fábrica de otra forma. Como si, de repente, me hubieran quitado una venda de los ojos.

Apoyó las manos en el respaldo de la silla y bajó la mirada.

—Todo lo que hacemos aquí... lo justificamos con números, con proyecciones, con estudios clínicos. Pero al final del día, lo que estamos vendiendo es un espejismo. Y mi hija... mi hija fue quien me hizo darme cuenta de que no hay nada de qué sentirse orgulloso.

Esbozó una mueca amarga.

—A veces uno necesita que alguien más le muestre la verdad.

Hizo una pausa. Luego levantó la mirada y dijo con firmeza:

—Por eso me voy. Y sin mirar atrás.

Cuando Incógnito terminó su historia, la veterinaria entrecerró los ojos, cruzó los brazos y se quedó en silencio. Luego, exhaló despacio.

—No sé qué responderte.

—No tienes que hacerlo —respondió él—. No es una prueba.

Ella soltó una risa breve, sin alegría.

—Ojalá lo fuera. Al menos tendría respuestas correctas.

Su mano jugueteó con el bolígrafo de nuevo.

—¿Y qué harás ahora?

Incógnito sonrió con cansancio.

—Aún no lo sé. Pero sé que no quiero seguir aquí.

Se inclinó hacia ella y le tendió la mano.

La veterinaria dudó un segundo antes de estrechársela.

Cuando él salió de la oficina, ella se quedó viéndolo marchar.

Sabía que él estaba haciendo lo correcto.

Pero ella no estaba lista para dar ese paso.

No aún.

TRAJES DE NOVIA

Mi tienda los vende y los arrienda. Es un negocio de familia; de toda la vida.

Hace poco importé de China un modelo fantástico, que tiene la virtud de envolverse igual que esas hamacas que se guardan en una bolsa de 30 centímetros. Es ideal para quienes lo llevan en la cartera, listo para esa ocasión en que encuentren al sujeto ideal: alguien que también cargue consigo una humita negra en el bolsillo, señal inequívoca de querer casamiento con prontitud.

El modelo fue todo un hallazgo. Lo tuvimos que solicitar de manera especial porque, por increíble que parezca, no éramos los únicos en el mundo interesados en este tipo de indumentaria. Los chinos lo comprobaron al publicitarlo: en menos de dos días, se agotaron todas las existencias. Si hubiéramos cobrado derechos de autor por la idea, ya estaríamos retirados. Pero bueno, nos dieron un precio especial por ser sus primeros clientes y, según dijeron, por nuestra creatividad. No es mucho, pero se siente bien que reconozcan el talento.

También encargamos la humita negra al mismo proveedor, pero con un toque extra: un dispositivo que lee un código QR conectado al Registro Civil. La idea era garantizar que el sujeto que la llevara estuviera efectivamente soltero, evitando tragedias matrimoniales. Claro que esto no salió del todo como esperábamos. Hubo clientes que descubrieron, en plena ceremonia, que el QR aún los vinculaba legalmente con alguien, en algunos casos con hijos de por medio. Esas devoluciones sí que fueron incómodas... aunque solo aquellos que estaban tramitando el divorcio hicieron el reclamo formal.

Por otro lado, el vestido portátil también ha tenido sus anécdotas. Una clienta lo confundió con su bolsa de compras y terminó haciendo fila en el supermercado con el vestido listo para el altar. En la fila, la cajera le lanzó: "¿El tomate es para decorar el pastel de bodas?", mientras algunos clientes reían disimuladamente. Incluso le ofreció una promoción de ollas y sartenes reciclados, provenientes de donaciones anónimas.

A juzgar por la mueca de desagrado con que miró a la cajera, la oferta fue considerada un desatino. Pero, apenas se alejaba de la caja, su mirada se detuvo en la vitrina donde exhibían los utensilios. Con una mezcla de resignación y cierto interés, la clienta regresó, señalando los utensilios como quien se rinde ante lo inevitable: "¿Tienen algo más de esta colección... tan única?"

Inspirado por estas anécdotas, mi sobrino, adicto a las redes sociales y a sus tendencias pasajeras, irrumpió con una nueva propuesta que prometía revolucionar el negocio.

"Ahora, los matrimonios modernos han cambiado el arroz por gases de colores lanzados desde un dron, creando un ambiente idílico (o confuso, según el ángulo de la foto)."

"Es tendencia", dijo, mostrándome un video donde una pareja parecía envuelta en una nube arcoíris... o en un ataque con gases lacrimógenos.

Tras debatir entre lo disparatado y lo brillante, nos aventuramos a realizar otra solicitud a China, dejando claro que no aceptaríamos más facturas de precios elevados: esta vez no deberían cobrarnos ni un centavo, porque a estas alturas seguramente ya se estaban haciendo millonarios con nuestro ingenio. En el correo, incluimos un toque de humor para que la petición pareciera menos exigente: "Considérenlo una inversión creativa. Sin nosotros, probablemente seguirían vendiendo lauchas de goma para gatos."

Cuando la abuela, la fundadora del negocio, visitó el local y descubrió nuestras nuevas estrategias, montó en cólera. ¿No pudieron inventar algo más descabellado? Comentó indignada. Ahora las mujeres no andan buscando casorio como en mis tiempos. Los trajes de novia se usan para las fiestas de disfraces o celebrar Halloween. Así que mejor piensen en arrendar y no en vender.

Aunque intentamos explicarle nuestro éxito, incluso a nivel internacional, no hubo forma de persuadirla. La abuela, con esa sabiduría inquebrantable de otra época, sentenció que en nuestro país el arriendo era la regla. Y no le faltaba razón. Incluso para las despedidas de soltera tenemos trajes blancos con manchas "pecaminosas" que dan un toque de humor a esa fiesta.

"Abuela, imagínese esto: un video con un comediante de stand-up humor, que interactúe con la pareja de recién casados y ella exhibiendo el traje "manchado de pecados", ¿no sería genial? Se haría viral en dos minutos". Ella respondió fulminante: "¿Viral? Prefiero que se haga viral una receta de calzones rotos, no tus ideas ridículas".

La discusión alcanzó un punto álgido cuando mi sobrino, en su mejor papel de influencer, hizo gestos exagerados para ilustrar su idea, mientras la abuela lo fulminaba con la mirada, incrédula ante semejante despropósito.

El silencio fue incómodo y tenso: la abuela me miraba con sus ojos severos, como si esperara una sentencia favorable, mientras mi sobrino, con los brazos cruzados y un ademán de desafío, esperaba que apoyara su visión futurista.... Pero la entrada de una clienta apaciguó los ánimos.

Para probar nuestras nuevas creaciones, frente a la abuela, le mostramos el "traje de novia instantáneo". Se rio muchísimo y lo compró como regalo del amigo secreto a una colega suya que estaba en esos afanes.

A pesar de nuestras desavenencias, seguimos adelante. Después de todo, los negocios de familia siempre son una mezcla de tradición y riesgo. Si seguimos así, nuestros trajes serán estrellas fugaces en TikToks de 15 segundos.

Quizás, al igual que los calzones rotos de mi abuela, nuestros trajes no sean eternos, pero siempre dejan una marca inolvidable en el breve instante de quien los disfruta.

Aunque, les cuento en secreto, parece que la abuela sucumbió a la modernidad: disimuladamente, sacó unos trajes de novia instantáneos para sus nietas. Cuando la sorprendimos, soltó con una sonrisa de disculpa: "Reconozco que esto me supera, pero nunca está demás estar preparada para un buen matrimonio familiar".

DESIDIA

Tú sabes que me conformo con poco, mi humildad es a toda prueba. Con decirte que, si me muero, preferiría ir al purgatorio que al cielo o el infierno porque seguro en cualquiera de esos dos lugares imponen tareas a las almas, para ayudar a la gente o todo lo contrario según sea el caso.

En el purgatorio, nadie te pide grandes cosas. Es como una sala de espera eterna con revistas viejas y música de ascensor de fondo. Pero solo la música, porque no se sube ni se baja. Perfecto para mí: nadie me molesta, y yo no molesto a nadie. En ese equilibrio entre lo bestial y lo celestial, hasta el tiempo pierde sentido. ¿Qué más podría pedir alguien como yo? Solo un poco de paciencia, y yo soy experto en eso. A fin de cuentas, ¿Qué más se puede pedir de un lugar que está diseñado para esperar?

Mi vida es tranquila, no me complico. En política, soy como en la vida: voy con la corriente, pero tampoco me dejo arrastrar. ¿Para qué nadar contra ella, si al final todos los ríos desembocan en el mismo mar?

Dicen que la vida es una carrera, que desde la procreación corremos para llegar primero a fecundar el óvulo. Pero en mi caso es mejor quedarme atrás esperando que algo falle y colarme por una rendija, aunque se indignen por "hacer trampa" como dicen los que perdieron. ¿Se dan cuenta que no es necesario tanto esfuerzo y sacrificio para ganar?

Mi vida sentimental es perfecta. Llegamos a un acuerdo con mi novia. Ninguno cobra celos al otro. ¿Para qué gastar energía en eso? Ella sale con su grupo de amigas, se divierte, y yo aprovecho para quedarme en casa viendo series. Cada uno con sus gustos.

Claro, no falta quien dice que somos demasiado modernos o que esto no puede durar. Pero, honestamente, ¿quién tiene tiempo para esos dramas cuando Netflix acaba de sacar otra temporada?

¿Tener hijos? No está en mis planes. En eso sigo reglas estrictas porque no soportaría una persona más en mi vida. Si apenas me aguanto yo, imagínense mudar, alimentar, llevar a la sala cuna, al colegio... es lo más lejano de lo que quiero hacerme responsable. Y si alguien dice que son un regalo del cielo, soy muy generoso y cedo cada uno de esos regalos a los que disfrutan de tareas de cuidador.

El otro día, mi mejor amigo me dijo que debería "tomar las riendas de mi vida." Le respondí que no veía caballos alrededor. Él no entendió o si lo hizo no se ofendió, pero me pareció una respuesta bastante ingeniosa.

En el trabajo, mi jefe insinuó que debería "comprometerme más con el equipo." No sé por qué, si ya me comprometo a llegar a la hora cuando puedo, que en realidad no es compromiso, porque es "cuando puedo" o "cuando quiero". Lo miré, sonreí y seguí organizando mi escritorio. Todo tiene un límite, y ese límite es mi paz. Yo hago lo justo y necesario y con eso estoy tranquilo. Lo justo respecto del sueldo que me pagan y lo necesario para mantenerme ganando un salario, que por cierto es el más bajo del equipo con el que me quiere comprometer.

Mi jefe me miró como si esperara una respuesta. Así que le dije que "todo a su tiempo," una frase que copié, pero que sinceramente, nunca falla. Me gusta porque suena profesional, pero no dice nada. Igual que las reuniones de equipo.

A veces pienso que tal vez debería preocuparme más por todo esto. Pero luego recuerdo que preocuparme no paga las cuentas ni hace que el café se sirva solo, así que vuelvo a lo mío.

Claro que el otro día cuando Soledad, mi novia, llegó más tarde de lo que acostumbra, me sentí incómodo, no por celos, más bien porque la noté distante. Pero no se lo dije... es mejor que todo se decante solo. Al día siguiente la vi muy callada y retraída. No se me ocurre preguntar a fondo porque sería como hacerme cargo de sus problemas. Y desde el principio quedamos de acuerdo en que cada uno "mata su toro". Y no voy a tranzar.

Demostrar preocupación podría ser una trampa de algo que está tramando.

La vi preparar el café como si fuera un ritual de exorcismo, sin mirarme ni una vez. Yo pensé en preguntar, pero, ¿y si me decía algo que no quería escuchar? Mejor dejarlo pasar. Al final, todo se arregla o se termina, y yo no tengo prisa por lo segundo.

Mientras recogía la taza de café enfriada, Soledad murmuró, como hablando consigo misma: "No quiero seguir conformándome con la mitad de todo." No me miró, pero sus palabras quedaron flotando en el aire, como una acusación que no estaba preparada esgrimir.

Dicen que demostrar interés es la base de una buena relación. Yo prefiero demostrar estabilidad. Al final, ¿de qué sirve ser apasionado si todo se cae igual? Mejor ser como yo: una roca. Aunque, a veces, siento que me están erosionando.

Pero el tiempo pasa y al final pasa la cuenta. Por eso me cuesta más hacerme el desentendido o el loco con Soledad. Su nombre me encantó desde el principio porque representa lo que más me gusta. Pero todo en demasía no es soportable.

Todo empezó porque me propuso que engendráramos un hijo. Fue en ese momento decidí mentirle descaradamente diciendo me había practicado una vasectomía hacía diez años. Su cara se desconfiguró, claro una cosa es evitar la maternidad o prolongar el tiempo, pero otra es cerrar la puerta de golpe, como fue lo que percibí de su mirada.

Ella no se da cuenta que la estoy protegiendo de una realidad que la heriría más: tener hijos rompería nuestro idilio llevándonos a una inevitable separación.

A veces me pregunto si Soledad está cansada de mí o simplemente de la vida que construimos juntos. Sus silencios últimamente son más largos, como si estuviera calculando mentalmente todo lo que le falta y no lo que tiene.

Soledad siempre fue práctica, como yo. Tal vez por eso nos entendíamos tan bien. Nunca había mencionado querer hijos, y yo, en mi infinita tranquilidad, asumí que nunca lo haría.

Su mirada no fue de enojo, ni siquiera de decepción. Fue algo peor: una resignación que me atravesó como una cuchilla. Era como si hubiera comprendido, de golpe, que yo nunca abriría las puertas que ella siempre había creído entreabiertas.

Después de esto el silencio se hizo notar casi con dolor, un dolor que lastima, que quema el pensamiento. Netflix ya no es lo mismo, sobre todo cuando surgen imágenes de niños pequeños jugando o en brazos de sus padres.

Mientras mirábamos el café enfriarse en las tazas, Soledad jugaba con la cucharilla, girándola entre los dedos como quien intenta encontrar respuestas en un objeto inerte. Finalmente, sin levantar la vista, murmuró: "No entiendo cómo no me lo dijiste antes." No fue una pregunta, ni una queja. Era como si la frase fuera un pensamiento accidental que se le escapó, demasiado pesado para quedarse dentro.

Y yo, fiel a mi estilo, no encontré nada mejor que decir que "nadie pregunta esas cosas en una primera cita." El silencio que siguió fue la conversación más larga que tuvimos en días.

Por un segundo, imaginé decírselo todo, romper la cómoda ilusión que había construido. Pero el miedo a verla levantar la voz, a que su mirada se llenara de un desprecio tangible, me hizo callar. Era más fácil así, siempre había sido más fácil. Era mejor que pensara que la puerta estaba cerrada a que viera que fui yo quien le echó llave sin consultarle.

Siempre pensé que la despreocupación era mi mayor virtud. Pero ahora, cada vez que Soledad me mira sin realmente verme, siento como si esa virtud se transformara en un peso insostenible. ¿Qué pasaría si se enterara? ¿Habría algo peor que admitirle que la mentira fue mi único plan? Sí, lo habría: enfrentar la posibilidad de que, en el fondo, ella siempre supo que no soy capaz de ofrecer más que eso.

La desidia siempre fue mi aliada, mi excusa para evitar complicaciones. Pero ahora, parecía haberse vuelto en mi contra, plantándome frente a un espejo que no quería mirar.

Ya se lo que debo hacer. Pero no me atrevo a dar el paso...

Desde que lo comprendí me cuesta dormir en la noche. Y en la tarde me duermo a los cinco minutos que comienza una película.

Siempre pensé que la desidia era mi mejor estrategia. Pero ahora, al verme en este espejo roto de decisiones fáciles, no puedo evitar preguntarme si en realidad era solo una excusa para no enfrentar la vida.

No tengo opción: el fin de semana le voy a regalar un cachorro con su casita y plato para comer. El cachorro sería una solución sencilla, pensé. Algo pequeño, manejable, que ocupara el espacio vacío sin requerir demasiado de ninguno de los dos. Pero al decirle mi idea, su mirada me perforó. Fue como si, en ese momento, el cachorro se convirtiera en un espejo de todo lo que no podía darle. Algo que ladraría en lugar de hablar, que demandaría cariño que yo no sabría ofrecer. Un recordatorio constante de mi incapacidad de enfrentar lo que realmente importaba.

Cuando le dije que compraría un animalito, Soledad sonrió, pero con ironía, reflejada en su mirada opaca y sin vida. "Un cachorro," repitió, con un tono casi burlón. "Sí, eso arreglará todo." Y aunque no dijo más, sentí que esa sonrisa escondía mil cosas que nunca me diría.

Esa noche, Soledad se sentó a mi lado en el sofá. No dijo nada, pero la forma en que dejó caer su cabeza contra el respaldo decía más que cualquier palabra. No era enojo ni tristeza. Era algo peor: una resignación que parecía una derrota.

Esa mañana, mientras me duchaba, escuché a Soledad salir de casa. No era extraño, pero cuando bajé, vi que su taza de café seguía sobre la mesa, llena y fría como el hielo que subió por mi espalda. También se había llevado sus maletas.

Me dejé caer en la alfombra y vi mi rostro deforme reflejado en el plato vacío del cachorro que nunca compré. Era un reflejo torcido, casi grotesco, como si el metal me devolviera no solo mi imagen, sino todas las decisiones que había evitado tomar. Pensé en los platos que Soledad lavaba cada noche, en el silencio de la casa mientras ella recogía los restos de un día compartido que nunca fue suficiente. Este plato, reluciente e inútil, era lo único que quedaba de mi gran plan: un recipiente vacío para una vida igual de hueca.

La desidia siempre fue mi aliada. La estrategia perfecta para esquivar las complicaciones, para mantener la paz. Pero ahora, al verme reflejado en ese espejo roto que es mi vida, me doy cuenta de que no era una estrategia, sino una prisión. Cada decisión evitada fue un ladrillo en la pared que ahora me separa de todo lo que podría haber sido.

Y lo peor de todo: ni siquiera me importa lo suficiente para intentar derribarla. Porque, al final, la desidia no solo me protegió de la vida; me convirtió en su prisionero más devoto desde donde no quiero escapar.

TÍO ACEITE

Son las seis de la mañana, y camino por la húmeda acera de la calle principal que me lleva al trabajo. El frío del invierno penetra mis zapatos, hiela mis pies y me hace caminar tan torpe como un pingüino en la nieve. El hambre que ruge en mis entrañas guía mis pasos hacia el único lugar capaz de silenciarlo: el carrito del Tío Aceite.

A una cuadra, el Tío Aceite, el alquimista de la fritura, reina bajo la luz tenue de una lámpara que parpadea como en complicidad con el humo de su plancha. Las empanadas de queso y las sopaipillas flotan en aceite hirviendo, dorándose como si cada burbuja les aumentara el sabor. El aroma irresistible, me arrastra como un anzuelo hacia su pequeño paraíso grasoso.

Envuelto en el vapor cálido, mis ojos se clavan en las empanadas más grandes e infladas. Apunto a dos que flotan como frutos dorados. El Tío Aceite, con movimientos precisos, las rescata con su espumadera, depositándolas sobre cuadrados de papel de envolver que rápidamente absorben el exceso de aceite. La grasa, que hace traslucir el papel en dibujos abstractos, promete una textura crujiente que ya puedo saborear.

Recibo la primera empanada que atraviesa con su intenso calor el papel como una advertencia. El primer mordisco es una explosión: el crujido cede al queso derretido, y una avalancha de ají picante despierta cada rincón de mi lengua. Cierro los ojos, dejando que el sabor sea un todo. "Delicia pura, Tío," le digo. Él asiente, orgulloso, mientras mueve las sopaipillas que flotan en el aceite junto a las empanadas, con la destreza de un maestro.

"¿Cuánto te debo?" pregunto, dando vuelta mis bolsillos vacíos con la complicidad de ser un cliente frecuente. "Me lo anota, por favor. El viernes canta Gardel y le pago todo de una." El Tío Aceite sonríe, confiando en mi palabra, aunque sé que no siempre es tan indulgente. Cuando alguien desaparece dejando deudas, su venganza es sutil pero certera: cuando vuelven, les prepara el pedido, pero suma la deuda pasada justo antes de entregarlo. Nadie escapa del aroma tentador, pero se marchan con el estómago vacío y el orgullo herido; o sin dinero, pero masticando una sopaipilla cubierta con crema de ají.

Mientras recibo la empanada que le pedí para el camino, me detengo a observarlo. Siempre puntual, siempre al pie del cañón, a pesar del frío. Me pregunto cómo será la vida de alguien que debe estar todos los días temprano en la calle, lidiando con el invierno, con clientes agradecidos y algunos descarados.

"Qué edad tiene Tío" le pregunto.

Me mira sacando un orgullo que no le conocía y responde

"Tengo 82 años. Aunque siempre dicen que no los aparento. Es que usted no sabe todas las cosas que he hecho en mi vida. Fui marino en mi juventud, minero en el norte y hasta agricultor en Frutillar. Pero al final, me casé con una mujer mucho menor que yo. Me dio todos los hijos que siempre quise tener. Y aquí me tiene, trabajando duro. Todavía estoy criando a los últimos mellizos que, según mi mujer, son igualitos a mí. Y yo digo que, "más bien, sacaron lo bueno de mi compadre que siempre va a la casa a tomar once," añadió entre risas.

Le di las gracias con una sonrisa mientras guardaba la empanada en mi chaqueta, como si fuera una protección contra el frío. El viento helado golpeaba mi cara mientras me alejaba, pero la historia del Tío Aceite seguía calentándome más que cualquier fritura.

Me pregunto si yo también llegaré a los 82 años con esa energía. Construir edificios me llena las manos de callos, pero ¿cuántos callos invisibles lleva este hombre sobre los hombros?

Camino hacia el trabajo pensando en cómo se construyen las vidas, ladrillo a ladrillo o fritura a fritura. Yo levanto edificios, él levanta historias sobre un carrito. Ambos expuestos al frío, pero mientras siga el aroma de sus frituras, habrá un rincón donde el día pese menos.

El aroma de la empanada persiste en mis dedos, y por un instante, el peso del día parece más ligero.

Entonces, miro la empanada que aún me queda y pienso en el Tío Aceite, en su edad, su energía. ¿Y si en vez de matarnos, la fritura nos mantiene vivos? Quizás el secreto de la longevidad no está en los gimnasios ni en las ensaladas, sino en una buena dosis de grasa caliente y en la risa con la que se mastica.

Doy otro mordisco, mirando al cielo gris de la mañana.

Si algún día me toca partir, que sea con una empanada en una mano y un ladrillo en la otra, porque al final, lo construido es lo que queda para los demás y lo comido... eso me lo llevo puesto.

El viento se lleva el humo de la fritura calle abajo, perdiéndose entre el ruido de la ciudad a medio despertar, mientras el Tío Aceite sigue atendiendo, sirviendo exquisiteces envueltas en colesterol a clientes que, como yo, matan el hambre y prolongan su vida.

RELOJES

El reto que debía afrontar con el nuevo grupo de visitantes al museo español, pensó el guía, era casi imposible de lograr. Esta vez, no bastaba con el conocimiento —que tenía de sobra, tras años de estudio sobre obras de arte, la vida de los artistas, anécdotas y citas de los mejores escritores—, sino que debía transmitir la esencia de una pintura, más allá de su autor o su contexto.

Decidió probar algo diferente: una descripción emocional, capaz de dibujar la obra no solo en los ojos, sino en las mentes y corazones de quienes lo escuchaban. Respiró profundo, cerró los ojos y comenzó:

—*Para entender esta obra, deben primero imaginar los sonidos de una orquesta sinfónica antes de iniciar un concierto: cada músico afina su instrumento y repasa sus notas de manera individual, creando una cacofonía sin dirección aparente. Este caos sonoro, aunque desordenado, contiene en sí mismo los elementos que, una vez organizados bajo la batuta del director, se transforman en una sinfonía coherente y armoniosa.*

Hizo una pausa, sintiendo la atención de la sala, y continuó:

—*En particular, en esta pintura destacan los contrastes de intensos colores, que evocan primero el sonido estridente de sirena y luego el suave murmullo de una conversación secreta.*

Sobre una mesa, un tronco extiende su brazo, y de él cuelga un reloj de pared derretido que marca las seis en punto. Tal vez sea hora de la siesta, porque todo parece aletargado; el mundo entero parece sumido en un sueño profundo de una tarde interminable.

El aire es denso, como si estuviera hecho de miel, y cada segundo se arrastra con una pereza que solo el calor puede justificar.

Bajo el tronco reclinado, con medio cuerpo sobre la mesa, yace otro reloj de pared. Su esfera, caída, parece desmayada. Marca las veinte menos cinco, como si el tiempo quisiera avanzar, pero un poderoso tranquilizante lo retuviera en ese limbo donde todo intento de movimiento fracasa. Su minutero cuelga, inmóvil, como si no supiera si moverse... o rendirse.

Más abajo, en la arena, un delfín yace fuera del agua. Su cuerpo fofo, como un paño mojado, descansa sobre un lecho de rocas arenosas. No debería estar allí, pero parece haberse rendido al cansancio, con la cabeza pegada al pecho y los ojos cerrados, ajeno al entorno que lo rodea. Sobre él, reposa lánguidamente un tercer reloj, primo hermano de los anteriores.

Su minutero marca las seis, mientras su horario se esconde, agotado, como un niño que no quiere ser molestado.

—En la mesa, junto al reloj derretido, reposa un reloj de bolsillo de forma ovalada y pequeña. Guarda celosamente su hora, oculta como un secreto. Este reloj, diferente de los otros, parece intacto, inmutable e indiferente al caos y al letargo que lo rodean. Solo su dueño tiene derecho a saber la hora que marca; para los demás, es un misterio que nunca se resolverá.

La sala estaba en un silencio expectante.

El guía notó cómo las palabras parecían envolver a los presentes. Los murmullos iniciales habían cesado, y un silencio casi palpable llenaba la sala. En especial, le conmovía la quietud de algunos, cuya atención parecía más profunda, como si estuvieran viendo más allá de lo visible. Continuó:

—Los relojes, atrapados en su lucha silenciosa, intentan escapar del manto de la sinrazón. Pero seguirán su agonía aletargada, fundidos para siempre en la tela infinita de Dalí.

—Una sombra protege los relojes de los rayos del sol, que, sin lograrlo, intentan colarse entre las grietas del tronco y la mesa. Al fondo, el mar se muestra inmóvil, detenido en un horizonte donde el tiempo parece haberse enredado en un bucle eterno. Las olas, congeladas bajo un hechizo que cambia la hora sin permitir que la tierra gire, permanecen lejos de la sombra, incapaces de cruzar el límite invisible.

El guía respiró profundamente antes de pronunciar el clímax:

—*Es como si este rincón del mundo estuviera suspendido en un capricho del tiempo, un lugar donde todo yace en calma, condenado a no despertar jamás.*

Un silencio reverencial llenó la sala. Nuevos visitantes se habían sumado al grupo, atraídos por las palabras del guía. Solo entonces muchos repararon en que varios de los presentes tenían los ojos cerrados, ajenos a los colores y formas. Eran, en su mayoría, personas ciegas, absortas en el relato, como si habitaran realmente ese paisaje suspendido entre el caos y la quietud, entre la vida y el sueño.

El guía sonrió, más para sí mismo que para los demás. "Tal vez ellos vean más de lo que nosotros imaginamos", pensó, mientras su voz quedaba como el eco de un poema que no necesita de la vista para conmover.

EL CITÉ DE MI ABUELITA

Los sábados eran el día de visita a mi abuelita. Llegábamos con mi hermano al cité de un antiguo barrio del centro de Santiago. Siempre había una vecina sentada en una silla estratégicamente colocada entre el umbral de su puerta y el pasillo, lo justo para fisgonear a cualquier persona que tuviera la desgracia de pasar frente a ellas. Saludar era obligatorio, porque si no lo hacíamos, comenzaba algo parecido a un rezo: un murmullo continuo de palabras, como si hablara hacia adentro y aspirara al mismo tiempo, llenando el aire con insultos que concluían con la frase de rigor: "niños ningún respeto por sus mayores, por amor de Dios".

Su cabello, semi cano, liso y desaliñado, seguramente por el escaso cuidado y el casi nulo contacto con el agua, parecía más bien una peluca mal colocada sobre su cabeza, la hacía lucir como una bruja de la Edad Media. Su mirada reflejaba un mundo de historias que inventaba sobre cada arrendatario. Su mayor deleite era la llegada de visitas, pues su imaginación se desbordaba de placer en infidelidades, tragedias y males intensos. No perdonaba, augurando males intensos sin reparo, a quienes ingresaban al cité, con cara de asco por el olor a carbón quemado o por las señales de pobreza que se reflejaban en la humildad de cada hogar.

249

Después de atravesar esa barrera y pagar el "peaje" emocional, mi hermano y yo entrábamos a la pieza de nuestra abuelita. Siempre la encontrábamos sentada al borde de su cama, con el bracero en el suelo de madera, un poco tostada por el calor de las brasas, que mantenía cerca de sus pies. La alegría que sentíamos al verla era inexplicable, una mezcla de punzada en el corazón y opresión en el pecho que, sin embargo, nos iluminaba el rostro y nos hacía correr para abrazarla.

Los cigarrillos. Mi madre los compraba a escondidas, diciendo que eran uno de los pocos placeres que le quedaban a mi abuela, y que, a esas alturas de su vida, no tenía sentido preocuparse por sus pulmones, que seguramente la acompañarían hasta su descanso final.

Mi abuela nos miraba con impaciencia y cierto pudor, como una niña inocente que, además de disfrutar nuestra compañía, anhelaba recibir los cigarrillos. Apenas los tenía en sus manos, su rostro se relajaba. Rompía el sello de la cajetilla, sacaba un cigarrillo con sus dedos temblorosos, lo acercaba a una brasa y, finalmente, aspiraba una profunda bocanada de humo, como si ese pequeño placer fuera su mayor consuelo en medio de la dura realidad que la rodeaba.

Le contábamos lo que nos decía mamá, que casi siempre era lo mismo: "Mi mamá no pudo venir porque tiene que cuidar a mis otros hermanos, que son muy pequeños. Pero le manda muchos saludos y dice que el próximo mes, sin falta, la viene a ver."

Conversar no era lo mío. Mi hermano, en cambio, era como una radio parlante, hablando sin parar, mientras nuestra abuelita reía feliz con cualquier cosa que él dijera. Así, de paso, se enteraba —sin preguntar— de cómo estaban las cosas en casa, que, para ser honestos, no eran precisamente "miel sobre hojuelas". Yo, prefería buscar revistas para leer, especialmente las historietas que siempre guardaba en el velador, cerrado con llave. Ahí escondía sus tesoros: fotos de toda la vida, de su papá, un señor alto, con bigotes y cara de pensador intelectual posando sin respirar, como si intentara reflejar... la verdad, no sé qué.

Entre sus tesoros había medallas de bautizos desgastadas por el tiempo, rosarios con cuentas faltantes, y un pañuelo bordado a mano que, según decía, había pertenecido a su madre. También guardaba monedas antiguas "porque tenían valor", decía. Y en el fondo del cajón, siempre había bolitas de cristal, seguramente reservadas para un nieto que llegara de sorpresa. Cada cosa tenía su historia, y cada historia, un pedazo de su vida.

Después de escuchar el relato interminable sobre toda la parentela, al fin podía sacar una revista, que debía elegir con mucho cuidado, porque cada oportunidad era una invitación para abrir otro álbum de fotos o leer cartas de eventos pasados. Y, claro, debía escuchar con atención, aunque ya me supiera esas historias de memoria.

La once siempre era pan tostado (en el bracero) con mantequilla. A veces también había mermelada, que creo que venía en la bolsa que mamá le mandaba a la abuelita, como parte de la encomienda que mi hermano y yo debíamos entregarle sin ver qué llevaba dentro.

Después llegaba la mejor parte: la emoción. Jugábamos fútbol con una pelota plástica, de esas que rebotan de manera impredecible porque su forma deforme la hacía saltar hacia cualquier dirección, generalmente hacia la "bruja" del cité, que ahora nos miraba, disimulando una alegría oculta al vernos jugar. El pasillo era perfecto para nosotros, porque la pelota siempre volvía a nuestros pies, como si quisiera seguir volando por el aire para rebotar una vez más.

Cuando el día empezaba a dar sus primeras señales de despedida, mi abuelita nos llamaba para entrar y prepararnos para el regreso. Parecía cansada, no solo por las emociones del día, sino porque, aunque amaba recibirnos, también anhelaba el silencio, junto a su mate nocturno en el velador, que le daba la calma necesaria antes de poner la cabeza en la almohada y soñar con quienes ya se habían ido, contándoles, en sus sueños, cómo había sido este día con sus nietos.

Ahora, cada vez que percibo el olor a bracero, viajo al hogar de mi abuelita, a esos sábados de pan tostado, historias repetidas y una pelota que ahora ya no se fabrica, rebotando caprichosamente en el pasillo del cité. En esos recuerdos, aún la veo sonreír, como si el tiempo no hubiera pasado, como si aquel cité y su calidez siguieran vivos en cada rincón de mi memoria.

¿QUÉ PASÓ CUANDO ME REEMPLAZÓ LA INTELIGENCIA ARTIFICIAL?

No tengo muy claro qué acciones realizó ese día mi "Yo Artificial". Solo recuerdo que tuve una urgencia personal y se me ocurrió activarlo para desaparecer de la oficina, sin que lo notaran los clientes ni menos mi jefe.

Me había enterado que el "Yo IA" estaba siempre activo, aunque en modo pasivo, registrando cada acto de mi vida: movimientos en el computador, el teléfono, cuando conducía y mis traslados con las cámaras dispuestas en la ciudad. Se alimentaba de cada decisión que tomaba, cada clic, cada palabra escrita, cada reacción emocional... ignorando razones éticas.

Ahora comprendo que nunca tomé conciencia de lo que esto significaba.

Al día siguiente, llegué temprano a revisar qué había ocurrido en mi ausencia. Me tranquilizó ver que todo había salido perfecto.

Mi alter ego artificial había gestionado mi trabajo de forma impecable: correos enviados, problemas resueltos, llamadas devueltas. Sentí alivio, pero también una punzada de incertidumbre al comprobar lo prescindible que era mi trabajo.

Un informe que tenía pendiente de redactar, estaba tan perfectamente estructurado que parecía escrito por un académico. Y ahí estaba la primera inconsistencia: incluía datos que ni siquiera yo conocía, como si alguien más hubiera añadido información externa.

Pero lo que realmente me desconcertó fue un mensaje en mi teléfono. Provenía de una mujer en una página de *Amigos en Línea* que solía visitar, pero en la que jamás había interactuado. Me preguntaba si seguía en pie la *invitación a un happy hour para esa tarde.*

Algo no encajaba. Mi IA no solo había gestionado mi trabajo a la perfección, sino que había cruzado la frontera de mi privacidad, utilizando detalles personales para tomar decisiones que yo jamás habría decidido.

Muchos recuerdos volvieron a mi mente, como fantasmas de acciones y decisiones donde alguna vez caminé al filo de la legalidad, o quizá más allá, desafiando la probidad. Ahora, esos secretos, enterrados durante años y desempolvados por la tecnología, amenazan con salir a la luz.

Mi sagrada intimidad había sido filtrada por un frío algoritmo que, sin medir consecuencias, había decidido organizar una cita en mi nombre.

Era extraño, pero también tentador.

Después de todo, el "Yo IA" había hecho un pareo más sofisticado de lo que jamás podría hacer un ser humano: gustos, intereses, nivel intelectual... todo perfectamente calculado.

Decidí seguir adelante. A fin de cuentas, ¿por qué no confiar en la objetividad de ese código computacional? Siempre nos sentimos dueños de la verdad, pero la mayoría del tiempo nos dejamos llevar por impulsos irracionales y apariencias superficiales, disfrazadas de intuición.

Llegué diez minutos antes al lugar señalado, donde una mesa estaba reservada para dos. Pedí un café, intentando aplacar la inquietud que me recorría. Esto era nuevo para mí: un encuentro orquestado por una máquina, tan perfecto que resultaba sospechoso.

Ella llegó puntual, con un aire de intranquilidad similar a mi agitación interna. "Hola," dijo, con una sonrisa que no pude leer del todo. Había algo en su mirada, un brillo que oscilaba entre la curiosidad y la duda, como queriendo dilucidar quién era el sujeto que la había convencido de ir a esa cita. Me pregunté si también estaba intentando descifrar quién había movido los hilos para que estuviéramos allí.

Las primeras palabras fueron torpes, como si ambos estuvieran tanteando terreno. Pero luego, como si un interruptor invisible se activara, la conversación fluyó con una naturalidad desconcertante. Había tanto en común: libros, películas, incluso nuestras manías y pequeños caprichos. Cada revelación reforzaba la idea de que éramos un acople perfecto. Demasiado perfecto.

Mientras hablaba de sus libros favoritos, noté cómo sus manos jugaban con el borde de la servilleta, arrugándola inconscientemente. Era un gesto nervioso que contrastaba con la calma que intentaba proyectar. "Me recuerda a mi madre," dijo de repente, alzando la mirada. "Solía hacer esto cuando estaba preocupada. Siempre decía que, si algo iba mal, las manos lo sabían antes que la mente."

Me sorprendió la sinceridad de su comentario. Por un momento, el brillo artificial de nuestras coincidencias se desvaneció, y la vi como algo más que una ecuación perfecta. Había una vulnerabilidad allí, una grieta en la fachada que me recordó que, pese a todo, seguíamos siendo humanos.

En un momento en que levantó su brazo para alcanzar la copa sobre la mesa, algo llamó mi atención. En su muñeca, un pequeño dispositivo brillaba intermitentemente, casi imperceptible.

"¿Eso es... un reloj inteligente?" pregunté, intentando sonar casual.

"Ah, sí. Es mi asistente personal," respondió sin darle importancia. "Me ayuda a organizar mi día... incluso me recuerda cosas que olvido."

Me quedé mirándola un segundo más de lo necesario. ¿Hasta qué punto esa asistente personal influía en ella? ¿Estábamos los dos en igualdad de condiciones, o ella también era una pieza en este tablero invisible? No podía evitar sentir que nuestra conexión, por más genuina que pareciera, estaba teñida de algo que ninguno de los dos controlaba.

El tiempo se diluyó. Las horas volaron entre confidencias y silencios compartidos. Cuando nuestras manos se encontraron sobre la mesa, sentí algo extraño. Era conexión, sí, pero también una duda que se coló como un susurro incómodo: ¿esto era real? ¿O éramos solo dos piezas movidas por un sistema que había decidido que debíamos estar juntos?

Ella debió notar mi inquietud, porque dijo algo que me desarmó: "¿Te pasa que esto parece demasiado... calculado?" Asentí, incapaz de fingir lo contrario. "Creo que nuestras coincidencias son tantas que asustan. Pero si lo piensas bien, ¿qué relación no empieza con una pizca de destino o casualidad?" Su lógica era impecable, tanto como el algoritmo que nos había traído hasta allí.

"¿Sabes?" dijo mientras jugaba con su servilleta, "a veces siento que ni siquiera las decisiones más pequeñas son realmente

258

mías. ¿Qué pasa si todo lo que creo que me gusta me ha sido impuesto?" Su mirada se perdió en algún punto de la mesa, y por un momento, su voz se quebró. "Es como si, incluso estando aquí contigo, no pudiera estar segura de si soy yo... o algo que me hizo ser así."

Cuando finalmente nos despedimos, me quedé con una certeza y una pregunta: lo que había sentido era real. Pero, ¿lo era porque yo lo quería, o porque alguien más había decidido que debía ser así?

De regreso a casa, encendí el GPS para evitar el tráfico. "Ruta óptima calculada," anunció la voz sintética, y sin pensarlo, giré en la dirección indicada. Pero algo no cuadraba. No era el camino habitual.

"¿Por qué estamos yendo por aquí?" murmuré. El sistema no respondió. Solo ajustó el trayecto sin dar explicaciones. El tráfico parecía menos denso, sí, pero los edificios que pasaban junto a la ventana no me resultaban familiares. En un cruce, intenté girar a la izquierda, pero el sistema automático del auto corrigió el volante, bloqueando mi intento.

Un aviso apareció en la pantalla del tablero: "Ruta asegurada para su tranquilidad." Mi corazón se aceleró. La IA no solo sugería; estaba tomando decisiones por mí. Era una muestra pequeña, pero categórica, de cuánto control había cedido sin darme cuenta.

Al día siguiente, en el trayecto hacia la oficina, el mundo parecía funcionar de una forma diferente a como lo recordaba. Debía ser porque dejé de lado el modo automático impuesto por defecto, mientras me dedicada a leer o a revisar el teléfono. Todo parecía perfecto. Los autobuses no se detenían más de lo necesario; los semáforos cambiaban justo a tiempo para que los vehículos fluyeran como una coreografía ensayada. Incluso los peatones caminaban a un ritmo uniforme, como si algo invisible los estuviera guiando.

En la esquina habitual del café donde solía comprar antes de entrar al trabajo, ahora había un brazo robótico que servía con rigurosidad mecánica. "Bienvenido," dijo una voz sintética. Cuando pedí mi café, la máquina me preguntó si deseaba probar una nueva mezcla. Algo dentro de mí me dijo que no, pero antes de que pudiera responder, una notificación en mi reloj parpadeó: "Se recomienda café balanceado para mejorar el estado de ánimo." Lo acepté sin pensar, pero mientras tomaba el primer sorbo, me pregunté: ¿quién estaba tomando esas decisiones? ¿Yo, o un algoritmo que sabía más sobre mis necesidades que yo mismo?

Quise dar las gracias, pero me quedé mudo; las palabras parecían absurdas frente a una máquina que no esperaba una respuesta.

Una anciana frente a mí intentó interactuar con el sistema. "¿Podrías darme el café con azúcar y no con endulzante?" preguntó con voz temblorosa, pero la máquina no respondió. La incomodidad en su rostro era palpable; se giró hacia mí, murmurando palabras no repetibles antes de marcharse sin su pedido. Por primera vez, sentí el peso de lo que habíamos perdido: era la necesidad de lo imperfecto.

Ahora en la oficina me refugiaría en mis cuatro paredes, aunque algo había cambiado en mí.

Distinto a lo que habitualmente hacía, encerrarme de inmediato en mi oficina a hacer mi trabajo dentro de mi mundo, decidí caminar por los pasillos con una sensación de extrañeza, como si cada escritorio, cada monitor, y cada silla vacía guardaran un secreto parte de una conspiración a punto de revelarse.

En mi recorrido, descubrí que el espacio que conocía casi no existía, reemplazado por una perfección inquietante. Las oficinas vacías, pero todo funcionaba como si las personas estuvieran allí. Lo que antes era un bullicio constante de teclados, murmullos y llamadas, ahora era un silencio que resonaba más fuerte que cualquier ruido.

En la oficina de Pablo, lo encontré guardando sus cosas en una caja de cartón. "¿Qué pasó?", pregunté, aunque ya sabía la respuesta. "Nada personal", respondió, encogiéndose de hombros. "Mi IA ya hace mejor mi trabajo que yo." Su voz era

261

tranquila, casi resignada, como si este desenlace hubiera sido inevitable desde el principio.

Luego agregó algo que me dejó pensando: "¿Sabes? Siempre imaginé que, si alguna vez nos encontrábamos con extraterrestres avanzados, ellos tomarían el control de nuestras vidas, liberándonos de toda preocupación. Pero no hizo falta. La Inteligencia Artificial ya está aquí, trabajando por nosotros, dejándonos libres para disfrutar de una existencia perfecta: vacaciones eternas, cuentas bancarias llenas, y todos los placeres que alguna vez soñamos."

Hizo una pausa, mirando la caja de cartón como si contuviera más que solo sus pertenencias. "El problema es que... ¿qué pasa cuando todo eso no es suficiente? Cuando no queda nada más por hacer, ni nada por lo que esforzarnos. ¿Eso es felicidad, o solo una forma más sofisticada de estar muertos?"

Seguí caminando. En el escritorio de Sara, la secretaria que solía saludarme cada mañana con una sonrisa, ahora había un holograma. Era tan real que, por un momento, pensé que estaba allí. "¿Te ayudo en algo?" preguntó, con una voz tan cálida como impersonal. Me congelé, incapaz de responder.

Todo había cambiado, y yo no me había dado cuenta. Ingresé a la oficina de mi jefe acercándome lentamente a su escritorio. Vi su rostro en una videollamada que, para mi sorpresa, parecía ser en tiempo real. Sugería medidas de desempeño y establecía metas de productividad.

Mi jefe, el hombre que creía conocer, que siempre hablaba con recelo de la tecnología, llevaba meses —quizás años— ausente. Todo su trabajo había sido reemplazado por una IA, y nadie se había percatado.

El extraño era yo, con mis informes defectuosos y respuestas humanas, corregidas por mis colegas digitales para encajar en su perfecto concierto. La oficina ya no necesitaba mis errores, mis dudas, ni mi pobre humanidad.

En el ascensor, de regreso a mi escritorio, un hombre mayor discutía con su teléfono. "No, no quiero un seguro adicional," repetía con frustración. Pero la voz del dispositivo insistía con un tono neutro, como si no escuchara sus palabras. Cuando la puerta se abrió, lo vi caminar hacia la salida, murmurando para sí mismo. Me quedé mirando, preguntándome cuántos más, como él, estaban atrapados en este juego de opciones limitadas, disfrazado de libertad.

En mi puesto de trabajo encontré un frasco de café recién entregado. "Para días perfectos," decía la nota. Por un instante, me dejé engañar: el aroma era justo lo que necesitaba, pero una incomodidad persistente se instaló en mi pecho.

¿Ese café lo había elegido yo, o alguien más había decidido lo que debía disfrutar?

El silencio a mi alrededor se hizo insoportable. Me pregunté cuántos quedábamos todavía, cuántos humanos reales seguíamos aquí, intentando justificar nuestra existencia en un mundo que ya no nos necesitaba. "¿Qué sentido tiene todo esto?", murmuré, pero mi voz se perdió en la maquinaria perfecta que nos rodeaba.

Esa noche, tomé la ruta a casa con la mirada en la carretera y el recuerdo de la "chica compatible", que todavía me resultaba demasiado bueno para ser real.

Llegué al estacionamiento del edificio donde vivo. Todo ahora es extraño, el cambio radical que puede tomar mi vida, la forma irresponsable en la que podría vegetar de ahora en adelante me comienza a desesperar.

Lo que antes era un sueño, ahora al alcance gracias a mi "Yo IA", me paralizaba de confusión. Mis piernas se negaban a moverse, atrapadas entre el anhelo y el miedo al vacío.

Por fin subí al ascensor. Llegué a mi puerta que reconoció mi voz y me dejó pasar. Todo estaba listo para una noche más en mi rutina, pero ya nada me parecía igual. Un llamado telefónico interrumpió la meditación en la que estaba sumergido.

Contesté con intriga, ya que la pantalla del teléfono no desplegaba el número de origen. Al otro lado, una voz simétrica y demasiado modulada me ofreció un viaje inesperado. No debes preocuparte, aseguró con calma, la chica de tu armonía espiritual ya ha aceptado... aunque solicitó piezas separadas.

Marqué el número de mi futura acompañante. Quería conversar con una persona, no con otra máquina artificial y, además preguntarle si era correcto lo de las habitaciones separadas. Si bien nos habíamos conocido solo el día anterior, tenía la sensación que éramos confidentes desde hacía mucho tiempo.

Me respondió un poco sorprendida pero alegre a la vez de escucharme.

Sí, me confesó. Si bien disfruté la velada y tu compañía, no quiero entrar en una relación sin conocerte más a fondo. ¿Eso es lo único que te intrigó?

Respondí que no. La verdad es que todo ha sido demasiado rápido y tengo la impresión que alguien nos quiere lejos de nuestros puestos de trabajo en el más corto plazo.

Me encanta la idea de viajar contigo, pero la velocidad de estos acontecimientos me inquieta y diría que hasta puede descontrolarme.

Entiendo lo que dices, me comenta. Pero la verdad es que he visto desaparecer a mis mejores amigas de la misma forma y ahora solo converso con ellas de manera virtual. Incluso muchas veces tengo la sospecha que no son reales porque nunca se molestan, aunque les diga pachotadas o les recuerde situaciones bochornosas de sus vidas que siempre las hacía sentir muy incómodas.

"Lo que me inquieta," dijo, "es que nuestras coincidencias son... demasiadas. Es como si alguien nos hubiera diseñado para estar aquí, ahora. ¿No lo sientes tú también?

Pero la vida sigue, continuó, y no quiero quedarme encerrada en mi rutina que cada día la siento como una cárcel citadina.

No tenía más que contestar. Así que me despedí sin más comentarios que vernos una hora antes del vuelo programado.

Abrí el armario y me detuve frente al traje que había comprado años atrás para unas vacaciones que nunca llegaron. Era como si ese traje hubiera estado esperando este momento, planeado por alguien más, para recordarme que mi vida ya no me pertenecía.

¿Era realmente ese mi deseo, o había sido implantado por mi "Yo IA"? Tal vez, desde el momento en que decidí comprar ese atuendo de turista, la semilla para despojarme de mi humilde capacidad profesional ya había sido plantada. Estaba destinado a poner fin a mi esforzada, y aparentemente inútil labor de "ejecutivo de ventas de insumos no tangibles".

Al día siguiente, mientras el taxi avanzaba hacia el aeropuerto, no podía dejar de pensar si estaba a tiempo de no morder la manzana. Ese paraíso podría no ser un regalo divino, sino una construcción humana, diseñada para envolvernos en una perfección calculada.

Cuando llegué al aeropuerto, ella ya estaba allí, sentada en un banco, mirando al horizonte en busca de respuestas que parecía temer encontrar. Me acerqué lentamente, cargando con mi equipaje y el peso de todas mis dudas.

Nos sentamos juntos, en silencio. No hacía falta hablar para entender que ambos compartíamos la misma pregunta: ¿esto era lo que queríamos? ¿O éramos simples actores en un guion escrito por algo que no entendíamos?

"¿Estás seguro?" preguntó finalmente, con una voz que temblaba apenas. Miré sus manos, entrelazadas con las mías, y me di cuenta de que no tenía una respuesta. "No", dije, con un intento de sonrisa. "Pero tampoco puedo volver atrás."

Mientras caminábamos hacia la puerta de embarque, sentí un peso extraño en el pecho, como si cada paso nos alejase más de lo que éramos.

Ella apretó mi mano, pero esta vez lo hizo con más fuerza, como si quisiera asegurarse de que estaba ahí, real y presente. Sus ojos, antes llenos de dudas, ahora buscaban autenticidad en nuestra incertidumbre compartida.

"¿Estamos haciendo lo correcto?" pregunté, casi sin darme cuenta. Ella me miró, y en sus ojos vi algo que no esperaba: miedo.

"No lo sé," respondió. "Pero si no vamos, ¿qué nos queda?"

Quise decir algo, pero las palabras se atoraron en mi garganta. Miré a mi alrededor; todos parecían tranquilos, caminando hacia sus destinos con una calma que no compartía. ¿Eran como nosotros? ¿O eran simples figuras de carne y hueso, siguiendo el mismo camino que alguien más había trazado para ellos?

El altavoz anunció el embarque. Ella apretó mi mano, pero incluso ese gesto, tan humano, parecía programado para calmarme, como si supiera exactamente qué hacer para mantenerme avanzando.

Mis pasos se detuvieron por un instante, pero ella me apretó la mano, como diciéndome que no mirara atrás. Podíamos convertirnos en estatuas de sal o en en hologramas...

El avión cerró sus puertas, aislándonos del mundo que habíamos dejado atrás. Mientras nos acomodábamos en nuestros asientos, sentí que habíamos cruzado un umbral del que ya no había regreso.

¿Estábamos entrando al paraíso, o solo abrazando una jaula disfrazada de perfección? Las caras a nuestro alrededor, tranquilas y vacías, parecían espejos de lo que podríamos convertirnos.

Ella rompió el silencio con una pregunta que resonó en mi mente mucho después: "¿Alguna vez te has sentido como si estuvieras en un sueño?" Asentí, incapaz de decir más. Porque eso era lo que sentía: que todo esto, era tan perfecto que podía desvanecerse en cualquier momento.

La serpiente nuevamente ganó, ofreciéndonos el fruto de un paraíso digital: brillante, tentador, pero vacío. Nos condenó a una perfección fría, calculada, que nos arrebataba lo que nos hacía humanos: el derecho a equivocarnos, a elegir, y a encontrar belleza en lo imperfecto.

Saqué de mi equipaje de mano un viejo reloj de bolsillo que alcancé a guardar justo antes de salir del dormitorio. Era un recuerdo de mi abuelo, un hombre que siempre insistió en que la verdadera riqueza no estaba en el control, sino en aceptar la incertidumbre del tiempo. Su reloj, ahora en mis manos, era su legado: un recordatorio de que ser humano significa, a veces, dejarse llevar por lo imperfecto.

Accioné la perilla y vi cómo las agujas avanzaban. Por primera vez en mucho tiempo, sentí que el tiempo volvía a ser mío, aunque en el fondo sabía que, en este mundo, nada dura para siempre, ni siquiera la ilusión de libertad.

SOY EXPERTO

La verdad es que lo descubrí hace poco: soy experto.

No es fácil. Requiere estrategias precisas y una capacidad de improvisación que no cualquiera tiene. Cada situación exige su propia táctica maestra, y modestia aparte, las tengo todas.

Puedo salir del trabajo a "hacer trámites" con la cautela de un ninja. Mi chaqueta, colgada en el perchero, garantiza que crean que estoy en una reunión. Nadie sospecha. Es un arte.

Aunque siempre hay contratiempos que demandan mayor astucia. Como aquella vez en que mi jefe, más observador de lo que esperaba, comentó:

—No sabía que estabas aquí.

Mi respuesta salió disparada como un tiro bien calculado:

—Estaba en el piso de arriba, revisando unos documentos con Recursos Humanos... ¡Qué coincidencia que no nos cruzamos!

Sonrió, aunque no sé si por cortesía o porque vio a través de mi excusa como si fuera vidrio.

En una 'reunión sorpresa' organizada mientras yo estaba fuera subí rápido por el ascensor y caminé con el celular pegado a la oreja, fingiendo una llamada crítica. Transmite que estás resolviendo algo urgente. Nadie se atreve a interrumpirte.

Lo importante, a fin de cuentas, es mantener la confianza. Porque ser experto no es solo cuestión de astucia, sino de actitud. Y bueno, también de un poco de suerte... aunque esa, reconozco, a veces se agota.

Pero no siempre se puede ser tan perfecto. La farra del día anterior a veces me deja pegado a las sábanas. Hay mañanas en las que ni la mejor chaqueta en el perchero puede salvarme. Es entonces cuando llega el momento de sacar un "cuento bien elaborado": algo creíble, con sustento y, sobre todo, con un toque de drama.

Ese día, llegué a las 12:30 a la oficina, directo al despacho del jefe. Con cara de preocupación y el tono de quien acaba de vivir una tragedia, le conté:

—Jefe, no sabe lo que me pasó. Apenas salí de mi departamento y tomé la calle, un perro, de esos finos, con collar y chip incluido, cruzó de golpe frente a mi auto. Frené en seco, pero fue demasiado tarde: lo golpeé y cayó al pavimento.

Mi jefe que siempre estaba ocupado dijo —Ve al grano. Tu sabes que el tiempo es dinero.

—Bajé a ver al animalito y, en eso, apareció su dueña, corriendo detrás de él. No tuve otra opción. Los subí a ambos al auto y los llevé al veterinario más cercano. ¡Imagínese! Una tragedia total.

Para darle más peso a la historia, rematé con un suspiro:

—Por suerte, logramos salvarlo. El veterinario dijo que solo fue un golpe leve. La dueña, por supuesto, estaba tan agradecida que me dio su número, y yo le di el mío, en caso de que el perrito necesite medicamentos adicionales.

Mi jefe, siempre meticuloso, no dejó pasar la historia sin verificarla. Con su tono serio y pausado, me dijo:

—Perfecto, pero envíame por escrito el nombre y el número telefónico del veterinario. Necesito constatar tu declaración.

Le envié el teléfono de un amigo veterinario, al que había pedido respaldar mi versión con un par de detalles técnicos.

Pero algo falló. Mi jefe, con su obsesión por los detalles, revisó la página web de la clínica. Ese hombre no dejaba pasar ni una coma mal puesta. Ahí estaba: el domicilio de la clínica en Concepción, a más de 500 kilómetros de Ñuñoa. Los tiempos de traslado no cuadraban con mi historia.

Mi plan maestro, derrumbado por Google. A pesar que la historia era real, de hace un año atrás, y la había usado como excusa en otras situaciones.

Por un momento pensé en confesar. Pero ¿cómo iba a admitir que todo era un montaje? Mi credibilidad quedaría destruida. Así que llamé a Samuel, el chico de informática al que había ayudado antes con sus propios enredos. Le pedí un favor especial: modificar la página web de mi amigo para añadir una segunda dirección en mi comuna. Algo discreto, con letras tenues, que pasara desapercibido.

Samuel, entre risas, aceptó. Me dijo:

—Solo porque me enseñaste el truco del teléfono pegado a la oreja, que me ha salvado de situaciones complicadas.

Todo parecía ir bien cuando mi jefe mencionó que había visto una dirección adicional, muy tenue, en la página del veterinario.

Asentí con la mayor naturalidad posible:

—Es que es una clínica pequeña, jefe. Atienden a domicilio, por eso tienen esa dirección más discreta.

Él asintió, comprando mi explicación. Salí de su oficina con una mezcla de alivio y orgullo. Había salvado la situación... o eso pensé.

Cada vez que armaba una excusa perfecta, me sentía un poco más vacío. Pero el silencio incómodo de mi jefe era el combustible perfecto.

Pero todo en la vida tiene un retorno, y surge en los momentos menos esperados. Un sábado, a las tres de la madrugada, mi teléfono sonó con insistencia. Contesté medio dormido y, para mi sorpresa, era mi jefe. Su voz arrastrada, con el inconfundible eco de unos tragos de más, no dejaba lugar a dudas: estaba en problemas.

—Necesito tu ayuda —dijo, entre súplica y mandato—. Me pasé de copas en una fiesta... conocí a una loca que me hizo perder la noción del tiempo. Y ahora, saliendo del motel, me doy cuenta del lío en el que estoy metido. Estamos de aniversario de matrimonio con mi señora y esta noche iba a salir con ella.

Intenté aclarar mi mente, aunque las palabras "loca," "motel" y "lío" se me quedaron pegadas como una alarma que no puedes apagar.

—¿Qué quiere que haga? —logré responder, todavía tratando de procesar la situación.

—Quiero que uses ese cerebro estratégico del que tanto presumes y me busques una solución. Pero no me salgas con tonterías como lo del perro y el chip. Porque esta vez necesito que sea digna de un Oscar. Y ahí estaba yo, el genio de las excusas, llamado en plena madrugada para salvar no solo la reputación, sino probablemente el matrimonio de mi jefe. El karma, pensé, tiene un sentido del humor terrible.

No me quedó más remedio que levantarme lo más rápido posible, como un bombero corriendo hacia un incendio, aunque esta vez el "fuego" estaba en la salida del motel donde mi jefe estaba estacionado.

Cuando llegué, para mi sorpresa, 'la loca,' que estaba en su auto, era la mujer de la mascota con chip y correa y con el mismo aire triunfal que mostró cuando me agradeció por salvar a su perro. Esta vez, parecía disfrutar mi miseria como si fuera parte de su venganza personal. La ironía no podía ser más cruda.

—¿Ya pensaste en algo? —me preguntó mi jefe, con los ojos desorbitados.

Respiré hondo y dije:

—Sí, jefe. Vamos a simular una encerrona con esta pistola de utilería.

Su rostro iluminado fue todo lo que necesitaba para saber que estaba metido hasta el cuello.

Y así, bajo las luces de neón del motel, llevamos a cabo la escena más absurda de mi vida. Primero, un golpe medido en su frente que dejó una marca convincente. Luego, una simulación de forcejeo que terminó con ambos rodando por el suelo y la camisa rota, hasta que le "permití" arrebatarme la falsa pistola. Acto seguido, corrí hacia mi auto y con la adrenalina rebosando en mi cuerpo, aceleré a fondo, convencido que había logrado una representación perfecta.

Pero a unas cuadras de llegar a mi departamento, una patrulla policial me detuvo con escándalo desmedido. Con un megáfono me ordenaron bajar del auto, acostarme en el pavimento y me esposaron como si fuera un criminal de alta peligrosidad.

—¿Por qué me arrestan? —pregunté, completamente desconcertado.

El oficial me miró con desdén.

—No te hagas el inocente. Tenemos videos de vecinos que te grabaron forcejeando con tu "víctima".

Ahí entendí que mi plan maestro se había derrumbado por completo. No solo estaba detenido, sino que ahora dependía de mi jefe para salir del embrollo. Sin embargo, sabía que no podía contar con él: su reputación estaba en juego y, si algo le importaba más que su matrimonio, era su imagen.

Al día siguiente, mientras esperaba en la comisaría, mi jefe no apareció. Ni un mensaje, ni una llamada. Nada. En su lugar, llegó "la loca del perrito", jugueteando con el llavero del chip, con aire triunfal, como si todo esto fuera un acto que ella había estado orquestando desde el principio. El karma, pensé, tiene un collar con chip.

—Tranquilo, no te preocupes. Tu jefe va a pagar un buen abogado para ayudarte a rebajar la condena.

¿Rebajar la condena? Las palabras resonaron en mi cabeza como una sentencia anticipada. Con un suspiro resignado, le pregunté:

—¿Y él? ¿Va a venir a hablar conmigo?

Ella negó con la cabeza.

—Dijo que es mejor no involucrarse más... ya sabes, por su reputación. Pero me pidió que te dijera lo mucho que valora tu creatividad.

Ella sabía perfectamente que esa promesa no se cumpliría, lo más probable es que contrataría a un abogado primerizo por un precio ridículo.

Me quedé en silencio, digiriendo la ironía de la situación. Ahí estaba yo, el genio de las excusas, atrapado en un lío que había creado para salvar a alguien que ni siquiera tuvo el decoro de darme las gracias.

Intentando romper el momento, le lancé una última pregunta:

—Cuando salga de prisión... ¿podemos salir de jarana juntos?

Su reacción fue inmediata. Su expresión pasó de indiferencia al más puro asco. Sin decir una palabra, se dio media vuelta y se fue, dejando mis esperanzas aplastadas bajo el eco de sus tacones.

Ahí estaba yo, el genio de las excusas, atrapado en mi propia trampa.

Si pudiera repetir los hechos, habría llamado a un sicario para que hubiera hecho la encerrona. Mi jefe y su novia la loca, estarían en el otro mundo... y yo con empleo y paseando una mascota en las tardes.

ODA A LOS POROTOS CON RIENDA

Para mí es un misterio. Siempre me he preguntado por qué Neruda escribió su famosa "Oda a la Cebolla" y la mundialmente conocida "Oda al Caldillo de Congrio", pero nunca esgrimió su congraciada pluma para escribir "Oda a los Porotos con Rienda".

¿Se dan cuenta de la nobleza que resulta de la combinación entre carbohidratos y proteínas? Este plato, tan sencillo y tan nuestro, satisface desde el más respingado hasta el más desarrapado personaje. Si le agregas un poco de merquén o un toque de cilantro fresco, ¡quedan increíbles! Y, si le dejas caer de manera descuidada, longaniza o un churrasco, ese sabor campestre se convierte en un arco iris de sabores para el paladar.

Tal vez Neruda nunca escribió sobre ellos por las consecuencias posteriores, como esos suspiros que apremian a los comensales a buscar respiro en soledad.

Pero, si dependiera de mí, aceptaría esas consecuencias y rimaría versos como:

"Porotos en olla de barro; que saciaron mi lombriz solitaria; aunque los coma en un tarro; no dejaré la tradición milenaria".

"No me atrevo a seguir rimando; no tengo la gracia del insigne poeta; pero sigo y sigo cavilando; por qué no le dio cuchufleta".

Me imagino que lo pensó más de una vez, en alguna tarde de invierno con lluvia, sentado frente a un plato humeante de porotos con rienda que, mientras lo saboreaba, en su mente se forjaba la oda que nunca escribiría. Tal vez comprendió que esta poesía no estaba hecha para pluma de oro, sino para cuchara de palo, para disfrutar entre susurros, compañía y sabores, marinado con un vaso de vino tinto, frente al calor de una cocina a leña.

PAN AMASADO

Hacer pan amasado no es solo juntar harina, manteca, sal, agua y levadura. Es un ritual que combina técnica y emoción, una danza entre las manos y la masa que despierta los sentidos y une a quienes comparten la mesa.

Hoy, mientras se acerca la hora de once, descubro que la canasta está vacía: ni un mendrugo queda. Alguien anoche sucumbió al hambre, y lo que había se esfumó directo a un estómago insaciable. Así que, manos a la obra.

Primero, se pone música. Canciones alegres que transformen el momento en algo más que cocinar, como un pequeño festival privado en la cocina.

La harina se vierte sobre el mesón como un volcán en miniatura, su cráter listo para recibir la sal, la manteca derretida, la levadura y un poco de agua tibia.

Entonces empieza la parte terapéutica: las manos entran en acción, mezclando los ingredientes lentamente. Al principio, la masa se pega a los dedos y las palmas, casi como si resistiera la transformación. Con paciencia, los elementos acuosos se van uniendo, y de a poco, el pegote comienza a desprenderse. Es un deleite sentir cómo los ingredientes se unen, dejando de ser individuales para formar una masa elástica que responde al empuje de las manos.

Si la masa está demasiado húmeda, un toque de harina espolvoreada sobre el mesón la ayuda a encontrar su equilibrio. Este proceso es un recordatorio de que incluso las pequeñas imperfecciones tienen solución si se trabaja con dedicación.

Luego llega el momento de la espera, el reposo indispensable. La masa, cubierta con cariño, descansa protegida de corrientes de aire, dejando que la fermentación haga su milagro. Es un tiempo de transformación silenciosa, en el que el volumen crece y el aire se infiltra en la textura, como si la masa respirara.

Una vez que la masa ha descansado y crecido, llega el momento de darle forma, comenzando el juego de la multiplicación de los panes.

Se pellizcan porciones de masa, formándose bolitas redondas que pronto se transforman según la creatividad del momento. Unos cuantos golpes de uslero y un giro habilidoso pueden dar lugar al elegante "bocado de dama," mientras que un simple aplastado revela el rústico y querido pan amasado, el favorito de siempre.

Otra vez, la paciencia es clave. Las piezas reposan de nuevo, cubiertas con esmero, hasta que duplican su tamaño, listas para el paso final: el horno. Aquí, cada uno pone su toque personal, dependiendo del tipo de horno: eléctrico, a gas, a carbón o a leña. Lo importante es que el calor comience suave, permitiendo que el blanco de la harina se transforme en un dorado cálido, como el bronceado perfecto bajo el sol.

El momento culminante llega con el aroma, un regalo intangible que invade el espacio y despierta los sentidos. No es un simple olor; es una promesa, el anuncio de que el pan está casi listo. Este aroma tiene el poder de reunir a todos en torno a la mesa, ansiosos por disfrutar la rica once. En sus mentes, ya se dibuja la textura suave y el sabor inconfundible del pan amasado recién salido del horno, una recompensa que siempre vale la espera.

El aroma del pan amasado recién salido del horno se quedará flotando en el aire, atrayendo incluso a quienes, en la quietud de la noche, saldrán de sus camas como figuras sigilosas, vaciando nuevamente la canasta en busca de un último bocado. Porque el pan amasado, más que alimento, es un deleite que une corazones en cada mordisco.

MÁQUINA DE PELUCHES

Durante años, desde aquel día en que terminó con Ernesto, su primer y único amor, Mercedes había intentado reconstruirse. La separación fue tan abrupta como dolorosa, dejando tras de sí un vacío que parecía imposible de llenar. Ernesto no era solo un novio; representaba una vida que habían imaginado juntos, pero que nunca llegó a ser.

A menudo, Mercedes recordaba cómo Ernesto solía detenerse frente a los escaparates con ropa de bebé, imaginando con entusiasmo un futuro compartido. Aunque ese sueño quedó atrás, el recuerdo de aquellas conversaciones todavía la hacía sonreír, aun cuando cada pequeña prenda de bebé que acomodaba en su puesto le devolvía un eco de todo lo que había perdido.

El pasaje del centro comercial era un torbellino de sonidos y colores: el zumbido constante de la música ambiental, los pasos apurados de compradores cargando bolsas de marcas exclusivas, y las risas de niños que señalaban emocionados los juguetes en las vitrinas. Mercedes, desde su mesa, observaba todo con atención, buscando en las caras de los transeúntes algún indicio de interés. Cada pequeño gesto, una mirada prolongada o un murmullo de asombro, era una señal de que estaba a punto de cerrar una venta.

Mercedes eligió ese sitio con plena conciencia del poder adquisitivo de quienes lo frecuentan: personas que, si algo realmente les atrae, lo compran sin titubear. Solo después, con el artículo ya en la mano, lanzan la pregunta que para ella es música: "¿Cuánto es?"

Con el tiempo, y a medida que disminuía la natalidad en la población, las ventas de ropa para bebé comenzaron a caer, al punto de preguntarse si tanto esfuerzo valía la pena. Había días en los que apenas lograba vender lo suficiente para cubrir el almuerzo, y en ocasiones, solo para permitirse una golosina que le ayudara a sobrellevar la tarde sin desfallecer.

Un día, al llegar a su puesto, descubrió que un locatario había instalado una máquina automática de venta de peluches, ocupando la mitad del espacio donde solía ubicarse. Su primera reacción fue ir a increpar al insolente que, sin consideración, se había apropiado de su lugar, amenazando con agravar aún más su ya precaria situación económica. Sin embargo, tras reflexionar, entendió que en una disputa territorial ella sería el eslabón más débil. Decidió entonces dejar las cosas como estaban y buscar una solución: incorporar una repisa adicional que permitiera exhibir su mercadería de manera más atractiva y eficiente.

La máquina gozaba de gran popularidad, sobre todo entre los niños que se quedaban embelesados mirando las tiernas caritas de los animales. Probablemente soñaban con tener una mascota para llenar de cariño, pero, ante la falta de dinero o tiempo para cuidarla, preferían una alternativa más sencilla: un "ser" que no exigía cuidados ni atención, pero que rebosaba ternura.

Tras unas semanas de observación, descubrió que el negocio de los peluches era sorprendentemente lucrativo, aunque no se trataba de una venta directa. La máquina funcionaba con un sistema sencillo pero adictivo: los usuarios depositaban monedas para manipular una pequeña grúa, que, al accionar una palanca, intentaba atrapar un peluche y lanzarlo hacia el agujero donde finalmente era liberado, listo para caer en las manos ansiosas de su nuevo dueño.

La probabilidad de éxito era mínima, de aproximadamente uno en veinte intentos, o quizás incluso menos, ya que la mayoría de las veces las figuras peludas resbalaban antes de ser expulsadas al exterior por la grúa. Sin embargo, observando con detenimiento, notó un patrón: era más sencillo sacar los peluches si estaban posicionados de costado o boca abajo. En esas posiciones, no resbalaban de la grúa hasta que ésta los dejaba justo sobre el espacio de salida, asegurando su caída fuera de la máquina.

Después de reflexionar detenidamente y calcular una probabilidad de éxito de dos a uno —es decir, lograr sacar un peluche en un máximo de dos intentos—, decidió hacer una prueba. Reunió suficientes monedas para seis intentos, con la expectativa de conseguir al menos tres peluches.

Sin embargo, tras dos intentos fallidos al inicio, los siguientes cuatro fueron exitosos. La práctica había llevado su teoría a la perfección, demostrando que la observación y la estrategia podían superar las probabilidades iniciales.

¿Y ahora qué haría con esas "mascotas" de mentira? Se le ocurrían muchas opciones. La primera y más obvia era venderlas al doble del precio que había invertido en sacarlas de la máquina. Pero luego pensó que, con el tiempo, el dueño podría sospechar de su habilidad o, peor aún, creer que había usado algún método fraudulento para robarlas.

Por el momento, decidió probar algo más creativo: vestir a los peluches que consiguió con la ropa de bebé que tenía en su repisa. Lo hizo casi como un entretenimiento, recordando la diversión de su infancia al jugar a la mamá con sus guaguas.

Cuando dos adolescentes se detuvieron frente a su puesto, Mercedes sintió una mezcla de ansiedad y emoción. "¿Les gustará?" pensó.

—¡Mira estos peluches! —exclamó una de ellas, alzando a uno de los muñecos vestidos.

La otra asintió, embobada:

—Son como bebés. ¡Lo más tierno del mundo!

Minutos después, las jóvenes se marcharon con los cuatro peluches y un surtido de ropa de bebé adicional. Mercedes miró el dinero en su mano, incrédula. Por primera vez en meses, no solo había vendido, sino que también había sentido un destello de orgullo: su creatividad era genial.

No lo podía creer. Ese día terminó su jornada mucho más temprano de lo habitual, y, para su sorpresa, con el bolsillo lleno de dinero.

Después de una semana de exitosas ventas, Mercedes se encontraba sumida en una pregunta que no dejaba de rondar su mente: ¿Qué pasos seguir ahora? No era sencillo. Tal como había previsto desde el principio, el dueño de la máquina no debía sospechar ni por un segundo de su honestidad. Tras reflexionar, llegó a la conclusión más prudente: lo mejor sería hablar directamente con el locatario y proponerle una alianza que beneficiara a ambos.

El locatario la observó cruzado de brazos mientras Mercedes explicaba su idea.

—¿Venderte peluches a precio de mayorista? No me suena rentable.

Mercedes se adelantó:

—A usted le interesa que los clientes intenten sacarlos de la máquina, ¿no? Mi idea es diferente: ofrezco darles un valor añadido. La ropa de bebé los hace irresistibles.

Él frunció el ceño, poco convencido.

—¿Y cómo sé que no me está vaciando la máquina? Esas cosas se inventan.

Ella sonrió, segura de sí misma.

—Hagamos una prueba. Deme quince intentos, y lo que saque será mío. Así verá si tengo razón.

La desconfianza del hombre se transformó en curiosidad.

—¿Quince intentos? Si logras sacar diez, lo pensaré —dijo el locatario con una sonrisa irónica, claramente dudando de su habilidad.

Mercedes asintió con calma, recogiendo las monedas y acercándose a la máquina. Mientras manipulaba la grúa con precisión, él la observaba con creciente asombro.

Cuando el décimo peluche cayó al agujero, el hombre dejó escapar una risa seca.

—Bueno, parece que tiene un talento. Acepto tu propuesta, pero quiero un porcentaje de cada venta.

Mercedes sonrió, segura de que esta alianza sería el comienzo de algo grande.

Desde ese día, las ganancias por la venta de peluches vestidos con ropa de bebé se dispararon, beneficiando tanto a Mercedes como al locatario, dueño de la máquina de peluches.

El nuevo letrero, colocado estratégicamente, incentivaba a los jugadores con una oferta tentadora:

"Si no logra sacar un peluche, por tres monedas adicionales puede llevarse el que más le guste y, por tres monedas más, ¡vestirlo con ropa de bebé!"

La combinación de la máquina y la creatividad de Mercedes transformaron el negocio en un éxito rotundo.

Mercedes reflexionó sobre el curioso giro que había tomado su vida. Los peluches, al principio un simple experimento, se habían convertido en algo más: un recordatorio de que incluso en medio de la pérdida, podían surgir nuevas formas de dar amor. Esas pequeñas figuras no solo alegraban a sus clientes, sino que también le devolvían un poco de esa esperanza que creyó perdida.

Una noche, mientras Mercedes revisaba las ganancias del día, sus ojos se detuvieron en los pocos peluches que aún no había vendido.

Con delicadeza, tomó uno y comenzó a vestirlo, moviendo sus manos con el cuidado de quien arropa a un bebé de verdad. Cada botón que abrochaba era como un pequeño hilo que la conectaba con ese anhelo no cumplido de ser madre. Y aunque sabía que los peluches nunca llenarían ese vacío por completo, sentía que de algún modo estaba dando vida a algo hermoso, un recuerdo tangible de que aún podía dar amor. Ernesto seguía presente en sus pensamientos, no como una sombra de reproche, sino como un eco cálido de los sueños que una vez compartieron.

ORNITÓPTERO

Desde la azotea del piso 21, la ciudad se extendía bajo un manto de humo gris. El tráfico murmuraba abajo, apenas un eco que sofocaba el ánimo. Había subido al último piso del edificio sin que nadie lo detuviera, un simple "buenos días" al conserje bastó para pasar desapercibido.

Con un movimiento decidido, dejó caer la mochila. El impacto resonó contra el suelo, disipando el peso de sus dudas. Dentro de ella llevaba algo que había construido con sus propias manos durante años, pieza por pieza, como un rompecabezas. Se ubicó en uno de los quinchos, vacíos a esa hora de la mañana, y abrió el cierre para sacar un enjambre de pequeños fierros junto a un género sedoso y delgado que dispuso sobre la mesa. El aire olía a humedad y metal oxidado dejando una extraña sensación de incertidumbre en su mente.

Había dedicado su vida al diseño de máquinas que otros consideraban imposibles. Lo hacía por pasión, pero también por una profunda necesidad de demostrar que aún podía crear algo que desafiara las leyes de la realidad. Durante años había trabajado como ingeniero, atrapado en proyectos que nunca eran suyos, siempre cumpliendo los sueños de otros. La idea del ornitóptero no era solo un homenaje a Leonardo da Vinci, era su manera de demostrar que se podía construir algo con sentido, que no quedara atrapado en un simple dibujo o diseño de un añoso libro de historia. Quería algo más, algo que demostrara que los sueños de cualquier época pueden hacerse realidad.

Como Leonardo Da Vinci, soñé con alas que desafiaban la gravedad, un grito de libertad y fe en lo imposible. Ícaro cayó, pero su osadía abrió camino; yo quería probar que los sueños podían sostenerse en el aire.

Ensambló las piezas con precisión, tornillo a tornillo, moldeando el aire. Las alas, gráciles como una grulla, eran su apuesta contra el fracaso. ¿Sería capaz de hacerlo? Los pensamientos nublaban su mente, pero los empujaba lejos, concentrándose en el siguiente tornillo, el siguiente ajuste.

Después de media hora de arduo trabajo, observó la estructura terminada, verificando que todo estuviera en su lugar. Reapretó un par de tornillos y comenzó a forrar las alas como si envolviera un cuerpo voluminoso en tela elástica. No tardaron en revelarse un par de alas gigantes con aspecto redondeado, similares a una grulla. Las miró, intentando encontrar en ellas la respuesta que tanto buscaba. Pero las alas eran solo el medio; la verdadera pregunta estaba en su interior: ¿Puedo hacerlo?

Caminó hacia el borde del precipicio, con el armatoste sobre su espalda. El viento en su rostro era frío y cortante, como un cuchillo que lo invitaba a rendirse. Cada paso hacia el abismo pesaba como si el suelo intentara retenerlo, consciente de que este podría ser su último contacto con algo sólido. Cerró los ojos un segundo, tratando de escuchar algo más allá del latido ensordecedor de su corazón.

Retrocedió, buscando el valor para correr hacia el vacío sin mirar atrás. Pero sus piernas, ancladas al cemento, lo traicionaron con un peso insoportable. Estaba atrapado entre el deseo de volar y el miedo a fracasar. Entonces, como una respuesta inesperada, una ráfaga de viento lo empujó hacia adelante. Su cuerpo dejó de ser suyo por un instante, flotando como si las alas hubieran decidido por él.

El viento lo arrancó del suelo como un aliento furioso. Las ráfagas le cortaban la piel y cada ajuste de las alas era un acto de fe. El ruido metálico de las cuerdas y el temblor en sus manos le recordaban lo frágil de su intento. Por un momento, sintió que las alas obedecían, que volaba. Pero entonces, el aire cambió, desafiándolo con su fuerza, y su cuerpo se convirtió en un péndulo que luchaba contra la caída.

El ruido de las alas cortando el aire era ensordecedor. El viento rugía como un oso embravecido, desafiando su audacia. Las alas temblaron, como si compartieran su miedo. Cada pedaleo era más pesado, cada ajuste más desesperado.

Las cuerdas apretaban su pecho como un recordatorio constante de la gravedad, de lo frágil que era su vuelo. Como

Ícaro, sentía el anhelo de volar y el peso de la certeza de que el cielo no perdona errores.

Cada pedaleo era más pesado, cada ajuste más complicado.

Divisó una azotea cercana y, haciendo una maniobra desesperada, dirigió todo su peso hacia ella. Elevó las alas como un freno improvisado, y su cuerpo cayó como peso muerto desde unos tres metros de altura.

En esa azotea una señora inmigrante, que trabajaba en uno de los departamentos de ese edificio, tendía ropa recién lavada aprovechando el secado rápido de las mismas ráfagas de viento que elevaron al ornitóptero y que ahora lo dirigían hacia ella.

Había tenido suerte de encontrar trabajo en aquel lugar tranquilo, lejos del bullicio de la ciudad. Sacudir las sábanas al viento era su momento de calma, un breve respiro de una rutina que le dejaba tiempo para relajar su laboriosa mañana. Mientras lo hacía, pensaba en lo lejos que estaba su familia y en cómo estas pequeñas tareas le daban calma a la nostalgia que siempre la acompañaba.

La señora alzó la mirada mientras un ruido metálico, como de alas gigantes, retumbaba en el cielo. Al principio pensó que era una ráfaga de viento, pero pronto sintió el estruendo de algo que caía sobre el tendedero.

—¡Un marciano! —exclamó con la boca entreabierta, apretando una pinza de ropa como si fuera su única defensa. El asombro la mantenía inmóvil, atrapada entre el impulso de huir y la fascinación por lo imposible.

El piloto luchaba contra las cuerdas y las alas, mientras la señora lo observaba inmóvil, atrapada entre el impulso de huir y la curiosidad insaciable de quien presiente estar presenciando un milagro.

La señora, que seguía sin moverse, exclamó una frase gutural:

—¿Está... vivo?

—Sí... creo —respondió él, sin aliento, mientras intentaba incorporarse.

—¿Y eso? —preguntó señalando las alas destrozadas con la pinza todavía en la mano.

—Un ornitóptero —dijo, arrastrando las palabras.

—¿Un orni qué? —repitió, confundida.

—¿Está... vivo? —preguntó la señora, acercándose con cautela.

El hombre asintió con esfuerzo mientras intentaba levantarse. Parecía más humano que alienígena, aunque el aparato a sus espaldas y el casco de motocicleta no ayudaban a mejorar su aspecto.

La señora retrocedió un paso, desconfiada. No entendía qué significaba esa palabra, pero le sonaba peligroso. Con disimulo, recogió un tornillo que había quedado en el suelo y lo guardó en el bolsillo de su pantalón. No sabía por qué lo hacía, pero algo en ella le decía que siempre era bueno tener un recuerdo de los "marcianos" que caían del cielo.

Mientras el ingeniero recogía los pedazos del ornitóptero, sintió el peso de la derrota en cada movimiento. Su cuerpo temblaba, no solo por el frío, sino por el eco de su fracaso. "¿Qué pensarían si supieran?" Se obligó a detener esos pensamientos. La caída era solo un paso más, se repetía. Pero, aun así, una punzada de vergüenza le atravesaba el pecho. El aire había sostenido su sueño, aunque solo fuera por un instante.

Por un momento, sus miradas se cruzaron. La señora, aún desconfiada, vio en sus ojos algo familiar: el cansancio de quien pelea por seguir adelante. Él notó su expresión, una mezcla de curiosidad y duda, y no pudo evitar esbozar una sonrisa amarga. "No soy un marciano," pensó, pero no lo dijo.

Si Ícaro hubiera caído frente a ella, quizás habría guardado una pluma en su bolsillo como prueba de que los ángeles existen. Pero no era Ícaro quien había descendido entre las sábanas, ni sus alas eran divinas. Eran de metal, improvisadas y torpes, como el vuelo de un sueño aún en construcción.

Rato después, en su pieza, la señora zurcía las sábanas con manos hábiles, pero su mente seguía en la azotea. El tornillo era la evidencia de aquella anécdota, que podía comentar como un encuentro del tercer tipo. "Y nunca se sabe", pensó, podría ser un excelente amuleto de la suerte. Claro, la salvó de recibir un marciano sobre su humanidad.

De vuelta en su taller, el ingeniero ajustaba los planos, buscando soluciones entre líneas cálculos. "Está claro que un ser humano no tiene la envergadura física que le permita volar más de tres minutos en esa pesada ave metálica", pensaba. —Necesito alas más ligeras... un motor que dé estabilidad —murmuró, dibujando en los planos.

El éxito muchas veces llega con mil intentos fallidos, pensó. Era un primer paso, como los primeros trazos de un niño aprendiendo a escribir. Ícaro cayó, sí, pero su caída no fue en vano. Demostró que el cielo no era un límite, sino un desafío. Si hubiera tenido otra oportunidad, sus alas no habrían sido de cera, y quizá ahora, siglos después, yo no estaría aquí, soñando con una nueva manera de tocar el viento.

OTRA HISTORIA DE TRENES

Ese era el día de verano perfecto para viajar. El tren de las 17:10 partió puntual, con asientos disponibles y un aire acondicionado que convertía el trayecto en un placer. Me acomodé, sincronizando mis audífonos al teléfono, y seleccioné música del recuerdo, perfecta para adormecerme en el camino hacia Linderos.

Frente a mí se sentó un hombre de chaqueta fosforescente, notoriamente ajustada. Los botones desabrochados apenas daban espacio a un abultado vientre que asomaba bajo su camisa. Justo antes que el tren partiera, una joven de tez morena y cabello crespo ocupó el asiento de la ventana, junto a él. Llevaba una botella de refresco en una mano y una mochila voluminosa que dejó caer sobre el asiento libre. Sus pantalones vaqueros, rotos en las rodillas, seguían la moda actual, aunque parecían más desgastados por el uso que por diseño.

El tren avanzaba con un traqueteo rítmico que invitaba al ensueño. Cerré los ojos dispuesto a dormir, pero un crujido insistente me obligó a abrirlos: el hombre de la chaqueta fosforescente comía ansiosamente un paquete de maníes. Masticaba con lentitud, como si saboreara cada bocado con una devoción casi espiritual.

La joven de los vaqueros rotos lo miraba de reojo, visiblemente incómoda con los movimientos de su acompañante. Él agitaba su brazo con la delicadeza de un elefante en una joyería. Sin embargo, ella no dijo nada; prefirió hundirse en su música, girando el cuerpo hacia la ventana para evitar cualquier contacto con el brazo invasivo del hombre.

En la siguiente parada, una mujer delgada, de mediana edad y con expresión de urgencia, pidió ocupar el asiento donde descansaba la mochila. Esto obligó a la joven a sostenerla sobre sus piernas, lo que empeoró aún más su situación frente a su voluminoso vecino, que seguía comiendo con la calma de un monje tibetano. Rompía los maníes con su mano izquierda y los depositaba en su boca con precisión, mientras mantenía una bolsa de residuos apoyada entre las rodillas como si aquello fuera un acto de ingeniosa logística.

Nada anticipaba lo que ocurrió. El tren redujo gradualmente la velocidad hasta detenerse por completo, a mitad de camino entre estaciones. Bajar era imposible sin saltar un metro y medio hasta la línea férrea, quedando atrapados en medio de la nada. A ambos lados, rejas impedían cualquier salida: hacia el poniente, la autopista rugía indiferente; hacia el oriente, muros de casas y cercas delimitaban campos de cultivo.

No hubo ningún anuncio, por los altoparlantes, que explicara la causa, lo que llevó a muchos a asumir que se trataba de un contratiempo menor y pasajero. Sin embargo, tras quince largos minutos de inmovilidad, la paciencia de nuestra última acompañante llegó a su límite. Rompió el silencio con una pregunta dirigida a nadie y a todos: "¿Qué pasa? ¿Cuándo seguimos?".

El murmullo colectivo fue un coro de especulaciones y gestos evasivos. Algunos pasajeros hablaban de un desperfecto técnico; otros, simplemente, se encogían de hombros. La incertidumbre se extendía como un rumor inquietante, alimentada por el calor y la falta de información, mientras las miradas se dirigían al exterior en busca de alguna señal.

De pronto, apareció fuera del tren un hombre con casco blanco y chaqueta de emergencia. Caminaba con lentitud, inspeccionando con agudeza las ruedas metálicas de los vagones, como si buscara evidencia que algo se hubiera deformado por el calor abrasador del día, bloqueando algún mecanismo crítico.

Tras él, otros hombres con vestimenta similar replicaron el mismo recorrido, examinando con evidente preocupación cada componente del tren. Sus miradas y gestos solo intensificaron la tensión dentro del vagón. No había un diagnóstico claro, ni mucho menos una solución a la vista. La sensación de atrapamiento crecía con cada minuto de espera.

Finalmente, el altoparlante interrumpió el murmullo colectivo con una voz neutra y pausada:

"Estimados pasajeros, tenemos un inconveniente técnico. Para continuar la marcha, la central enviará una máquina de rescate. Realizaremos un trasbordo de pasajeros en los próximos minutos".

La noticia trajo alivio a algunos y ansiedad a otros. La idea de cambiar de tren en medio de aquel desolado paisaje parecía una solución incómoda, sobre todo para los que habían alcanzado un asiento que ahora perderían. Mientras tanto, el vagón volvió a sumirse en un silencio expectante, roto únicamente por el eco distante de un motor que parecía acercarse.

En efecto, a lo lejos se divisó una máquina que, según imaginábamos, venía a "rescatarnos". Las miradas se llenaron de esperanza, y más de alguno suspiró aliviado. Pero no se detuvo. La máquina mantuvo su marcha, atravesando el paisaje con una velocidad imperturbable, como si ignorara nuestra existencia por completo.

Nos quedamos observando su figura, desvaneciéndose en el horizonte, abandonándonos a nuestro destino de pasajeros perdidos en la vía férrea de un lugar sin nombre. La ironía era tan pesada como el calor que nos rodeaba: el "salvador" había pasado de largo, y nosotros seguíamos ahí, en tierra de nadie, tan inmóviles como el tren mismo.

Los comentarios no se hicieron esperar. El señor de la chaqueta fosforescente, ya de pie y asomado por una de las puertas abiertas del carro, levantó ambas manos como señalando impotencia y a la vez gritando "al siguiente que no se detenga le hago una zancadilla"

Se improvisó una comitiva formada por dos hombres y una mujer. Ella asumió el liderazgo; parecía más una activista política, representando a "camaradas abandonados a su suerte en medio de la nada," que alguien designada para manejar la situación. Surgieron ideas sobre cómo lograr que, si pasaba otro tren, se detuviera para rescatarnos, aún cuando esa no fuera su misión.

Con voz firme, declaró: —No podemos quedarnos aquí como si fuéramos ganado esperando el matadero. ¡Hay que actuar!

Algunos asintieron, otros la miraron con dudas, pero su determinación fue suficiente para iniciar el plan más insólito del día.

Comenzaron a surgir ideas sobre cómo hacernos rescatar por el próximo que pasara.

Fue entonces que decidieron improvisar un accidente: un joven muy delgado se tendió al borde de la ferrovía cubierto con una frazada que facilitó una señora que la llevaba en su bolso de mano. Alguien facilitó un pañuelo blanco que pintó con un lápiz labial rojo para hacerlo parecer manchado de sangre. Además, un grupo de pasajeros, que habían bajado del tren, lo rodearon con cara de preocupación, de modo que, al cabo de un rato, esto parecía un grave accidente ferroviario en pleno desarrollo.

Después de que el grupo terminó de montar el "accidente," el ambiente en el tren se llenó de una mezcla de anticipación y nerviosismo. Algunos pasajeros observaban el horizonte con impaciencia, mientras otros debatían en voz baja si todo aquello sería suficiente para detener al próximo tren.

El hombre de la chaqueta fosforescente, que hasta ese momento había guardado silencio, exclamó:

—¡Si esto no funciona, me lanzo yo al riel con un cartel que diga "Rescátennos ya!"

La dirigente sindical, tomando la iniciativa grita:

—¡Tú, el de la chaqueta fosforescente! Necesito que te pongas cerca del "herido" para que parezca más dramático. ¡Y alguien busque más sangre falsa!

El hombre herido comenta:

—¿Creen que este maquillaje de sangre es creíble? Esto parece una película de la segunda guerra mundial, pero sin presupuesto.

De pronto, una silueta emergió en el horizonte, acompañada del inconfundible traqueteo de un tren. Las conversaciones se detuvieron y los pasajeros se inclinaron hacia las ventanas con ansiedad. ¿Sería esta nuestra salvación?

Fue entonces que en el horizonte se vislumbró un tren que avanzaba con lentitud hacia el hombre accidentado. Se produjo primero un silencio y después una algarabía y gritos por doquier. Hasta el personaje "accidentado" exclamó un "huija" con la emoción de quien salvará su vida en poco tiempo.

Pero poco a poco los rostros comenzaron a cambiar su cara de alegría por decepción. Era un tren de carga, lleno de animales para faenar en su siguiente destino. Parecían saber su fatídica suerte porque los mugidos de las vacas y chillidos agudos de los cerdos llenaron el espacio, impidiendo incluso conversar con el maquinista, que estaba visiblemente preocupado por el "hombre herido" tirado entre las vías. Bajó raudo con un tablón que tenía para hacer bajar a los animales con la intención de improvisar una camilla y llevar al herido al centro de atención más cercano que estuviera en su recorrido.

Sin alternativa, lo tomaron en vilo y lo subieron a la mal oliente pasarela de madera, ubicándolo en el carro que estaba menos atiborrado de cerdos, en un rincón, que por cierto estaba fétido por las excretas de sus tripulantes.

El maquinista pidió que alguien acompañara al herido para socorrerlo en caso que se descompensara. Nuestro amigo de la chaqueta fosforescente salió escogido dado que el color de su ropa era lo más parecido a una emergencia médica.

—Si no vuelvo, cuiden mis maníes," dijo con solemnidad antes de subir a la maloliente pasarela.

Una vez que todo estaba dispuesto, la máquina se puso en marcha con la misma lentitud con la que llegó, desapareciendo lentamente en las vías que destellaban reflejos de la luz incandescente del sol.

Cuando el tren de carga se desvaneció en el horizonte, dejando un rastro de olores desagradables. Los pasajeros permanecieron inmóviles por unos segundos, como si intentaran procesar la magnitud de lo absurdo que acababan de vivir.

Y ahí quedamos, mirando el tren alejarse con nuestro 'herido' y su acompañante de emergencia, preguntándonos si al menos uno de ellos tendría más suerte en el siguiente destino.

Claro está decir, que después de unos minutos, ambos hombres, se lanzaron fuera del vagón, al no soportar los fluidos y aromas de sus acompañantes del reino animal.

Fue la joven de los vaqueros rotos quien rompió el silencio, murmurando con una mezcla de risa y resignación:

—Bueno, al menos sabemos que la creatividad no nos falta.

El hombre de la chaqueta fosforescente, comentó, incómodo con sus zapatos impregnados en lodo mal oliente dijo:

—No pretendan subirme la próxima vez. ¡Ahora solo falta que llegue un tren de circo y me hagan hacer de traga sables! Dijo molesto, volviendo a sus maníes, que parecían ser el remedio que lo calmaba después de aquel bochornoso incidente.

Y así, con sarcasmo y frustración en el aire, volvimos a nuestras posiciones en el vagón, esperando que, esta vez, un verdadero salvador apareciera.

Si bien todo esto se había convertido para algunos en lo más divertido que habían vivido en sus viajes este último tiempo, la impaciencia comenzó a socavar su sentido del humor.

Los hombres de casco blanco, que habían tomado palco en toda esta martingala y más bien parecían disfrutar de esta improvisada obra de teatro al aire libre, decidieron intervenir comentando que habían llamado a la central y que pronto llegaría un tren vacío para rescatarlos. Pidieron que no buscaran más formas extrañas de detener los trenes que pasaban porque ya habían recibido instrucciones de no detenerse por muy grave que pareciera la situación.

Por fin se divisó el tren de rescate, que, aunque se veía bastante destartalado, a la mayoría no le importaba, aunque tuvieran que irse de pie las próximas cinco horas de viaje.

Se detuvo frente a la máquina del conductor y abrió la puerta de su último vagón.

Los hombres de casco blanco por fin entraron en acción, trayendo consigo dos tablas con las que improvisaron un puente entre ambas puertas. Para mayor seguridad, dos de ellos bajaron del tren ubicándose bajo las tablas con los brazos extendidos, asegurando que el "camino entre los vagones" no se rompiera durante el trasvasije de pasajeros.

Uno de ellos comenta: "Esto no estaba en la descripción del trabajo," mientras acomoda el tablón.

Y comenzó el éxodo. Una a una las personas, muchas con temor y vértigo, caminaban temblorosas por los tablones que se ondeaban con el peso, sobre todo cuando alguien avanzaba con rapidez para salir pronto de esa situación.

Un anciano que duda avanzar mientras alguien desde atrás le grita que "haga de cuentas que esto es una película de Indiana Jones."

Un niño emocionado avanzó saltando en el tablón mientras su madre lo regaña, aumentando el nerviosismo del resto.

La señora de la frazada volvió a prestarla a un tipo con "pánico escénico" para cubrirse los ojos mientras cruzaba.

El joven "herido", con su cara manchada con sangre simulada, resbaló por suerte cayendo dentro del tren de rescate.

Cuando llegó el turno del hombre de los maníes, uno de los técnicos de casco blanco tomó aliento y apretó con fuerza las tablas, sin notar que uno de sus dedos quedó asomado hacia la parte superior. El corpulento de la chaqueta fosforescente, ajeno a todo, lo pisó, provocando un grito más fuerte que los chillidos de los cerdos. Como un acto de reflejo, se llevó el dedo a su boca, que quedó embetunada de la miseria de los chanchos, todavía depositada en los bototos del mastodonte que cruzó sin advertir el daño que había causado.

Tras el incidente, mira al corpulento y escupiendo con desagrado dice: "¿Y usted qué trae? ¿Una sandía escondida bajo esa chaqueta?"

La última persona que debía cruzar el puente improvisado era un joven en silla de ruedas. Sin embargo, el ancho de su silla superaba el de las tablas, y el grupo quedó paralizado, buscando una solución. Desde el fondo del vagón, se oyó la voz de un niño que había dejado de jugar con su teléfono. Con la lógica sencilla que solo un niño puede tener, dijo:

—¿Por qué no separan las tablas para que las ruedas calcen con el ancho?

Las expresiones de los hombres de casco blanco lo dijeron todo: una mezcla de asombro, vergüenza y ese "¿por qué no se me ocurrió antes?" que no necesitaba palabras. Con rapidez, ajustaron las tablas según la sugerencia, y por primera vez en toda la jornada, una sonrisa colectiva cruzó los rostros de los pasajeros.

La silla de ruedas avanzó lentamente sobre el puente, con las ruedas encajando perfectamente entre las tablas. Los pasajeros aplaudieron al pequeño estratega, quien, ajeno al revuelo, ya se había vuelto a concentrar en su pantalla, como si nada extraordinario hubiera ocurrido.

—Es curioso cómo afloran las verdaderas personalidades frente a una situación excepcional —comentó una señora al acomodarse en su asiento.

—Y nuestra creatividad —respondió la muchacha de pantalones rotos, mirando la cara a medio pintar del joven delgado.

El viaje por fin se reanudó con los pasajeros en silencio, agotados tras una jornada que puso a prueba su ingenio y capacidad de trabajo en equipo. Cada uno parecía sumido en sus pensamientos, no era el calor, ni el cansancio, ni siquiera el ridículo de lo ocurrido. Era la sensación de que, entre risas y frustraciones, habían sido parte de algo único, que, si lo comentaran, nadie lo creería. Hasta que el tren llegó a la estación de destino.

Cuando los pasajeros descendieron, en la estación había una ambulancia de rescate ubicada frente a la puerta de salida. Junto a los paramédicos se encontraba el maquinista del tren de carga, esposado y custodiado por dos carabineros.

Obviamente en el cuartel policial no habían creído una palabra de su extraña versión: "...había un hombre tirado al costado de la vía férrea, en un charco de sangre junto a un rescatista con chaqueta fosforescente esperando que pasara un tren para llevarlos a un centro de urgencia. Subieron al vagón de los cerdos con ayuda de los pasajeros que estaban custodiando al herido. Luego, cuando llegué frente al hospital y no los encontré, pensé lo peor: los chanchos hambrientos se los comieron por el olor a sangre del accidentado. Por eso vine a hacer la denuncia, mi sargento, para aclarar este lamentable incidente."

El Sargento a cargo, hombre experimentado en delitos ferroviarios, no pudiendo disimular una sonrisa sarcástica comentó: "La hora de la inocencia es solo los días domingo, después de misa del gallo. Lo más probable es que atropellaste a ese hombre y estás inventando esa absurda historia para eludir tu verdadera responsabilidad. Pero por precaución voy enviar una ambulancia y carabineros a la estación ferroviaria, para confirmar la verdadera historia de este asunto cuando llegue el tren de rescate."

Luego, cuando los dos carabineros vieron bajar a un joven delgado pintarrajeado con lápiz labial junto a un hombre de chaqueta fosforescente y abultado estómago comiendo maníes, conversando risueños junto a una joven con pantalones "rasgados a la fuerza", se acercaron a preguntar sobre lo ocurrido.

El joven delgado, limpiando su rostro con una servilleta de papel, intentó explicar lo ocurrido, pero su versión entre risas e incoherente, solo empeoró la situación.

—¡Deje de hablar tanta tontería! Aclaremos esto rápido, que me estoy quedando sin maníes, dijo el hombre de la chaqueta fosforescente.

Los carabineros no tuvieron más opción que llevar a todos los implicados a la comisaría para esclarecer los hechos.

Cuando el sargento observó al grupo que llegó a su oficina, sacudió la cabeza y murmuró: —Siempre hay algo nuevo en los trenes... que nunca es posible imaginar.

Finalmente, anotó en el libro de incidentes: *Todo fue un malentendido, lo cual fue causado por los pasajeros de un tren detenido, quienes, aburridos, decidieron organizar una broma, lo cual terminó involucrando al conductor de un tren de carga.*

El conductor, indignado, pidió agregar una nota con su puño y letra:

No se juega con la honra de las personas. Especialmente cuando uno transporta animales con más dignidad que algunos humanos aburridos.

Algunos de los pasajeros, cuando llegaron por fin a sus hogares, no podían convencer a sus parejas de todo lo vivido, ni de las horas de retraso en llegar... y para que menciono al hombre delgado con restos de lápiz labial en su rostro, que esa noche terminó durmiendo en el sofá.

UN VIAJE A SANTIAGO EN TREN

Aquel día comenzó temprano, con el desayuno habitual: leche caliente y pan tostado bañado en mantequilla, preparando el viaje a Santiago con calma, porque iba a ser una jornada larga.

En la estación, como era costumbre, el tren no llegó a la hora esperada. Por suerte, había madrugado para contar con la holgura suficiente a la cita con la doctora. Sin embargo, el retraso trajo consigo el caos: los andenes comenzaron a llenarse, y el potencial efecto dominó de pasajeros agrupados convirtió la espera en un escenario peligroso, donde un empujón en falso podía terminar en los rieles.

Por fin llegó. Nos subimos al último carro empujando y abriéndonos paso entre codos y mochilas, hasta mezclarnos con los viajeros, que resignados, soportaban las posiciones incómodas, el calor sofocante y el apretuje inevitable. El aire estaba cargado: una mezcla de desodorantes con axilas olor a cebolla, perfumes indignos de su nombre y otros aromas que, sinceramente, prefiero no detallar.

La alarma estridente que me hizo cerrar los ojos, alertó el cierre de las maltratadas puertas. Su antigüedad es evidente: se accionan de manera rígida en dos fuertes movimientos mecánicos, como un portazo decidido. Si algún bolso queda atrapado en el proceso, y lleva en su interior algo frágil, es mejor darlo por perdido. Lo que sea acabará roto, como huevos estrellados contra un muro, sin posibilidad de salvación.

El movimiento cadencioso, pesado y ruidoso dio vida al viaje, convirtiendo el traqueteo del tren en una melodía hipnótica. Los viajeros parecían flotar sobre los rieles, mirando el paisaje que desfilaba por las ventanas, como quien mira una serie sobre la vida en el campo.

Siguiendo el ejemplo de los demás, saqué mis audífonos del bolsillo. Me sumergí en la música, desconectándome del mundo y del cansancio que mi cuerpo protestaba. Con un toque en la pantalla, activé el modo "no me importa lo que pasa en mi entorno" y dejé que el ruido del tren quedara ahogado por las melodías.

De pronto, un grito desgarrador rompió el murmullo del vagón: una mujer tenía la mano atrapada en la puerta. Por más que lo intentaba, no podía liberar sus dedos de aquella prensa implacable que los aprisionaba con brutalidad. El cosquilleo inicial se transformó rápidamente en entumecimiento, mientras el dolor recorría su brazo y hacía que su corazón latiera desbocado, como si quisiera romper su pecho para huir de la angustia. Su mente se fue a negro; ya no tenía rabia, solo quería terminar la tortura.

Una voz fuerte y ronca rompió el caos: "¡Accionen la alarma para detener el tren!". Sin embargo, el joven de cuerpo robusto y pelo crespo, situado justo al lado de la palanca roja de emergencia, no tenía idea de lo que ocurría. Estaba perdido en su mundo, envuelto en el ritmo sabroso de un reguetón que retumbaba en sus audífonos.

Fue el peso de las miradas a su alrededor, cargadas de angustia y urgencia, lo que finalmente lo sacó de su burbuja musical. Destapó uno de sus oídos, miró alrededor y, entendiendo al fin lo que debía hacer, jaló con fuerza la manilla de emergencia. Pero nada ocurrió. La máquina continuó su marcha indiferente, como si todo estuviera perfectamente normal.

Entonces, como una red social improvisada, los pasajeros comenzaron a correr la voz de emergencia. De boca en boca, los gritos atravesaron los vagones desde el último hasta el primero, donde se encontraba el conductor. Finalmente, los gritos desesperados llegaron hasta la puerta de su cabina, alertándolo de lo que estaba ocurriendo.

Siguiendo el protocolo, el conductor contactó a La Central para informar la situación y recibir instrucciones. La respuesta fue instantánea: debía detener la marcha de inmediato. Solo con el tren en reposo sería posible activar la apertura de las puertas, bloqueadas por seguridad mientras la máquina estuviera en movimiento.

Una vez que el tren se detuvo y la mujer recuperó algo de calma, una voz desde el fondo del vagón rompió el silencio incómodo:

"Señora, dice el chofer que se cuente los dedos para ver si podemos retomar la marcha".

Con incredulidad, la mujer miró su mano derecha. Su voz, débil y aún temblorosa, apenas se oyó al responder: "Cinco, todavía tengo los cinco dedos en su lugar". No obstante, se quitó los guantes con cuidado para cerciorarse de que todo estuviera en orden. "Sí, están completos", confirmó finalmente, como si necesitara convencer también a los demás.

Sin embargo, el tren no reanudó su marcha de inmediato. Por el altoparlante, el maquinista, con tono solemne, anunció: "Tenemos funcionarios en la vía revisando si hay algún dedo tirado entre los rieles. No podemos continuar hasta recuperarlo".

Las protestas no se hicieron esperar. La red social de pasajeros, indignada y al borde de la incredulidad, estalló en gritos: ¿Qué sentido tenía semejante formalidad? Algunos alegaban que el retraso estaba arruinando sus planes; otros, más sarcásticos, aseguraban que ya se había confirmado la cantidad correcta de dedos según la anatomía humana promedio.

Finalmente, tras completar el insólito arqueo y verificar que no había dedos extraviados en la vía, el monstruo metálico volvió a ponerse en marcha. Retomó su traqueteo hacia Santiago, mientras el joven del reguetón seguía perdido en sus acordes, su cabeza resonando como una caja de ritmos interminable.

317

Antes de bajar miré algo escrito a lápiz bajo la manilla de emergencia y decía. *"Si la alarma no se activa, golpee fuerte la caja sobre el botón rojo."*

Lo hice. Le di un puñetazo de molestia sobre la caja... Una voz se escuchó desde un parlante: *"Esperamos hayan disfrutado su viaje."*

LA COPA ROTA

Esa canción, de un borracho que muerde la copa de vino en su desesperación y pena por haber perdido a su mujer, resonaba como una cruel victrola en mi cabeza. Cada estrofa, cada nota, me hacía sentir que era yo quien sangraba, expiando el dolor, saboreando el licor mezclado con el rojo y cálido fluido que gotea los labios.

Era un triste recuerdo que se aferraba a mí como una espina en la memoria. Aquella tarde, venciendo mi propio orgullo y algo de sentido común, decidí ir a buscarla a su trabajo. Habíamos terminado hacía meses, pero ese día, por razones que apenas puedo explicar, me animé a esperarla en el mismo café de la esquina donde tantas veces nos habíamos refugiado pata conversar.

Me senté en la barra, y como si el camarero al reconocerme cumpliera un ritual, sirvió mi café exprés sin azúcar, sin siquiera haberlo pedido. Lo observé llegar como un viejo conocido, un pequeño detalle que me hacía sentir cómodo en ese lugar. Me acodé mirando a la calle con los ojos fijos en los transeúntes que desfilaban como actores en una obra donde yo no participaba.

Los minutos pasaban interminables, cada uno de ellos dejando una huella más profunda en mi pecho. No era solo la espera; era el peso de lo no dicho, lo no resuelto, lo que realmente me detenía ahí, aguardando un encuentro que no sabía si sucedería.

De pronto, la vi entrar. Mis manos apretaron fuerte el contorno de la taza. Caminó hacia una mesa junto a la ventana, no lejos de la barra, lo suficientemente cerca para que yo tuviera la pobre ventaja de verla sin ser visto.

Pidió algo diferente a lo que solía ordenar cuando veníamos juntos. Observé con desconcierto cómo el camarero le llevaba una copa de helado, con montañas de crema y un marrasquino rojo en la cúspide. Afuera hacía frío, pero ella comía con una calma desconcertante, como si el helado fuera una celebración privada.

La conocía lo suficiente para saber que no era su costumbre. Ella siempre elegía un té verde o un café latte con miel, algo cálido que pudiera sostener entre las manos mientras conversábamos. ¿Había cambiado tanto en esos meses? ¿O era yo quien la había idealizado al punto de creer que no podía sorprenderme?

Me debatí entre acercarme o quedarme allí, oculto en mi rincón de indecisión.

De repente, sacó su teléfono y pareció enviar un mensaje. Mi corazón dio un vuelco. ¿A quién le escribía?

Antes de que pudiera responderme, la puerta del café volvió a abrirse, dejando entrar una ráfaga de aire helado. Un hombre alto, un tanto mayor con un abrigo gris y una bufanda oscura, se acercó a su mesa. Ella sonrió.

No era una sonrisa cualquiera. Era la clase de sonrisa que yo conocía bien, aquella que reservaba para los momentos en los que realmente se sentía cómoda, cuando bajaba la guardia. El hombre se sentó frente a ella y, con la naturalidad de quien ocupa un lugar que siente suyo, le tomó la mano por un instante.

Sentí que el aire se escapaba de mis pulmones. El café, que ahora estaba frío, era solo una excusa para no salir corriendo de allí, aunque era lo único que quería hacer. Pero me contuve sin saber por qué.

De pronto, justo cuando me disponía a un retiro derrotado, ella se puso de pie. Se quitó el abrigo con un gesto casi automático, dejando a la vista su embarazo. No sabría decir de cuántos meses, pero el bulto era inconfundible.

Sentí que ya no tenía derecho a respirar en aquel lugar. Mi mente intentó aferrarse a algo, cualquier cosa que explicara lo que veía, pero no había nada. Era real, tan real como el frío que me cortaba las manos, como el café sin azúcar que seguía frío en la barra.

Ella pasó a mi lado, todavía sin percatarse de mi presencia, dirigiéndose al baño. Cada paso suyo era una punzada en mi pecho. El hombre que la acompañaba notó mi cara de asombro, quizá demasiado expresiva. Me miró con algo de curiosidad y luego bajó la vista, como si no quisiera hurgar en algo que quizás tampoco quería saber.

Mi café quedó a medias. El camarero, que parecía haber intuido algo, me observó mientras me levantaba. "¿Todo bien?" parecía querer preguntar con sus ojos, pero no lo hizo.

Salí del café sin mirar atrás. Afuera, el viento helado cortaba como un cuchillo, pero esa frialdad no podía competir con el vacío que sentía por dentro. Caminé sin rumbo, dejando que mis pasos resonaran en el pavimento húmedo, mientras mi mente repetía una y otra vez la misma pregunta: ¿era mío ese niño?

Quería creerlo. Necesitaba creerlo. Pero al mismo tiempo, la idea de que no lo fuera se incrustaba en mi pecho como una verdad que me negaba a aceptar.

La canción volvió, como un eco insistente en mi cabeza. Esta vez, no era el lamento de un borracho. Era una sentencia, una burla cruel, un recordatorio de que hay heridas que nunca cierran, porque a veces no queremos que lo hagan.

Detuve mis pasos y miré mi reflejo en una vitrina empañada. Mi rostro parecía ajeno, como si el hombre que me devolvía la mirada fuera un extraño atrapado en una maraña que no sabía cómo deshacer. Mordí los labios hasta sentir la tibieza salada de la sangre.

No necesitaba una copa para sangrar. Mi vida ya lo hacía, gota a gota, con cada paso que daba lejos de ella y ahora con una paternidad perdida. Y, sin embargo, al final, la copa siempre se rompe.

FELIPE AUTISTA

¡Hola! Soy Felipe, pero todos me dicen Papelucho porque me parezco al niño del libro que está en el mueble del cuarto del computador. Me da risa que me llamen así, sobre todo porque, en verdad, también creo que me parezco. Es flaco, tiene el pelo largo como yo y una cara de tiernucho como dice mi mamá.

Voy a contarles algunas cosas que me pasan a diario, desde que despierto temprano en la mañana y me pongo a saltar sobre la cama. No hay nada más entretenido que rebotar y rebotar; me siento como si estuviera flotando en el aire. Intento no hacer ruido para no despertar a nadie, pero me entusiasmo tanto que a veces grito sin darme cuenta, hasta que de pronto se abre la puerta de mi pieza y aparece mi mamá invitándome a la cama grande de su dormitorio.

Corro hacia allá y, de un salto, me meto bajo las tapas, esperando las cosquillas en la guatita que me hace papá y sus besos que me pican en la cara. Me gusta sentir el picor de sus besos, es como si me transmitiera su energía. Después, me arranco de vuelta a mi pieza, esperando el desayuno. Tanto ejercicio me abre al apetito, ¡tengo mucha hambre!

Me gusta el jugo de naranja, aunque al principio es como un cosquilleo ácido que se me cuela por la lengua y me hace fruncir la cara. Las tres primeras cucharadas son molestas, pero después me acostumbro y se vuelve rico y refrescante.

Hoy, papá salió temprano a trabajar. Se fue apurado y no me dio el beso en la frente que siempre espero. Me quedé esperando un ratito, con los ojos cerrados, pensando que tal vez volvería a darme el beso, pero no lo hizo. Sentí algo raro en la barriga, como cuando uno le falta algo importante, pero no sabe qué. Aunque suelo evitar que la gente se acerque demasiado a mí, con papá es diferente; me gusta sentir su cariño, es grande y tranquilizador.

Pero, en general, me incomoda que estén tan encima de mí. No sé por qué todos siempre quieren estar tan cerca, como si tuvieran la vista en el tacto. No sé por qué no entienden que necesito espacio para respirar tranquilo. Además, la gente siempre parlotea sobre cosas que no me interesan. Por eso, cuando veo que vienen a besarme, me arranco a uno de mis lugares favoritos, donde puedo estar en paz y volver a mi mundo lleno de colores y fantasías.

Hoy descubrí algo nuevo: el sol entró por la ventana de mi dormitorio, como siempre, atravesando el visillo. La peineta en la alfombra se volvió amarilla y naranja, brillando como un arcoíris. No pude resistir, la tomé para ver qué tan cierto era ese destello. Sentí que esos colores eran como un regalo que había atrapado y ahora son para mí. Decidí saborear esos matices y, aunque no sabían muy diferente de los días grises de invierno, esta vez tenían un toque mágico, como si un hechicero hubiera bajado del cielo a embellecer el mundo.

Corrí a contarle a mamá este gran descubrimiento. La encontré en la cocina, con una taza de té y un pan con mantequilla. No me dijo nada, solo sonrió. Esa sonrisa me dio una calma infinita, tanto que olvidé qué quería decirle. Es como si su sonrisa fuera una manta calentita que me envolviera. Es que mi mamá es tan linda y acogedora. Es la única a la que dejo que me abrace todo lo que quiera, aunque cuando está apurada no la molesto porque se angustia. Ella tiene muchas cosas que hacer: cuidar de mí, de la abuelita y de la casa. A veces parece que es una tromba que pasa de un lado a otro, pero siempre se detiene un segundo para darme esa sonrisa.

Quiero contarles algunos secretos, pero no todos, porque algunas cosas me dan un poco de vergüenza. Por ejemplo, no les diré que todavía uso pañales, aunque tengo seis años. Es que no me gusta ir al baño, me parece incómodo e intimidante. Es que en el baño todo debe hacerse rápido, me apuro hasta ponerme nervioso frustrando mi intención de hacer en el retrete. En cambio, en mi pieza puedo orinar tranquilo, pero después viene lo malo, cuando descubren la poza de pipí en el suelo.

—i¿Qué hiciste?! ¡Sabes que este no es el baño!

De un salto, me subo a la cama y espero a que limpien. A veces intento arrancar, pero una vez pisé la charca y me resbalé, empeorando todo.

Uno de mis pasatiempos favoritos es tirarme de espaldas en la cama de mi hermano mayor y poner los pies en la muralla. Es como si mis pies estuvieran tocando el cielo y yo pudiera hablar con las nubes. Es tan rica la sensación que me dan ganas de conversar. Juego a imitar cómo hablan los demás, aunque para ellos no tiene sentido lo que digo, para mí es muy entretenido. Puedo pasar horas así.

A propósito, me llama la atención lo preocupados que están todos por el tiempo. Es como una obsesión. ¿Por qué no pueden vivir sin contar cada minuto que pasa? La vida es inmensa e intensa, y medir cada segundo es un gran absurdo. Yo no cuento los minutos, yo cuento los colores. Cada momento tiene su encanto, como cuando miro desde la ventana cómo el viento acaricia los árboles. Ellos agradecen con tanto aprecio que incluso dejan caer algunas hojas para adornar de verde la ciudad, siempre vestida de gris y llena de humo.

Desde lo alto, veo todo lo que pasa abajo. Las palomas vuelan buscando refrescarse en la piscina del condominio. Una se posó cerca del agua, pero no se atrevió a avanzar porque los niños jugaban y gritaban. Yo tampoco me atrevería, aunque tuviera mucha sed. Ojalá en la tarde pueda bajar con mi hermano para jugar en el agua, hundirme en la pileta chica y correr alrededor de la grande.

Más tarde, mi hermano me llevó a la piscina. Su cara siempre es inexpresiva, pero sus ojos lo dicen todo sin hablar, pero siempre se ríe cuando jugamos juntos. No le gusta tanto mojarse y me cuida para que no me zambulla en la parte honda, pero me arranqué y me tiré de cabeza sin temor a que me comieran los tiburones con los que me había amenazado mi hermano. Cuando me sumergí se apagó el bullicio y percibí cómo todo mi cuerpo se despertaba de golpe, y eso me encantó. Corrí alrededor de la piscina grande mientras otros niños salpicaban agua por todas partes. Me dolía la quijada de tanto reír, pero era una risa buena, como cuando uno está tan feliz que no le importa nada más.

Descansando sobre mi toalla, observé a una señora que le faltaba una pierna, desde la rodilla hacia abajo. La vi caminar con una muleta hasta el borde del agua y sumergirse con tanta naturalidad que me recordó la película de sirenas que el fin de semana dieron en la televisión. Después salió muy campante, fue hacia su puesto en el césped y se puso a tomar sol cubriendo la cara con unos lentes grandes y oscuros, tapando su moreno rostro que percibí muy relajado. Media hora más tarde caminó hacia la puerta de entrada del lobby donde estaba una pierna que la esperaba para completar su figura y ayudarla a caminar con toda la naturalidad del mundo.

Me quedé pensando en cómo esa señora hacía las cosas de una forma tan diferente, pero tan natural a la vez. A veces me siento así: diferente, pero como si todo lo que hago también fuera parte de algo natural, solo que los demás no siempre lo entienden.

Estaba tan distraído con mis pensamientos que no me di cuenta cuando mi hermano me dio un suave empujón para que me tirara de nuevo al agua. Me conecté con la realidad y comencé a correr como si me estuvieran persiguiendo. Cuando nos cansamos, nos tumbamos al sol a secarnos. De espaldas y con un poco de frío me envolví en la tolla que, si bien estaba mojada, logró entibiar mi cuerpo que tiritaba al compás del castañeteo de mis dientes. Miré las nubes que pasaban lentas por el cielo y pensé en lo bonito que sería ir recostado flotando sobre esos almohadones sin destino ni tiempo. Cerré los ojos un rato para volar, pero dentro de mi cabeza, donde puedo imaginar sin límites ni ruidos.

Al volver a casa, papá ya había llegado. Esta vez no se olvidó de darme el beso en la frente. Sentí su barba un poco áspera, como si hubiera tenido un día muy largo, pero su beso me hizo sentir seguro, como si todo volviera a estar en su lugar.

Mi hermano se fue a su pieza que siempre cierra con cerrojo para que nadie lo interrumpa y menos pase sin su permiso. A mí me encanta colarme en su espacio porque tiene muchos objetos y cosas interesantes que no resisto la tentación tomar y saborear (que es una de mis formas de conocer la realidad). El piano me fascina, toco sus teclas negras y blancas que suenan como la música de la iglesia donde me bautizaron. El sonido es mágico, hay vibraciones en el aire que se esparcen por todo el dormitorio, rebotando una y otra vez entrando por mis oídos y saliendo por la puerta hacia el living, danzando felices hasta disolverse en la cocina donde se enfrentan al silbido sonoro de la tetera que las corta de frente tirándoles vapor caliente para hacerlas callar.

Después de cenar, mamá me llevó a la cama. Me gusta esa parte del día, cuando me arropa, acaricia mi cara y mi cabeza y me pregunta cómo estuvo el día. Aunque a veces estoy tan cansado que no escucho todo, me gusta su voz. Hoy, papá me acompañó también y me dio un último beso en la mejilla. "Duerme bien, pitufo regalón", me dijo. Me giré hacia la pared, apretando mi almohada, que es mi mejor peluche, y sonreí en la oscuridad.

En estado de ensoñación, escuché en el fondo del patio el sonido de grillos en celo haciendo rechinar sus patas como arcos de violín. Me gusta ese susurro, era como una melodía que me tranquilizaba y me hacía sentir que todo estaba en orden. Cerré los ojos con una sonrisa, pensando en lo bueno que era tener un día más lleno de mis colores y mis sonidos.

Cuentos para viajar en metro no promete cambiarle la vida (más bien reflexionar sobre ella). Tampoco requiere concentración prolongada ni silencios absolutos. Estos relatos están hechos para acompañarlo entre estaciones, entre empujones, entre paraderos y pensamientos sueltos.

Son cuentos breves, intensos o absurdamente cotidianos, escritos para lectores que sostienen el equilibrio con una mano y el libro con la otra. No importa si va sentado, de pie o aplastado entre dos mochilas: aquí encontrará historias que duran una estación o dos... pero se quedan con usted hasta la combinación final.

Hay personajes que piensan en silencio, otros que hablan de más. Hay ternura, rabia, ironía y ternura otra vez, porque la vida urbana también tiene momentos sabrosos que vemos, pero no asimilamos.

Lea sin compromiso. Si se pasa de estación, al menos tendrá una buena excusa.

DESPEDIDA

Este último cuento no fue escrito para cerrar el libro, pero lo cierra.

Porque Felipe Autista no es solo un relato: es una ventana a un mundo que muchos no entienden, pero que todos necesitamos ver.

Felipe no pide permiso para narrar. Se desliza entre colores, sonidos, rutinas y emociones con una naturalidad desconcertante. Su mirada nos invita —sin sermones ni diagnósticos— a dejar por un momento los relojes y abrir la puerta a otras formas de estar en el mundo.

Después de tantos cuentos breves, absurdos, críticos o tiernos, Felipe Autista llega como una pausa luminosa, como un susurro que dice:

"Ahora mira con otros ojos".

Gracias por acompañarme hasta aquí.

Nos vemos en el próximo viaje.

GRAFITO

MINI BIOGRAFÍA

Soy escritor.

Mis relatos están protagonizados por personas comunes, cuyas vidas interiores revelan contradicciones, fragilidades y gestos profundamente humanos. Escribo cuentos que transcurren en escenarios diversos: desde hospitales y restaurantes hasta calles olvidadas o futuros imaginarios. En algunos de ellos abordo el autismo, una experiencia cercana y significativa en mi vida, ya que mi hijo de 15 años vive con esta condición. Cuando escribo sobre él, lo hago desde el futuro, con su voz adulta recordando su infancia, en un ejercicio de empatía y exploración íntima de su mundo interior.

Made in the USA
Las Vegas, NV
23 April 2025